A camareira

A camareira

Nita Prose

Tradução de Julia Sobral Campos

Copyright © 2022 by Nita Prose Inc.

TÍTULO ORIGINAL
The Maid

COPIDESQUE
Sérgio Motta

REVISÃO
Luiz Felipe Fonseca
Patrick Dias
Thais Entriel

PROJETO GRÁFICO
Virginia Norey

DIAGRAMAÇÃO
Inês Coimbra

CIP-BRASIL. CATALOGAÇÃO NA PUBLICAÇÃO
SINDICATO NACIONAL DOS EDITORES DE LIVROS, RJ

P959c

Prose, Nita
    A camareira / Nita Prose ; tradução Julia Sobral Campos. - 1. ed. - Rio de Janeiro : Intrínseca, 2022.
    336 p. ; 23 cm.

    Tradução de: The maid
    ISBN: 978-65-5560-586-0
        978-65-5560-596-9 [c.i.]

    1. Romance canadense. I. Campos, Julia Sobral. II. Título.

21-73367   CDD: 819.13
                             CDU: 82-31(71)

Meri Gleice Rodrigues de Souza - Bibliotecária - CRB-7/6439

[2022]
Todos os direitos desta edição reservados à
EDITORA INTRÍNSECA LTDA.
Rua Marquês de São Vicente, 99, 6º andar
22451-041 — Gávea
Rio de Janeiro — RJ
Tel./Fax: (21) 3206-7400
www.intrinseca.com.br

Para Jackie

Prólogo

Eu sou sua camareira. Sou eu quem limpa seu quarto de hotel, quem entra como um fantasma quando você está perambulando por aí durante o dia sem se preocupar com o que deixou para trás, com a bagunça ou com o que eu talvez veja quando você não está.

Sou eu quem tira seu lixo, quem joga fora os recibos que você não quer que ninguém descubra. Sou eu quem troca seus lençóis e sabe se você dormiu neles na noite anterior, e se dormiu sozinho ou não. Sou eu quem coloca seus sapatos junto à porta, que ajeita os travesseiros e encontra fios de cabelo neles. Seus? Diria que não. Sou eu quem faz a faxina depois que você bebe demais e suja o assento da privada, ou coisa pior.

Quando termino meu trabalho, seu quarto está impecável. Sua cama está perfeita, com quatro travesseiros macios, como se ninguém jamais tivesse se deitado ali. A poeira e a sujeira que deixou para trás foram aspiradas e esquecidas. O espelho polido reflete sua expressão de inocência. É como se você nunca tivesse pisado aqui. É como se toda a sua imundície, todas as suas mentiras e trapaças tivessem sido apagadas.

Sou sua camareira. Sei muita coisa sobre você. Mas, afinal, o que você sabe sobre mim?

Segunda-feira

Capítulo 1

Tenho plena consciência de que meu nome é ridículo. Não era ridículo quatro anos atrás, antes de eu conseguir esse emprego. Sou camareira no Hotel Regency Grand e meu nome é Molly. Como Molly Maid, o serviço de limpeza. Uma piada pronta. Antes de conseguir o emprego, Molly era só um nome qualquer, escolhido pela minha mãe, que me abandonou há tanto tempo que não tenho lembranças dela, só algumas fotos e as histórias que a vovó me contou. Segundo a vovó, minha mãe achava Molly um nome fofo. Dizia que fazia a gente pensar na hora em meninas de bochechas redondas e maria-chiquinha — exceto que nunca tive nada disso. Tenho cabelo escuro, simples, que mantenho num corte chanel preciso e bem cuidado. Reparto o cabelo no meio — exatamente no meio. Sempre liso e reto. Gosto de coisas simples e organizadas.

Tenho as maçãs do rosto protuberantes e uma pele pálida que até impressiona as pessoas de vez em quando, não sei por quê. Sou tão branca quanto os lençóis que tiro e coloco nas camas, tiro e coloco, o dia todo nos vinte e tantos quartos que arrumo para os ilustres hóspedes do Regency Grand, um hotel-boutique cinco estrelas que se orgulha da "elegância sofisticada e bom gosto adequado aos novos tempos".

Nunca na vida achei que ocuparia um cargo tão altivo em um hotel de renome. Sei que outras pessoas não pensam assim, acham que camareiras não são ninguém. Sei que todos nós deveríamos aspirar a ser médicos, advogados e magnatas do mercado imobiliário, mas não sou assim. Sou tão grata pelo meu trabalho que acho que estou sonhando todos os dias. De verdade. Sobretudo agora, sem a vovó. Sem ela, minha casa não é minha casa. É como se toda a cor do apartamento que a gente dividia tivesse ido embora. Mas, no instante em que entro no Regency Grand, o mundo fica colorido como uma tela de cinema.

Quando me apoio no brilhante corrimão de bronze e subo os degraus escarlates que levam ao majestoso pórtico do hotel, sou Dorothy entrando em Oz. Empurro a reluzente porta giratória e vejo meu verdadeiro eu refletido no vidro — meu cabelo escuro e minha pele pálida são onipresentes, mas um rubor volta às minhas bochechas e minha razão de ser é restaurada mais uma vez.

Quando passo das portas, costumo parar um pouco para assimilar a grandiosidade do saguão. Ele nunca deixa a desejar. Nunca perde a graça ou o brilho. É igualmente maravilhoso, todo santo dia. A recepção fica à esquerda da entrada, com um balcão escuro de obsidiana e concierges bem-vestidos, de preto e branco, feito pinguins. E há o amplo saguão, em forma de U, com um elegante piso de mármore italiano, de um branco imaculado e reluzente, que guia os olhos até a escadaria de acesso ao mezanino. Os corrimãos são compostos por serpentes de bronze enroladas em balaústres opulentos, segurando esferas douradas nas mandíbulas, e lá em cima o ambiente é todo em requintados detalhes Art Déco. Alguns hóspedes costumam ficar no parapeito do mezanino, com as mãos apoiadas nas colunas brilhantes ao observar o glorioso cenário abaixo — carregadores andando em ziguezague, arrastando malas atrás de si, outros hóspedes sentados em suntuosas poltronas ou casais aninhados em sofás verde-esmeralda, enquanto os segredos são absorvidos pelo veludo escuro e macio.

Mas talvez a minha parte preferida do saguão seja a experiência olfativa que ele proporciona, aquela primeira leva de aromas que me atinge no início de cada expediente — a mistura dos perfumes chiques das mulheres, o odor almiscarado das poltronas de couro, o cítrico do verniz que é usado duas vezes ao dia no piso de mármore reluzente. É o cheiro da vida acontecendo.

Todos os dias, quando chego para trabalhar no Regency Grand, me sinto viva outra vez. Parte de algo maior, do esplendor e da cor. Sou parte do conceito, um quadrado luminoso e único, indispensável à tapeçaria.

Vovó costumava dizer: *Se você amar seu trabalho, não vai trabalhar nenhum dia da sua vida.* E ela tinha razão. Cada dia de trabalho é uma alegria para mim. Eu nasci para fazer isso. Amo fazer faxina, amo meu carrinho de camareira e amo meu uniforme.

Não há nada como um carrinho de camareira perfeitamente abastecido no começo da manhã. Na minha humilde opinião, é uma cornucópia de dádivas e beleza. Os pacotinhos de sabonetes novos, delicadamente embrulhados e com aroma de flor de laranjeira, as garrafinhas de xampu, as pequenas caixas de lenços, os rolos de papel higiênico envoltos em filme protetor, as toalhas branquíssimas de três tamanhos — banho, mão, rosto — e as pilhas de guardanapos de renda para as bandejas de chá e café. E, por fim, o kit de limpeza, que inclui um espanador, cera de limão para os móveis, sacos de lixo antissépticos levemente aromatizados e uma seleção impressionante de borrifadores com solventes e desinfetantes, todos organizados e prontos para combater qualquer mancha, seja de café, vômito… ou até mesmo sangue. Um carrinho de camareira bem abastecido é um milagre portátil da higienização; é uma máquina de limpeza com rodinhas. É lindo.

E meu uniforme. Se tivesse que escolher entre meu uniforme e meu carrinho, acho que não conseguiria. Meu uniforme é minha liberdade. É a melhor capa de invisibilidade. Ele é lavado a seco diariamente, na própria lavanderia do hotel, localizada nas úmidas entranhas do prédio, no fim do corredor onde ficam nossos vestiários. Todos os dias, antes de eu chegar ao trabalho, o uniforme é pendurado na porta do meu armário. Vem dentro de um plástico fino com um papelzinho colado, com meu nome escrito em caneta preta. Que alegria o ver ali de manhã, minha segunda pele — limpo, desinfetado, recém-passado, com uma mistura de cheiros de papel novo, piscina coberta e um nada. Um recomeço. É como se o dia anterior e todos os outros antes dele tivessem sido apagados.

Quando visto meu uniforme de camareira — não desses antiquados tipo *Downton Abbey* nem o clichê da coelhinha da Playboy, mas a camisa social engomada e tão branca que chega a doer nos olhos e a saia lápis preta justa (de tecido elástico, para permitir os movimentos) —, fico inteira. Uma vez vestida para meu dia de trabalho, me sinto mais confiante, como se eu soubesse exatamente o que dizer e fazer — na maior parte do tempo, pelo menos. E quando tiro o uniforme no fim do dia, me sinto nua, desprotegida, incompleta.

A verdade é que eu costumo ter dificuldade com situações de socialização; é como se as pessoas estivessem jogando um jogo elaborado, com regras complexas que todos conhecem, mas para mim é sempre a primeira vez. Cometo erros de etiqueta com uma regularidade preocupante, ofendo quando minha intenção é elogiar, interpreto errado a linguagem corporal das pessoas, digo a coisa errada na hora errada. Só graças à minha avó sei que um sorriso não necessariamente significa que a pessoa está feliz. Às vezes, as pessoas sorriem por estarem zombando de você. Ou agradecem, quando na verdade querem dar um tapa na sua cara. Vovó costumava dizer que a minha interpretação dos comportamentos alheios estava melhorando — *um passo de cada vez, minha querida* —, mas agora, sem ela, está difícil. Antes, quando eu chegava em casa correndo do trabalho, abria a porta do nosso apartamento com afobação e fazia as perguntas que tinha guardado ao longo do dia.

— Cheguei! Vó, ketchup funciona mesmo para limpar cobre ou é melhor usar sal e vinagre? É verdade que algumas pessoas bebem chá com creme? Vó, por que me chamaram de Rumba no trabalho hoje?

Mas agora, quando a porta de casa se abre, não ouço aquele "Ah, Molly, querida, eu explico" ou "Deixa eu fazer um café e depois respondo tudo isso". Agora, nosso apartamentinho de dois quartos parece oco, sem vida, vazio, feito uma caverna. Ou um caixão. Ou um túmulo.

Embora eu adore festas, quase não me convidam para elas — deve ser por causa da minha dificuldade de interpretar as expressões faciais dos outros. Aparentemente, meus papos são estranhos e, de acordo com os boatos, não tenho amigos da minha idade. Para ser justa, isso está 100% correto. Não tenho amigos da minha idade. Tenho poucos amigos de qualquer idade, aliás.

Mas no trabalho, quando estou usando meu uniforme, eu me encaixo, me torno parte da decoração do hotel, como o papel de parede listrado em preto e branco que adorna muitos corredores e quartos. Com meu uniforme, contanto que eu fique de boca fechada, posso ser qualquer pessoa. Você poderia me ver numa fila de suspeitos na delegacia e não me reconhecer mesmo tendo passado por mim dez vezes em um só dia.

Completei 25 anos recentemente, "um quarto de século", como diria minha avó se pudesse me dizer alguma coisa. Mas não pode, porque está morta.

Sim, morta. Por que falar de outro jeito? Ela não "se foi", como uma doce brisa passageira que acaricia as folhas das árvores. Não foi embora calmamente. Ela morreu. Cerca de nove meses atrás.

O dia seguinte à morte dela estava bonito, quente, e, quando fui trabalhar, como sempre, o Sr. Alexander Snow, o gerente do hotel, ficou surpreso em me ver. Ele lembra uma coruja. Usa óculos com armação de tartaruga, muito grandes para o rosto exíguo dele. Penteia o cabelo ralo para trás, com entradas que formam um "m" na testa. Ninguém gosta muito dele no hotel. Como a vovó costumava dizer: *Não se importe com o que os outros pensam; o que importa é o que você pensa.* Eu concordo. A pessoa tem que viver de acordo com o próprio código moral, não seguir os outros feito um carneirinho.

— Molly, o que você está fazendo aqui? — perguntou o Sr. Snow, quando apareci no trabalho um dia depois da morte da minha avó. —

Meus pêsames pela sua perda. O Sr. Preston me disse que sua avó faleceu ontem. Já pedi uma substituição para o seu turno. Imaginei que fosse tirar o dia de folga.

— Por que imaginou isso, Sr. Snow? — perguntei. — Como a vovó dizia, "imaginação é como Imagem e Ação, muitas vezes passa longe da realidade".

Por pouco os olhos do Sr. Snow não saltaram para fora.

— Minhas condolências. Tem certeza de que não quer tirar o dia de folga?

— Foi a vovó que morreu, não eu — respondi. — O show precisa continuar, sabe?

Os olhos dele se arregalaram ainda mais. Parecia chocado, não sei. Nunca vou entender por que as pessoas acham a verdade mais absurda do que as mentiras.

Mas o Sr. Snow cedeu.

— Como preferir, Molly.

Alguns minutos depois, eu estava lá embaixo, em um dos vestiários das camareiras, vestindo meu uniforme como faço todos os dias, como fiz hoje de manhã, como farei amanhã, por mais que outra pessoa — não minha avó — tenha morrido hoje. E não em casa, mas no hotel.

Sim. Isso mesmo. Hoje, no trabalho, encontrei um hóspede 100% morto na cama. Sr. Black. O Sr. Black. Fora isso, meu dia foi totalmente normal.

Não é interessante como um único acontecimento sísmico pode mudar nossa lembrança do que aconteceu? Geralmente meus dias de trabalho se confundem, as tarefas se acumulam e se misturam. As lixeiras que esvazio no quarto andar se juntam às do terceiro. Poderia jurar que estou limpando a suíte 410, do canto, com vista para o lado oeste da rua, quando na verdade estou na outra extremidade do hotel, no quarto 430, no canto leste, que é o inverso espelhado da suíte 410. Mas então algo extraordinário acontece — como encontrar o Sr. Black 100% morto na cama —, e de repente o dia se cristaliza, vai de gasoso para sólido em um instante. Cada momento se torna memorável, diferente de todos os outros dias de trabalho que vieram antes.

Foi hoje, por volta de três da tarde, quase no fim do meu turno de trabalho, que o acontecimento sísmico se deu. Eu já tinha limpado todos os quartos na minha lista, incluindo a cobertura dos Black no quarto andar, mas precisei voltar até a suíte deles para terminar de limpar o banheiro.

Não fique achando que eu sou descuidada ou desorganizada no meu trabalho só porque limpei a cobertura dos Black duas vezes. Quando limpo um quarto, vou de uma ponta à outra. Deixo tudo impecável, imaculado — nenhuma superfície fica sem ver um pano, nenhuma sujeira fica para trás. *Limpar é estar em contato com Deus*, dizia vovó, e acho que é um princípio ótimo para se seguir. Não enrolo, limpo cada cantinho. Não sobra nem uma impressão digital, nenhuma mancha para apagar.

Portanto, não é que eu fiquei simplesmente com preguiça e decidi *não* limpar o banheiro dos Black quando fiz a faxina do resto da suíte toda hoje de manhã. *Au contraire*, o banheiro estava ocupado no momento da minha primeira visita de higienização. Giselle, a atual esposa do Sr. Black, entrou no chuveiro assim que cheguei. E, embora tenha me autorizado (mais ou menos) a limpar o resto da cobertura durante o banho dela, passou muito tempo no chuveiro; tanto tempo que o vapor começou a sair aos montes pela fresta de baixo da porta do banheiro.

O Sr. Charles Black e a segunda esposa, Giselle Black, são hóspedes recorrentes e de longa data do Regency Grand. Todos no hotel os conhecem; todos no país inteiro sabem quem são. O Sr. Black fica hospedado — ficava, aliás — conosco pelo menos uma semana por mês enquanto supervisionava seus negócios na cidade. O Sr. Black é — era — um empresário famoso, um magnata do ramo imobiliário. Ele e Giselle apareciam com frequência nas páginas de notícias sobre a alta sociedade. Ele era descrito como "um galã de meia-idade", embora, importante frisar, não seja nenhum galã. Giselle, por sua vez, era geralmente descrita como "uma socialite jovem e esbelta; uma esposa-troféu".

Eu achei a descrição elogiosa, mas vovó discordou quando leu. Quando perguntei por quê, ela disse: *é o que está nas entrelinhas*.

O Sr. e a Sra. Black estão casados há pouco tempo, cerca de dois anos. Nós do Regency Grand temos sorte de o estimado casal frequentar nosso hotel. Isso nos traz prestígio. O que, por sua vez, traz mais hóspedes. O que, por sua vez, significa que mantenho meu emprego.

Em uma ocasião, mais de 23 meses atrás, quando a gente passeava pelo Financial District, vovó apontou para todos os prédios de propriedade do Sr. Black. Eu não sabia que ele era dono de cerca de um quarto da cidade, mas ele é. Ou era. Parece que não se pode ter propriedades quando se é um cadáver.

— Ele não é dono do Regency Grand — disse o Sr. Snow certa vez sobre o Sr. Black, quando o Sr. Black ainda estava bem vivo.

O Sr. Snow pontuou o comentário com uma fungada esquisita. Não tenho ideia do que aquela fungada quis dizer. Um dos motivos pelos quais eu passei a gostar da segunda esposa do Sr. Black, Giselle, é que ela me diz as coisas de forma direta.

Hoje de manhã, na primeira vez que entrei na cobertura dos Black, limpei tudo de cima a baixo — menos o banheiro ocupado por Giselle. O comportamento dela estava diferente do normal. Quando cheguei, percebi que seus olhos estavam inchados e vermelhos. Alergia?, me perguntei. Ou seria tristeza? Giselle não se demorou. Pelo contrário, ela correu para dentro do banheiro assim que cheguei e bateu a porta com força atrás de si.

Não permiti que o comportamento dela interferisse na minha tarefa. Comecei a trabalhar imediatamente e limpei os cômodos com vigor. Quando tudo ficou na mais perfeita ordem, fui até a porta fechada do banheiro com uma caixa de lenços e disse a Giselle, da maneira como o Sr. Snow havia me ensinado:

— A suíte está novamente em perfeito estado! Volto mais tarde para limpar o banheiro!

— Ok! — respondeu Giselle. — Não precisa gritar! Nossa!

Quando ela finalmente saiu do banheiro, entreguei-lhe um lenço, caso estivesse mesmo com alergia ou chateada. Eu estava esperando alguma conversa, porque ela costuma ser bem faladeira, mas Giselle foi rapidamente para o quarto se vestir.

Deixei a suíte e fui limpar o restante do andar, um cômodo após o outro. Afofei travesseiros e limpei espelhos emoldurados. Tirei sujeiras e manchas dos papéis de parede e das próprias paredes. Recolhi lençóis sujos e toalhas úmidas. Desinfetei privadas e pias de porcelana.

Quando já tinha completado a metade do meu trabalho naquele andar, fiz uma breve pausa e fui colocar meu carrinho no porão, onde deixei duas sacolas grandes de lençóis e toalhas sujas na lavanderia. Apesar de o porão ser abafado, o que se acentua pela forte luz fluorescente e o pé-direito muito baixo, foi um alívio deixar aquelas sacolas para trás. Ao voltar para o corredor, me senti muito mais leve, ainda que minha pele estivesse oleosa e suada.

Decidi passar para ver Juan Manuel, que trabalhava lavando pratos na cozinha. A passos acelerados, passei pelos corredores labirínticos, virando nos lugares de sempre — esquerda, direita, esquerda, esquerda, direita —, feito um bichinho bem treinado. Quando alcancei as portas amplas da cozinha e entrei, Juan Manuel parou tudo e imediatamente pegou um grande copo de água com gelo para mim, pelo qual fiquei muito grata.

Depois de um papo curto e agradável, fui embora. Repus minhas toalhas e lençóis limpos na área de limpeza. Em seguida, fui ao segundo andar, onde o ar era mais fresco, para começar a faxina de uma nova leva de quartos que, estranhamente, só tinha alguns trocados de gorjeta, mas depois falo mais sobre isso.

Quando olhei meu relógio, eram cerca de três da tarde. Estava na hora de voltar para limpar o banheiro do Sr. e da Sra. Black. Parei diante da porta do quarto, tentando ouvir qualquer indício de ocupação lá dentro, e bati, conforme o protocolo.

— Camareira! — disse eu, numa voz alta, com certa autoridade educada.

Nenhuma resposta. Peguei meu cartão-chave mestra e entrei na suíte, arrastando o carrinho atrás de mim.

— Sr. e Sra. Black? Posso terminar minha higienização? Gostaria muito de deixar tudo perfeito.

Nada. Claramente, marido e esposa tinham saído, ou foi o que pensei. Melhor para mim. Ia poder fazer meu trabalho minuciosamente e sem distrações. Deixei que a porta pesada se fechasse atrás de mim. Olhei em torno da sala de estar. Não estava como eu a havia deixado algumas horas antes, limpa e organizada. As cortinas haviam sido fechadas sobre as impressionantes janelas — iam do teto até o chão, com vista para a rua abaixo —, e diversas garrafinhas de uísque do minibar estavam caídas sobre a mesa de vidro, onde havia também um copo pela metade com um charuto novinho ao lado. Havia um guardanapo amassado no chão, além de um afundamento no divã, onde a bunda da pessoa que bebia tinha deixado sua forma. A bolsa amarela de Giselle não estava mais onde eu a havia visto de manhã, na cômoda perto da entrada, o que significava que ela estava passeando pela cidade.

O trabalho de uma camareira nunca acaba, pensei comigo mesma enquanto tirava a almofada do divã, afofava e a devolvia ao lugar, consertando qualquer resquício de imperfeição no assento. Antes de limpar a mesa, decidi ver o estado dos outros cômodos. Pelo visto, era provável que tivesse de limpar tudo mais uma vez.

Fui até o quarto na extremidade da suíte. A porta estava aberta, e um dos roupões brancos felpudos do hotel, jogado no chão logo depois da entrada. De onde eu estava, conseguia ver o closet, com uma porta ainda aberta, exatamente como eu havia deixado de manhã, porque o cofre lá dentro também estava aberto, impedindo a porta do closet de ser fechada direito. Parte do conteúdo do cofre permanecia intacta — pude ver isso imediatamente —, mas os objetos que tinham me causado certa consternação mais cedo já não estavam ali. De certa forma, aquilo foi um alívio.

Desviei a atenção do closet, passei cuidadosamente por cima do roupão e entrei no quarto.

E só então eu o vi. O Sr. Black. Ele estava com o mesmo terno transpassado que usava mais cedo, quando esbarrou em mim no corredor, só que sem o papel no bolso frontal do terno. Estava deitado de barriga para cima na cama, que por sua vez tinha a aparência amassada e bagunçada, como se ele tivesse se remexido muito até terminar naquela posição. A cabeça estava apoiada em um travesseiro, não dois, e os outros dois travesseiros estavam tortos ao lado dele. Localizar o quarto travesseiro seria essencial, pois com toda certeza eu o havia colocado na cama de manhã quando a arrumara, já que, como dizem, o diabo está nos detalhes.

O Sr. Black estava descalço, os sapatos na outra extremidade do quarto. Eu me lembro disso nitidamente porque um dos sapatos apontava para a direção sul, e o outro, para a direção leste, e eu soube de cara que era meu dever profissional colocá-los na mesma direção, além de arrumar os cadarços embolados antes de sair do quarto.

É claro que não me ocorreu, logo que vi essa cena, que o Sr. Black estivesse morto. Pensei que estivesse tirando uma boa soneca depois de desfrutar de alguns drinques no meio da tarde na sala de estar. Mas, olhando com mais atenção, notei outras peculiaridades no quarto. Na mesa de cabeceira à esquerda do Sr. Black havia um frasco de remédio aberto, um frasco que reconheci como pertencendo a Giselle. Diversos comprimidinhos azuis tinham caído do frasco, alguns na mesa de cabeceira e outros no chão. Alguns deles haviam sido pisados, reduzidos a um pó fino que agora se entranhava no carpete. Aquilo exigiria a potência máxima do aspirador, seguida de um desodorizante de carpete para devolvê-lo a um estado de perfeição.

É raro eu entrar numa suíte e encontrar um hóspede dormindo profundamente na cama. Na verdade, para meu assombro, é mais comum eu dar de cara com hóspedes em uma situação totalmente diferente — *in flagrante*, como se diz em latim. A maioria dos hóspedes que decide dormir ou se dedicar a atividades privadas tem a delicadeza de usar as plaquinhas de "Não Perturbe: ZZZZ" na porta, já que eu sempre as deixo na cômoda da entrada para tais ocasiões. E a maioria dos hóspedes avisa imediatamente quando eu, por acaso, os surpreendo em algum momento inoportuno. Mas não foi assim com o Sr. Black; ele não gritou e me mandou "dar o fora", que é como ele falaria comigo se eu aparecesse na hora errada. Pelo contrário, continuou dormindo profundamente.

Foi então que me dei conta de que não o tinha ouvido respirar nos dez segundos ou mais que fiquei em pé à porta do quarto. Conheço bem pessoas de sono pesado, porque minha vó era uma delas, mas ninguém tem o sono tão pesado a ponto de parar de respirar totalmente.

Achei prudente ver se o Sr. Black estava bem. Isso também é o dever profissional de uma camareira. Dei um pequeno passo à frente para examinar o rosto dele. Foi nessa hora que percebi como ele estava cinzento, inchado e… nitidamente indisposto. Eu me aproximei ainda mais, hesitante, chegando bem ao lado da cama, onde o olhei de cima. As rugas estavam profundas, e a boca, curvada para baixo numa careta, embora isso não pudesse ser considerado algo raro para o Sr. Black. Havia umas marquinhas estranhas ao redor dos olhos dele, feito alfinetadas vermelhas e roxas. Só então minha mente ativou o sinal de alarme. Foi nesse instante que percebi que aquela situação estava mais errada do que eu havia notado até o momento.

Estiquei uma das mãos lentamente e encostei no ombro do Sr. Black. Estava rígido e frio, como um móvel. Levei a mão diante da boca dele na esperança ansiosa de sentir uma expiração, mas não adiantou.

— Não, não, não — disse eu, levando dois dedos ao pescoço dele, buscando uma pulsação que não encontrei.

Então, o segurei pelos ombros e sacudi.

— Senhor! Senhor! Acorde!

Agora me dou conta de que foi uma coisa estranha a se fazer, mas naquela hora ainda parecia totalmente impossível que o Sr. Black estivesse de fato morto.

Quando o larguei, ele caiu para trás e sua cabeça bateu de leve na cabeceira da cama. Então eu me afastei, com meus braços rígidos ao lado do corpo.

Fui até o outro lado da cama, onde havia um telefone, e liguei para a recepção.

— Regency Grand, recepção. Como posso ajudar?

— Boa tarde — falei. — Não sou uma hóspede. Não costumo ligar para pedir ajuda. Aqui é a Molly, a camareira. Estou na cobertura, suíte 401, e estou lidando com uma situação bem atípica. Uma situação inusitada, digamos.

— Por que ligou para a recepção? Ligue para o setor de limpeza.

— Eu *sou* do setor de limpeza — falei, erguendo a voz. — Por favor, avise ao Sr. Snow que temos um hóspede... permanentemente indisposto.

— Permanentemente indisposto?

É por isso que é sempre melhor ser direta e clara, mas naquele momento admito que tinha perdido a cabeça temporariamente.

— Ele está morto — informei. — *Morto*, na cama. Ligue para o Sr. Snow. E, por favor, ligue para a emergência. Imediatamente!

Depois disso, desliguei. Para ser sincera, tudo que aconteceu em seguida pareceu surreal, como se eu estivesse sonhando. Lembro que senti meu coração batendo com força no peito, o quarto girando como num filme do Hitchcock, minhas mãos úmidas e o telefone quase escorregando delas quando o coloquei no gancho.

Foi então que ergui os olhos. Na parede à minha frente havia um espelho com moldura dourada, refletindo não apenas a minha expressão apavorada, mas tudo que eu não tinha notado antes.

A vertigem piorou, o chão oscilou como se eu estivesse em um daqueles pisos azulejados que criam ilusão de ótica. Levei uma das mãos ao peito numa tentativa vã de acalmar meu coração vacilante.

É mais fácil do que você pensa — estar à vista de todos, permanecendo ao mesmo tempo quase invisível. Foi isso que aprendi sendo camareira.

Você pode ser muito importante, crucial para o funcionamento das coisas, e ser totalmente ignorada. É uma verdade que se aplica a camareiras e a outros também, parece. É uma verdade que dói.

Desmaiei pouco depois disso. O quarto ficou escuro, e eu simplesmente desabei, como acontece às vezes quando a consciência se torna esmagadora.

Agora, sentada aqui na sala luxuosa do Sr. Snow, minhas mãos tremem. Meus nervos estão à flor da pele. O que é certo é certo. O que está feito está feito. Mas, mesmo assim, estou tremendo.

Uso o truque da vovó para me acalmar. Sempre que um filme ficava insuportavelmente tenso, ela pegava o controle remoto e pulava algumas cenas. "Pronto", dizia. "De que adianta ficar nervosa quando o final é inevitável? O que será, será."

Isso é verdade nos filmes, mas não tanto na vida real. Na vida real, suas ações podem mudar os resultados, torná-los tristes ou felizes, decepcionantes ou satisfatórios, certos ou errados.

O truque da vovó funciona bem para mim. Eu pulo algumas cenas e retomo meu filme mental bem no momento certo. Paro imediatamente de tremer. Eu ainda estava na suíte, mas não no quarto. Estava perto da porta de entrada. Voltei correndo ao quarto, peguei o telefone pela segunda vez e telefonei para a recepção. Desta vez, pedi para falar com o Sr. Snow. Quando ouvi a voz dele na linha, falando "alô, o que é?", fiz questão de falar com muita clareza.

— Aqui é a Molly. O Sr. Black está morto. Estou *no quarto dele*. Por favor, telefone para a emergência imediatamente.

Cerca de treze minutos depois, o Sr. Snow entrou no quarto seguido por um pequeno exército de profissionais da saúde e policiais, depois me afastou dali, me levando pelo cotovelo como se eu fosse uma criancinha.

E agora aqui estou eu, sentada na sala dele, bem ao lado do saguão principal, numa poltrona de couro firme e barulhenta, de encosto alto. O Sr. Snow saiu há um tempo — talvez uma hora, talvez mais. Disse para eu ficar aqui até ele voltar. Estou com uma maravilhosa xícara de chá numa mão e um biscoito amanteigado na outra. Não me lembro quem trouxe isso para mim. Levo a xícara aos lábios. Está quente, mas não fervendo, a temperatura ideal. Minhas mãos ainda tremem um pouco. Quem preparou um chá tão perfeito para mim? O Sr. Snow? Ou outra pessoa na cozinha? Talvez Juan Manuel? Quem sabe foi Rodney, do bar — um pensamento muito agradável, Rodney preparando a xícara de chá perfeita para mim.

Quando olho para a xícara — de porcelana de verdade, decorada com rosas cor-de-rosa e espinhos verdes —, sinto uma saudade súbita da vovó. Muito forte.

Levo o biscoito amanteigado à boca. Sinto sua crocância entre os dentes. A textura é firme, e o sabor, delicado e açucarado. De forma geral, é um biscoito delicioso. E tão doce... tão, tão doce.

Capítulo 2

Continuo sozinha na sala do Sr. Snow. Admito que estou ficando aflita com o atraso na minha limpeza, sem contar as minhas gorjetas. Geralmente, a essa altura do meu dia de trabalho eu já teria limpado pelo menos os quartos de um andar inteiro, mas não hoje. Fico preocupada com o que as outras camareiras vão pensar e se elas vão ter que compensar a minha ausência. Já passou muito tempo, e o Sr. Snow ainda não veio me buscar. Tento acalmar o medo que borbulha dentro de mim.

De repente me ocorre que uma boa forma de me controlar é fazer uma revisão mental do meu dia, recordando o melhor possível tudo o que ocorreu até o instante em que encontrei o Sr. Black morto na sua cama na suíte 401.

O dia começou como outro qualquer. Entrei pela imponente porta giratória do hotel. Em teoria, os funcionários devem usar a entrada de serviço, nos fundos, mas poucos fazem isso. É uma regra a que eu gosto de desobedecer.

Adoro sentir o frio do corrimão de bronze polido que leva ao alto dos degraus escarlates da entrada principal do hotel. Adoro sentir a maciez do carpete felpudo sob meus sapatos. E adoro cumprimentar o Sr. Preston, o porteiro do Regency Grand. Imponente, usando um quepe e um longo sobretudo com os escudos dourados do hotel, o Sr. Preston trabalha aqui há mais de duas décadas.

— Bom dia, Sr. Preston.

— Ah, Molly. Boa segunda-feira, querida — diz ele, inclinando o quepe.

— Tem visto a sua filha?

— Ah, sim. Jantamos juntos no domingo. Ela está defendendo um processo que vai a julgamento amanhã. Ainda não consigo acreditar. Minha menininha, em pé diante de um juiz. Pena que Mary não está aqui para ver isso.

— Deve estar orgulhoso dela.

— Muito.

O Sr. Preston ficou viúvo há mais de uma década, mas não se casou outra vez. Quando as pessoas perguntavam por que não, ele sempre respondia a mesma coisa:

— Meu coração pertence à Mary.

É um homem digno, um homem bom. Não um traidor. Já comentei o quanto eu odeio traidores? Quem trai merece ser jogado na areia movediça e sufocar na imundície. O Sr. Preston não é esse tipo de homem. É o tipo que alguém desejaria ter como pai, embora eu esteja longe de ser uma especialista no assunto, já que nunca tive pai. O meu desapareceu ao mesmo tempo que a minha mãe, quando eu era "só uma pulguinha", como vovó costumava dizer. O que, pelo que entendi, significa entre os seis meses e um ano de idade, momento em que vovó passou a me criar e nos tornamos uma unidade, vovó e eu, eu e vovó. Até que a morte nos separou.

O Sr. Preston me faz lembrar da minha avó. E ele a conhecia. Nunca entendi muito bem como se conheceram, mas vovó era amiga dele e muito amiga da esposa dele, Mary, que-descanse-em-paz.

Gosto do Sr. Preston porque ele inspira as pessoas a se comportarem bem. Quando se é porteiro de um hotel sério, chique, você vê muita coisa. Como, por exemplo, homens de negócios entrando com jovenzinhas sensuais quando as esposas de meia-idade estão a milhares de quilômetros dali. Ou celebridades tão bêbadas que confundem o púlpito do porteiro com um mictório. Vê também coisas como a linda e jovem Sra. Black — a segunda Sra. Black — saindo do hotel às pressas, com o rímel escorrendo pelas bochechas cobertas de lágrimas.

O Sr. Preston aplica seu código de conduta pessoal para ditar as regras. Uma vez ouvi dizer que ele ficou tão irritado com a tal celebridade embriagada que chamou os paparazzi para se amontoarem em cima do sujeito de tal maneira que ele nunca mais se hospedou no Regency Grand.

— É verdade, Sr. Preston? — perguntei um dia. — Foi você que ligou para os paparazzi daquela vez?

— Nunca pergunte a um cavalheiro o que ele fez ou deixou de fazer. Se for um cavalheiro de verdade, fez por um bom motivo. E se for um cavalheiro de verdade, nunca vai responder.

Esse é o Sr. Preston.

Depois de passar por ele hoje de manhã, atravessei o imenso saguão de entrada e desci as escadas até o labirinto de corredores que levam à cozinha, à lavanderia e ao meu lugar preferido de todos: o setor de limpeza. Pode não ser luxuoso — nada de bronze, mármore ou veludo —, mas é ali que eu me sinto em casa.

Como sempre faço, vesti meu uniforme limpo e peguei meu carrinho de limpeza, verificando se tinha sido reabastecido e se estava pronto para o meu turno. Mas não estava. Não me surpreendeu, porque quem estava trabalhando na noite anterior era minha supervisora, Cheryl Green. A maioria dos funcionários do Regency Grand a chama de Chernobyl pelas costas. Que fique claro: ela não é de Chernobyl. Na verdade, não é nem da Ucrânia. Viveu a vida inteira nesta cidade, assim como eu. Devo salientar que, por mais que eu não tenha grande estima por Cheryl, me recuso a insultá-la — ou a qualquer outra pessoa. *Trate os outros como deseja ser tratada*, vovó costumava dizer, e é um princípio que eu sigo. Já me chamaram de muita coisa no meu quarto de século, e o que aprendi é que aquele senso comum de que palavras não machucam tanto quanto ações está invertido: muitas vezes, palavras machucam muito mais.

Cheryl pode ser minha chefe, mas com certeza não é minha superior. Há uma diferença, sabe? Não se pode julgar alguém pelo trabalho que faz ou pelo cargo que ocupa na vida; temos que julgar as pessoas pela forma como elas agem. Cheryl é desleixada e preguiçosa. Ela burla as regras e não faz as coisas direito. Arrasta os pés quando anda. Inclusive, já a vi limpar a pia de um hóspede com o mesmo pano que usou para limpar a privada. Dá para acreditar numa coisa dessas?

— O que está fazendo? — perguntei no dia em que a peguei no flagra. — Isso não é higiênico.

Ela deu de ombros.

— Esses hóspedes mal deixam gorjeta. Assim eles aprendem.

O que não tem lógica. Como é que os hóspedes vão saber que a camareira-chefe espalhou resíduos fecais na pia deles? E como vão saber que isso significa que devem deixar mais gorjetas?

— Ela não vale nem um tostão furado — foi o que vovó falou quando contei sobre Cheryl e o pano da privada.

De manhã, quando cheguei, meu carrinho estava cheio de toalhas úmidas e sujas, além de sabões usados do dia anterior. Se eu fosse a chefe por aqui, podem ter certeza: iria me deleitar com a oportunidade de reabastecer os carrinhos.

Demorei um tempinho para repor os produtos e, quando acabei, Cheryl finalmente chegou para trabalhar, atrasada como sempre, arrastando os pés frouxos. Eu me perguntei se ela correria até a cobertura hoje como de costume para "fazer a primeira ronda", o que queria dizer entrar escondida nas suítes da cobertura, que eram tarefa minha, e roubar as maiores gorjetas dos travesseiros, deixando só alguns trocados em moeda para mim. Sei que ela faz isso, mas não posso provar. Esse é o tipo de pessoa que ela é — uma trapaceira, e não do tipo Robin Hood. O tipo Robin Hood rouba em nome do bem maior, vingando os injustiçados. Esse tipo de roubo é justificado, enquanto outros não são. Não se enganem: Cheryl não é nenhuma Robin Hood. Ela rouba dos outros por um único motivo — se beneficiar à custa deles. E isso faz dela uma parasita, não uma heroína.

Cumprimentei Cheryl sem entusiasmo, depois falei com Sunshine e Sunitha, as duas outras camareiras que estavam no mesmo turno que eu. Sunshine vem das Filipinas.

— Por que seu nome é Sunshine? — perguntei logo que a conheci. — Sabe que significa raio de sol, né?

— Sim. É por causa do meu sorriso iluminado — respondeu ela, levando uma mão ao quadril e fazendo um floreio com o espanador de pena.

Então eu percebi que Sunshine se parecia mesmo com um raio de sol. É luminosa e alegre. Fala muito, os hóspedes a adoram. Sunitha é do Sri Lanka e, ao contrário de Sunshine, quase não fala.

— Bom dia — digo a ela quando estamos trabalhando juntas. — Tudo bem?

Ela assente uma vez e diz uma ou duas palavras, nada mais, o que não é um problema para mim. É agradável trabalhar com ela, não é descuidada nem lenta. Não faço objeções às outras camareiras, contanto que façam o trabalho direito. Só digo uma coisa: tanto Sunitha quanto Sunshine sabem arrumar um quarto impecavelmente, o que, como camareira, é algo que eu respeito.

Assim que arrumei meu carrinho, fui até a cozinha para cumprimentar Juan Manuel. Ele é um colega ótimo, sempre bastante simpático e respeitoso. Deixei o carrinho do lado de fora da cozinha e espiei pelo vidro da porta. Lá estava ele, diante da imensa máquina de lavar louça, enfiando fileiras de pratos dentro da sua bocarra. Outros funcionários da cozinha circulavam por perto, levando bandejas de comida com tampas de prata, bolos frescos de três andares ou outras delícias luxuosas. O supervisor de Juan Manuel não estava por perto, portanto era uma boa hora para entrar. Avancei pelos cantos da cozinha até a máquina de lavar louça.

— Olá! — disse eu, provavelmente alto demais, porque queria ser ouvida apesar do ruído da máquina.

Juan Manuel deu um pulo e se virou.

— *Híjole*, você me assustou.
— Tem um minuto? — perguntei.
— Sim — respondeu ele, limpando as mãos no avental.

Ele correu até a grande pia metálica, pegou um copo limpo e o encheu de água gelada, então me entregou.

— Ah, obrigada — falei.

Se o porão era quente, a cozinha era um forno. Não sei como Juan Manuel consegue trabalhar ali, passando horas em pé no calor e na umidade insuportáveis, limpando restos de comida dos pratos. Todo aquele desperdício, todos aqueles germes. Eu o visito todos os dias, e todos os dias tento não pensar no assunto.

— Estou com a chave do seu quarto. É o 308, os hóspedes vão sair mais cedo hoje. Vou limpar agora, então quando você precisar já vai estar pronto, ok?

Eu vinha dando chaves de diferentes quartos para Juan Manuel fazia pelo menos um ano, desde que Rodney me explicou a situação infeliz em que ele se encontrava.

— *Amiga mía*, muitíssimo obrigado — disse Juan Manuel.

— Pode ficar tranquilo até as nove da manhã de amanhã, que é quando Cheryl chega. Ela não tem que limpar nada naquele andar, mas com ela nunca se sabe.

Foi então que notei as marcas feias nos pulsos dele, redondas e avermelhadas.

— O que aconteceu? — perguntei. — Você se machucou?
— Ah! Sim. Eu me queimei. Na máquina de lavar louça. Pois é.
— Parece uma infração de segurança — disse eu. — O Sr. Snow leva segurança muito a sério. Você deveria falar com ele. Com certeza, ele mandaria alguém dar uma olhada na máquina.
— Não, não — retorquiu Juan Manuel. — Foi erro meu. Coloquei meu braço onde não devia.
— Bom, tome cuidado.

— Vou tomar — disse ele.

Juan Manuel não olhou para mim durante essa parte da conversa, o que era bem atípico. Concluí que estava envergonhado com o acidente, então mudei de assunto.

— Teve notícias da sua família ultimamente? — perguntei.

— Minha mãe me mandou essa foto ontem — respondeu ele, pegando o celular no bolso do avental e abrindo a imagem.

A família dele vive no norte do México. O pai morreu há mais de dois anos, e os familiares passam necessidade desde então. Juan Manuel manda dinheiro para eles como ajuda. Ele tem quatro irmãs, dois irmãos, seis tias, sete tios e um sobrinho. É o mais velho dos irmãos e tem mais ou menos a minha idade. Na foto, a família inteira estava sentada ao redor de uma mesa de plástico, todos sorrindo para a câmera. A mãe estava na cabeceira, segurando com orgulho uma bandeja de carne de churrasco.

— É por isso que estou aqui, nessa cozinha, nesse país. Para minha família poder comer carne aos domingos. Se minha mãe a conhecesse, iria gostar de você logo de cara, Molly. Minha mãe e eu somos muito parecidos. Reconhecemos pessoas de bem numa olhada só.

Ele apontou para o rosto da mãe na foto.

— Olha! Ela nunca para de sorrir, não importam as circunstâncias. Ai, ai, Molly...

Os olhos dele se encheram de lágrimas. Eu não soube o que fazer. Não queria ver mais nenhuma foto da família dele. Sempre que via, uma sensação estranha tomava conta da minha barriga, como quando derrubei sem querer o brinco de uma hóspede dentro do ralo.

— Preciso ir — falei. — Tenho 21 quartos para limpar hoje.

— Certo, certo. Fico feliz quando você me visita. Até logo, Srta. Molly.

Saí da cozinha para o corredor silencioso e iluminado, de volta à arrumação perfeita do meu carrinho. Imediatamente, me senti muito melhor.

Estava na hora de ir até o Social, o bar-restaurante do hotel, onde Rodney estaria começando o turno dele. Rodney Stiles, o bartender-chefe. Com cabelo volumoso e ondulado, a camisa social branca com os primeiros botões delicadamente abertos, mostrando só um pouco do peito perfeitamente liso — bem, quase perfeitamente, à exceção de uma pequena cicatriz circular no esterno. Enfim, o que importa é que não é peludo. Não entendo como uma mulher pode gostar de um homem peludo. Não que eu seja preconceituosa. Só estou dizendo que, se eu gostasse de um homem peludo, pegaria logo a cera e arrancaria os pelos dele até que ficasse limpo e lisinho.

Ainda não tive a oportunidade de fazer isso na vida real. Só tive um namorado, Wilbur. E, embora ele não tivesse pelos no peito, acabou se revelando um destruidor de corações. E um mentiroso cafajeste. Então talvez pelos no peito não sejam a pior coisa do mundo.

Respiro fundo para limpar minha mente da imagem de Wilbur. Tenho sorte de ter essa habilidade, a de limpar minha mente da mesma forma como limparia um quarto. Visualizo pessoas ofensivas ou relembro momentos incômodos, e os apago numa passada de pano mental. Pronto. Limpos, inexistentes. Minha mente volta a um estado de absoluta perfeição.

Mas sentada aqui, na sala do Sr. Snow, esperando o retorno dele, tenho dificuldade de manter minha mente limpa. A imagem do Sr. Black fica voltando, a sensação da pele sem vida dele nos meus dedos. E assim por diante.

Bebo um gole do meu chá, que está frio agora. Vou me concentrar mais uma vez na manhã, em relembrar cada detalhe... Onde eu estava?

Ah, sim. Juan Manuel. Depois que o deixei, fui até o elevador com o meu carrinho, rumo ao saguão. As portas se abriram, e lá estavam o Sr. e a Sra. Chen de pé do lado de fora. Os Chen também são hóspedes regulares, como os Black, embora viessem de Taiwan. O Sr. Chen vende tecidos, pelo que me disseram. A Sra. Chen sempre viaja com ele. Neste dia, ela estava usando um vestido vinho, com uma linda franja preta. Os Chen têm uma educação impecável, característica que acho excepcional.

Eles me cumprimentaram imediatamente, o que, devo dizer, é raro com hóspedes do hotel. Eles até abriram espaço para que eu pudesse sair do elevador antes de entrarem.

— Obrigada por serem hóspedes frequentes, Sr. e Sra. Chen.

O Sr. Snow me ensinou a me dirigir aos hóspedes pelo nome, a tratá-los como se fossem da minha família.

— Nós é que agradecemos por você manter nosso quarto tão organizado — disse o Sr. Chen. — Assim a Sra. Chen pode descansar enquanto está aqui.

— Estou ficando preguiçosa. Você faz tudo por mim — falou a Sra. Chen.

Não gosto de ser o centro das atenções. Prefiro receber um elogio com um aceno ou me mantendo em silêncio. Na ocasião, assenti, fiz uma pequena reverência e falei:

— Aproveitem a estadia.

Os Chen entraram no elevador, e as portas se fecharam.

O saguão estava razoavelmente movimentado, com alguns hóspedes chegando e outros indo embora. Por alto, tudo me pareceu limpo e organizado. Não seria necessário fazer retoques. Às vezes, os hóspedes deixavam um jornal revirado em uma mesa de canto ou largavam um copo de café no chão de mármore limpo, onde pode derramar as últimas gotas e deixar uma mancha terrível. Sempre que vejo essas desgraças, lido com elas de imediato. Teoricamente, limpar o saguão não faz parte do meu trabalho, mas, como diz o Sr. Snow, bons funcionários pensam fora da caixa.

Empurrei meu carrinho até a porta do Bar & Restaurante Social e o estacionei ali. Rodney estava atrás do balcão, lendo um jornal aberto na bancada.

Entrei bruscamente para mostrar que sou uma mulher confiante e com propósito.

— Cheguei — avisei.

Ele ergueu os olhos.

— Ah, oi, Molly. Veio pegar os jornais?

— Sua suposição está 100% correta.

Todos os dias eu pegava uma pilha de jornais para deixar nos quartos quando fosse limpá-los.

— Você viu isso? — perguntou, apontando para o jornal diante dele.

Rodney usa um Rolex brilhante. Por mais que eu não seja muito ligada em grifes, sei bem que Rolex é uma marca cara de relógios, o que deve significar que o Sr. Snow reconhece as habilidades superiores de Rodney como bartender, e paga a ele mais do que um salário comum.

Olhei a manchete que Rodney apontava: "Disputa familiar perturba império dos Black."

— Posso ler?

— Claro.

Ele virou o jornal na minha direção. Havia várias fotos, incluindo uma grande do Sr. Black, com o clássico terno transpassado, se desvencilhando de repórteres que colocavam câmeras na cara dele. Giselle estava ao lado, de óculos escuros e com um visual perfeito dos pés à cabeça. A julgar pela roupa que usava, a foto era recente. Talvez de ontem?

— Parece que a família Black está com problemas — disse Rodney. — Dizem que Victoria, a filha dele, é dona de 49% das ações do império Black, e ele quer essas ações de volta.

Eu passei o olho pelo artigo. Os Black tinham três filhos, todos adultos. Um dos rapazes morava em Atlantic City, o outro ia da Tailândia às Ilhas Virgens ou a qualquer lugar onde estivesse acontecendo uma festa. No artigo, a Sra. Black — a primeira — descrevia os dois filhos homens como "irresponsáveis" e era citada dizendo: "A Black Propriedades & Investimentos só poderá sobreviver se a minha filha, Victoria, que já praticamente dirige a empresa, se tornar dona de pelo menos metade das ações." O artigo prosseguia descrevendo os terríveis conflitos judiciais entre o Sr. Black e a ex-esposa. Diversos outros magnatas eram citados, tomando o lado de um ou de outro. O texto insinuava que o segundo casamento do Sr. Black, com Giselle, dois anos antes — uma mulher que tinha menos de metade da idade dele — marcava o início da desestabilização do império Black.

— Pobre Giselle — eu disse em voz alta.

— Não é? — respondeu Rodney. — Ela não precisa disso.

Um pensamento me ocorreu naquele instante.

— Você conhece a Giselle?

Rodney puxou o jornal e o enfiou debaixo da bancada, pegando uma pilha de jornais novos para que eu levasse aos quartos.

— Quem?

— Giselle.

— O Sr. Black não permite que ela venha ao bar. Você deve ter mais contato com ela do que eu.

Ele estava certo. Eu tinha. Uma ligação improvável e agradável — ousaria dizer uma amizade? — se formou recentemente entre nós, entre a jovem e linda Giselle Black, segunda esposa do famoso magnata do mercado imobiliário, e eu, Molly, uma camareira insignificante. Não falo muito sobre a nossa relação porque a máxima do Sr. Preston se aplica tanto aos cavalheiros quanto às damas: é melhor ficar de bico calado.

Esperei que Rodney estendesse a conversa, oferecendo a deixa que uma mulher solteira-mas-não-desesperada pode proporcionar quando está interessada romanticamente no bom partido diante de si, cujo perfume tinha cheiro de bergamota e um exótico mistério masculino.

Ele não me decepcionou — não totalmente, pelo menos.

— Molly, seus jornais.

Rodney se apoiou no balcão, os músculos dos antebraços se tencionando de modo muito atraente. (Como aquilo era um bar e não uma mesa de jantar, a regra de não apoiar os cotovelos não valia.)

— Ah, aliás, Molly, obrigado. Pelo que está fazendo para ajudar meu amigo, Juan Manuel. Você é mesmo... muito especial.

Senti uma onda de calor subir pelas minhas bochechas como se vovó as tivesse beliscado.

— Eu faria o mesmo por você, provavelmente mais. Quer dizer, é o que fazemos pelos nossos amigos, não é? Ajudamos em situações complicadas.

Ele colocou uma das mãos sobre meu pulso e o apertou de leve. Foi uma sensação extremamente agradável, e de repente me dei conta de que fazia muito tempo que ninguém encostava em mim. Ele se afastou muito antes do que eu gostaria. Esperei que dissesse mais alguma coisa, me chamasse para mais um encontro, talvez? Tudo o que eu queria era sair uma segunda vez com Rodney Stiles. Nosso primeiro encontro foi mais de um ano atrás e ainda é um dos pontos altos da minha vida adulta.

Mas esperei em vão. Ele se virou para a máquina de café e começou a preparar um.

— É melhor você ir subindo — sugeriu ele. — Ou então a Chernobyl vai jogar uma bomba em você.

Eu ri. Foi mais uma risada com tosse, na verdade. Estava rindo com Rodney, não de Cheryl, então não tinha problema.

— Foi maravilhoso conversar com você — disse eu a Rodney. — Quem sabe podemos fazer isso de novo outra hora? — sugeri.

— Com certeza — respondeu ele. — Vou estar aqui a semana toda, ha-ha.

— Claro que vai... — disse eu, séria.

— Foi uma brincadeira — esclareceu ele, dando uma piscadela.

Embora eu não tenha entendido a brincadeira, com certeza entendi a piscadela. Saí do bar flutuando de tão leve e peguei meu carrinho. Conseguia ouvir meu coração batendo, a empolgação latejando dentro de mim.

Passei pelo saguão empurrando meu carrinho, cumprimentando com a cabeça os hóspedes no caminho. "Cortesia discreta; um atendimento ao cliente invisível, porém presente", dizia com frequência o Sr. Snow. É um comportamento que eu cultivei, mas devo admitir que é bem natural para mim. Acho que vovó me ensinou muito sobre esse jeito de ser, por mais que o hotel tenha me dado ampla oportunidade de treinar e aperfeiçoar isso.

Hoje de manhã, eu estava com uma música alegre na cabeça quando peguei o elevador até o quarto andar. Fui em direção ao quarto do Sr. e da Sra. Black, a suíte 401. Quando estava prestes a bater na porta, ela se abriu e o Sr. Black saiu feito um furacão. Vestia o característico terno transpassado, com um papel saindo do bolso dianteiro esquerdo, onde pude ler a palavra "ESCRITURA" em letras elegantes. Ele quase me derrubou com a força bruta daquela saída.

— Sai da frente.

Fazia aquilo com frequência — me empurrava ou me tratava como se eu fosse invisível.

— Me desculpe, Sr. Black — disse eu. — Tenha um dia agradável.

Enfiei o pé entre a porta e o batente para impedir que fechasse, mas decidi que era melhor bater mesmo assim.

— Camareira! — gritei.

Giselle estava sentada no divã da sala de estar, vestindo um roupão de banho, com a cabeça entre as mãos. Estava chorando? Eu não soube ao certo. O cabelo dela — comprido, brilhante e escuro — estava desgrenhado. Aquilo me deixou bem nervosa, o cabelo dela naquele estado.

— É uma boa hora para devolver a suíte a um estado de absoluta perfeição? — perguntei.

Giselle ergueu a cabeça. O rosto estava enrubescido, e os olhos, inchados. Ela pegou o celular na mesa de vidro, se levantou e correu até o banheiro, batendo a porta atrás de si. Ligou o exaustor, e eu percebi que estava fazendo um barulho esquisito. Eu avisaria ao Departamento de Manutenção mais tarde. Em seguida, ela ligou o chuveiro.

— Muito bem! — falei bem alto atrás da porta do banheiro. — Se não se incomoda, vou arrumar aqui fora enquanto você se prepara para aproveitar o dia!

Nenhuma resposta.

— Eu disse: vou limpar aqui fora! Já que não me respondeu...

Nada. Era estranho Giselle se comportar daquela forma. Costumava ser bem faladeira enquanto eu limpava a suíte. Conversava comigo bastante, e, na presença dela, eu sentia algo que raramente acontecia com outras pessoas: eu ficava à vontade, como se estivesse sentada no sofá de casa com a vovó.

Gritei mais uma vez.

— Minha avó sempre dizia que o melhor jeito de se sentir melhor é fazer faxina! "Se está triste, pegue um espanador, mocinha!"

Mas ela não podia me ouvir com o ruído do chuveiro e o zumbido estranho do exaustor.

Eu me ocupei com a limpeza, começando pela sala de estar. A mesa de vidro estava uma bagunça, cheia de manchas e marcas de dedos. A propensão das pessoas a gerar imundície sempre me impressiona. Peguei meu frasco de amônia e comecei meu trabalho, devolvendo à mesa seu brilho intenso e elegante.

Esquadrinhei o quarto. As cortinas estavam abertas. Felizmente, as janelas não tinham marcas de dedos, o que já era uma dádiva. Havia alguns envelopes abertos na cômoda da entrada. No chão, uma tira de envelope rasgado. Eu a peguei e joguei no lixo. Ao lado da correspondência estava a bolsa amarela de Giselle com a alça de corrente dourada. Parecia valer muito dinheiro, não que isso fosse perceptível pela forma descuidada como ela a usava. O zíper principal estava aberto, e no papel que se projetava para fora havia um itinerário de voo. Eu não sou de ficar xeretando as coisas, mas não pude deixar de notar que eram dois voos só de ida para as Ilhas Cayman. Se aquela bolsa fosse minha, eu sempre fecharia o zíper e me asseguraria de que meus pertences valiosos não ficassem tão propensos a cair e se perder. Achei que era minha responsabilidade colocar a bolsa de forma que ficasse paralela à correspondência e ajeitar a alça de corrente.

Observei o cômodo. O carpete tinha sido bem pisoteado — estava amassado dos dois lados, como se alguém, o Sr. Black ou Giselle, ou ambos, tivesse andado para lá e para cá várias vezes. Peguei meu aspirador no carrinho e liguei na tomada.

— Perdoe o barulho! — gritei.

Passei o aspirador no quarto em linhas retas até que o carpete voltou a ficar volumoso, parecendo um jardim japonês recém-varrido. Nunca visitei um jardim japonês na vida real, mas eu e vovó costumávamos viajar juntas no sofá, uma do lado da outra, na sala de casa.

— Aonde vamos hoje? — perguntava ela. — Para a Amazônia com David Attenborough ou para o Japão com o National Geographic?

Naquela noite eu escolhi Japão, e vovó e eu aprendemos sobre os jardins japoneses. Isso foi antes que ela ficasse doente, claro. Eu não faço mais viagens do meu sofá porque não tenho dinheiro para TV a cabo ou mesmo Netflix. E mesmo que eu tivesse, não seria a mesma coisa viajar no sofá sem a vovó.

Agora, enquanto espero na sala do Sr. Snow, relembrando meu dia, penso de novo como foi estranho Giselle ter ficado no banheiro tanto tempo hoje de manhã. Parecia até que ela não queria falar comigo.

Depois de passar o aspirador, fui até o quarto. A cama estava bagunçada, sem gorjeta nos travesseiros, o que me decepcionou. Admito que tinha passado a contar com as gorjetas generosas dos Black. Foram elas que me ajudaram nos últimos meses, agora que meu salário é tudo o que tenho para bancar a casa e não posso contar com o que vovó ganhava para inteirar o aluguel.

Comecei a tirar os lençóis e arrumei a cama de forma impecável, escondendo todas as sobras do lençol com perfeição e arrumando os quatro travesseiros bojudos de alta qualidade — dois firmes, dois macios, dois para cada, marido e mulher. A porta do closet estava aberta, mas quando fui fechar não consegui, porque o cofre lá dentro também estava aberto. Pude ver um passaporte dentro do cofre, não dois, alguns documentos que pareciam coisas jurídicas e várias pilhas de dinheiro — notas de cem dólares novinhas, pelo menos cinco maços polpudos.

É difícil admitir isso, até para mim mesma, mas estou passando por uma crise financeira. E por mais que não me orgulhe disso, a verdade é que aquelas pilhas de dinheiro no cofre me tentaram, tanto que arrumei o resto do quarto o mais rápido possível — endireitei sapatos, dobrei a camisola sobre a poltrona e assim por diante, só para poder sair do quarto e terminar de limpar o restante da suíte logo.

Voltei à sala de estar e fui conferir o bar e o frigobar. Estavam faltando cinco garrafinhas de gim (dela, eu presumo) e três garrafinhas de uísque (com certeza dele). Reabasteci o estoque e esvaziei todas as latas de lixo.

Ouvi o chuveiro finalmente ser desligado, assim como o exaustor. Em seguida, o som inconfundível de Giselle aos prantos.

Ela parecia muito triste, por isso avisei que a suíte estava limpa, peguei uma caixa de lenços no carrinho e esperei na porta do banheiro.

Por fim, ela saiu. Estava envolta em um dos roupões de banho brancos e felpudos do hotel. Sempre me perguntei como era vestir um roupão daqueles; deve ser como ganhar um abraço de uma nuvem. Tinha uma toalha enrolada no cabelo também, perfeitamente torcida, parecendo minha sobremesa preferida — sorvete.

Estendi a caixa de lenços na direção dela.

— Quer um lenço para enxugar seus problemas? — perguntei.

Giselle suspirou.

— Você é um amor — disse ela. — Mas um lenço não vai dar conta.

Ela me contornou e entrou no quarto. Ouvi o armário sendo remexido.

— Você está bem? — perguntei. — Posso ajudar em alguma coisa?

— Hoje não, Molly. Estou sem energia. Ok?

A voz dela estava diferente, como um pneu furado, se um pneu furado pudesse falar, o que só é verdade em desenhos animados. Ficou claro para mim que estava extremamente chateada.

— Muito bem — continuei, em uma voz mais alegre. — Posso limpar o banheiro agora?

— Não, Molly. Sinto muito. Agora não, por favor.

Eu não levei a mal.

— Volto mais tarde para limpar, então?

— Boa ideia.

Fiz uma pequena reverência, agradecendo o elogio, peguei meu carrinho e saí.

Comecei a limpar os outros quartos e suítes naquele andar, me sentido cada vez mais incomodada. O que havia de errado com Giselle? Normalmente, ela falava sobre os lugares aonde estava indo, o que ia fazer. Pedia minha opinião sobre o que vestir... Dizia coisas gentis, como: "Molly

Maid, você é a melhor. Nunca se esqueça disso." Eu sentia meu rosto esquentar. Sentia meu peito se expandir um pouco com cada palavra amável.

Também era muito estranho Giselle se esquecer de deixar minha gorjeta.

Todo mundo tem direito a um dia ruim de vez em quando, eu ouvi vovó dizer na minha mente. *Mas quando todos os dias são ruins, sem nenhum agradável, está na hora de repensar as coisas.*

Fui até o quarto do Sr. e da Sra. Chen, algumas portas à frente. Cheryl estava prestes a entrar.

— Eu ia pegar os lençóis sujos e levar para a lavanderia, fazer esse favor para você — disse ela.

— Não precisa, pode deixar que eu faço isso — respondi, passando por ela com meu carrinho. — Mas obrigada pela gentileza.

Eu entrei no quarto, deixando a porta se fechar sem cerimônias na cara emburrada da Cheryl.

No travesseiro do quarto dos Chen havia uma nota de vinte dólares nova em folha. Para mim. Um reconhecimento do meu trabalho, da minha existência, do quanto sou necessária.

— Isso é gentileza, Cheryl — falei em voz alta ao dobrar a nota de vinte e enfiar no bolso.

Enquanto limpava, eu imaginava todas as coisas que poderia fazer — borrifar água sanitária na cara dela, estrangulá-la com o cinto de um roupão, empurrá-la da varanda — se algum dia pegasse Cheryl em flagrante roubando a gorjeta de um dos meus quartos.

Capítulo 3

Ouço passos no corredor, vindo em direção à sala do Sr. Snow, onde permaneço sentada obedientemente em uma das barulhentas poltronas de couro marrom e encosto alto. Não sei há quanto tempo estou aqui — parece mais de 120 minutos —, e, por mais que tenha tentado ao máximo me distrair com pensamentos e lembranças, meus nervos estão cada vez mais à flor da pele. O Sr. Snow entra.

— Molly, obrigado por esperar. Você foi muito paciente.

Só então percebo que há alguém atrás dele, uma pessoa vestida de azul-escuro. Ela dá alguns passos à frente. É uma policial. Ela é grande, imponente, com ombros largos e atléticos. Há algo no olhar dela que não me agrada. Estou acostumada às pessoas olharem através de mim, em torno de mim, mas essa policial olha diretamente para mim — ouso dizer *dentro* de mim? — de um jeito muito perturbador. A xícara de chá na minha mão está gelada. Minhas mãos também estão.

— Molly, esta é a detetive Stark. Detetive, essa é Molly Gray. Foi ela quem encontrou o Sr. Black.

Eu não sei bem qual é o protocolo a seguir na hora de cumprimentar uma detetive. Fui treinada pelo Sr. Snow a cumprimentar homens de negócios, chefes de Estado e influenciadores do Instagram, mas ele nunca mencionou o que fazer diante de uma detetive. Tenho que recorrer à minha própria astúcia e às minhas lembranças da série *Columbo*.

Eu me levanto e percebo que a xícara de chá ainda está na minha mão. Vou até a escrivaninha de mogno do Sr. Snow e estou prestes a pousar a xícara, mas não encontro um porta-copo. Eles estão na outra extremidade da sala, em uma prateleira repleta de livros com capa de couro — que seriam trabalhosos, mas muito satisfatórios de limpar. Pego um porta-copo, volto à escrivaninha do Sr. Snow, coloco-o sobre a superfície, alinhado ao canto da mesa, então pouso minha xícara com desenhos de rosas sobre ele, tomando cuidado para não derramar uma gota sequer do chá frio.

— Pronto. — Eu me aproximo da detetive, e meu olhar encontra seus olhos perspicazes. — Detetive — digo, como fazem na televisão.

Faço uma espécie de reverência, colocando um pé atrás do outro e acenando com a cabeça de leve.

A detetive olha para o Sr. Snow, depois para mim.

— Que dia horrível, hein? — comenta ela.

A voz dela tem um resquício de amabilidade, eu acho.

— Ah, não foi tão horrível — garanto. — Estava justamente repassando o dia mentalmente. Na verdade, foi bem agradável até aproximadamente as três da tarde.

A detetive olha para o Sr. Snow mais uma vez.

— Choque — explica ele. — Ela está em choque.

Talvez o Sr. Snow tenha razão. O pensamento que me ocorre em seguida me parece absolutamente urgente e preciso articulá-lo em voz alta.

— Sr. Snow, muito obrigada pela xícara de chá e o delicioso biscoito amanteigado. Foi o senhor quem trouxe? Ou outra pessoa? Eu adorei ambos. Se me permite perguntar, qual a marca do biscoito?

O Sr. Snow pigarreia, então diz:

— São feitos na cozinha do hotel, Molly. Seria um prazer trazer mais para você em outro momento. Mas agora é importante falarmos de outra coisa. A detetive Stark tem algumas perguntas pra você, já que foi a primeira pessoa a encontrar o Sr. Black na sua... no seu...

— Leito de morte — completo, prestativa.

O Sr. Snow baixa a cabeça e olha para os sapatos bem engraxados.

A detetive cruza os braços. Acredito que os olhos dela fitam os meus de um jeito carregado de sentido, só não sei qual sentido exatamente. Se vovó estivesse aqui, eu perguntaria a ela. Mas ela não está aqui. Nunca mais vai estar aqui.

— Molly — diz o Sr. Snow. — Você não está sob suspeita de forma alguma. Mas a detetive quer falar com você enquanto testemunha. Talvez tenha percebido alguns detalhes na cena, ou ao longo do dia, que possam ajudar na investigação.

— A investigação... — repito. — Você acha que sabe como o Sr. Black morreu? — pergunto.

A detetive Stark pigarreia.

— Eu não acho nada por enquanto.

— Muito sensato — concordo. — Então acha que o Sr. Black foi assassinado?

A detetive Stark arregala os olhos.

— Bem, é mais provável que ele tenha morrido de ataque cardíaco — diz ela. — Há petéquias ao redor dos olhos dele que condizem com uma parada cardíaca.

— Petéquias? — pergunta o Sr. Snow.

— Pequenas lesões em torno dos olhos. Acontece em caso de ataque cardíaco, mas também pode querer dizer... outras coisas. A essa altura, não temos certeza de nada. Vamos fazer uma investigação minuciosa para descartar a possibilidade de crime.

Aquilo me faz pensar em uma piada muito engraçada que vovó costumava contar. Eu sorrio com a lembrança.

— Molly — diz o Sr. Snow. — Você entende a gravidade da situação?

Ele está franzindo o cenho, e eu percebo o que fiz e como meu sorriso foi interpretado.

— Peço desculpas, senhor — explico. — Eu estava pensando em uma piada.

A detetive descruza os braços e leva as duas mãos ao quadril. Mais uma vez, me olha daquele jeito dela.

— Gostaria de levar você para a delegacia, Molly — diz ela. — Para pegar seu depoimento.

— Infelizmente, não vai ser possível — respondo. — Não terminei meu turno, e o Sr. Snow conta comigo para fazer meu trabalho como camareira.

— Ah, não tem problema, Molly — interrompe o Sr. Snow. — É uma circunstância excepcional, insisto que você ajude a detetive Stark. Vamos remunerar você por todo o expediente, não se preocupe.

É um alívio ouvir isso. Tendo em conta a situação atual das minhas finanças, não posso ter qualquer corte no meu salário.

— É muito generoso da sua parte, Sr. Snow — agradeço.

Então, outro pensamento me ocorre.

— Então eu não estou sob suspeita, certo?

— Não — responde o Sr. Snow. — Certo, detetive?

— Não, nem um pouco. Só precisamos saber o que você viu hoje, o que percebeu, sobretudo na cena.

— Está falando da suíte do Sr. Black?

— Isso.

— Quando encontrei ele morto.

— É, sim.

— Entendo. Onde deixo minha xícara suja, Sr. Snow? Posso levar de volta para a cozinha com prazer. "Nunca deixe um hóspede encontrar algo bagunçado."

Estou citando o último seminário de desenvolvimento profissional do Sr. Snow, mas infelizmente ele não reconhece minha referência sagaz.

— Não se preocupe com a xícara. Eu cuido disso — diz.

E, com isso, a detetive segue na frente, me guiando para fora da sala do Sr. Snow, atravessando o nobre saguão do Hotel Regency Grand e saindo pela porta de serviço.

Capítulo 4

Estou na delegacia. É estranho não estar no Regency Grand ou no apartamento da vovó. Tenho dificuldade de dizer "meu apartamento", embora seja meu agora. Meu e só meu enquanto eu conseguir pagar o aluguel.

Agora, aqui estou em um lugar que nunca vi antes, um lugar onde não imaginava que estaria hoje — um cômodo branco, pequeno, todo de concreto, com apenas duas cadeiras, uma mesa e uma câmera de segurança no canto superior esquerdo, uma luz vermelha piscando na minha direção. A iluminação fluorescente aqui dentro é forte e intensa demais. Embora eu tenha grande apreciação pela cor branca em matéria de decoração e moda, essa escolha de estilo não está funcionando nem um pouco aqui. Branco só funciona num espaço limpo. E não se engane: esse cômodo está tudo, menos limpo.

Talvez sejam ossos do ofício: vejo sujeira onde os outros não veem. As marcas na parede onde provavelmente uma maleta preta esbarrou, os círculos marrons de café na mesa branca à minha frente, como dois Os. As digitais cinzentas na maçaneta e as pegadas com formas geométricas no chão, das botas de algum policial.

A detetive Stark me deixou aqui faz pouco tempo. Nossa vinda no carro foi agradável. Ela me deixou sentar na frente, o que eu valorizei. Não sou nenhuma criminosa, muito obrigada, então não precisa me tratar como uma. Ela tentou jogar conversa fora durante o caminho. Não sou boa em jogar conversa fora.

— Então, há quanto tempo você trabalha no Regency Grand? — perguntou ela.

— Faz aproximadamente quatro anos, treze semanas e cinco dias. Pode ser um dia a menos ou a mais, mas só. Posso dizer exatamente se você tiver um calendário.

— Não precisa.

Ela meneou a cabeça lentamente por alguns segundos, e eu interpretei que tinha dado informação de mais. O Sr. Snow tinha me ensinado a regra dos três S: *Seja Simples e Sonsa*. Que fique claro: ele não estava me chamando de sonsa. Estava só dizendo que às vezes é melhor ser. Pelo que entendi, explicar demais — algo que eu faço muito — pode ser irritante para os outros.

Quando chegamos à delegacia, a detetive Stark cumprimentou a recepcionista, o que foi legal da parte dela. Eu admiro quando um "superior" cumprimenta os funcionários direito — *Não existe posição alta ou baixa demais para respeito e educação*, dizia vovó.

Quando entramos, a detetive me levou a uma salinha nos fundos.

— Quer alguma coisa antes de começarmos nossa conversa? Que tal um café?

— Chá? — perguntei.

— Vou ver se tem.

Agora ela está de volta com um copo de isopor nas mãos.

— Desculpe, não consegui encontrar nenhum chá por aqui. Trouxe água.

Um copo de isopor. Eu detesto isopor. O barulho que faz. O jeito como atrai sujeira. A forma como qualquer esbarrão com a unha deixa uma marca permanente... mas sei que devo ser educada. Não vou protestar.

— Obrigada — digo.

Ela pigarreia e se senta na cadeira à minha frente. Segura um bloco de papel amarelo e uma caneta Bic com a parte de cima mastigada. Forço minha mente a não pensar no universo de bactérias que habita o topo daquela caneta. Ela põe o bloco na mesa, com a caneta ao lado, então se recosta na cadeira e me lança aquele olhar penetrante.

— Você não está sob suspeita, Molly — começa. — Só quero que saiba disso.

— Estou ciente — garanto.

O bloco amarelo está torto, cerca de 47 graus o separam de um ângulo reto com o canto da mesa. Antes que eu consiga me conter, minhas mãos se movem para corrigir essa bagunça, ajustando o bloco para ficar paralelo com a mesa. A caneta também está torta, mas não há força grande o suficiente no planeta para fazer com que eu encoste nela.

A detetive Stark me observa com a cabeça inclinada para o lado. Isso pode não soar muito gentil, mas está parecendo um cachorro grande tentando ouvir um ruído na floresta. Finalmente, ela fala.

— Acho que o Sr. Snow pode estar certo a seu respeito, você está em choque. É comum as pessoas em choque terem dificuldade de expressar emoções. Já vi isso acontecer.

A detetive Stark não me conhece nem um pouco. Suponho que o Sr. Snow também não tenha dito muita coisa sobre mim. Ela acha que meu comportamento é peculiar, que estou fora do meu estado normal porque encontrei o Sr. Black morto na cama. E, embora tenha sido chocante e eu não esteja no meu estado normal, me sinto muito melhor agora do que algumas horas atrás, e tenho plena certeza de estar me comportando normalmente.

O que quero mesmo é ir para casa, preparar uma boa xícara de chá e talvez enviar uma mensagem a Rodney sobre os acontecimentos do dia, na esperança de que ele me console de alguma forma ou se ofereça para um encontro. Se isso não acontecer, nem tudo estará perdido. Talvez eu tome um banho de banheira e leia um livro da Agatha Christie — vovó tem muitos, e já li todos mais de uma vez.

Decido não dividir nenhum desses pensamentos. Em vez disso, concordo com a detetive Stark até onde posso sem mentir totalmente.

— Detetive — digo —, talvez você tenha razão e eu esteja em choque, e sinto muito se acha que estou fora do meu estado normal.

— É perfeitamente compreensível — responde ela, curvando os lábios num sorriso.

Pelo menos acho que é um sorriso. Raramente tenho certeza.

— Gostaria de perguntar o que você viu quando entrou na suíte dos Black esta tarde. Viu alguma coisa fora do lugar ou estranha?

Durante absolutamente todos os meus dias de trabalho, encontro uma variedade de coisas "fora do lugar" ou "estranhas" — e não só na suíte dos Black. Hoje, encontrei um varão de cortina arrancado do suporte em um quarto no terceiro andar, uma chapa elétrica contrabandeada em plena vista na bancada de um banheiro no quarto andar e seis mulheres risonhas tentando esconder colchões de ar debaixo de uma cama num quarto para apenas dois hóspedes. Cumpri meu dever e denunciei cada uma dessas infrações, e outras mais, ao Sr. Snow.

— Sua devoção aos padrões elevados do Regency Grand não tem limite — disse o Sr. Snow, mas sem sorrir.

— Obrigada — agradeci, me sentindo orgulhosa do meu relatório.

Reflito sobre o que a detetive quer saber de verdade e o que estou disposta a divulgar.

— Detetive — digo —, a suíte dos Black estava no seu estado de bagunça habitual quando entrei lá esta tarde. Não havia nada de muito estranho, a não ser os comprimidos na mesa de cabeceira.

Dou essa informação de propósito, porque é um detalhe que até o investigador mais imbecil perceberia na cena. O que não quero revelar são as outras coisas: o roupão no chão, o cofre aberto, o dinheiro ausente, o itinerário de voo, a ausência da bolsa de Giselle na segunda vez que entrei no quarto. E o que eu vi naquele espelho no quarto do Sr. Black.

Já assisti a filmes de assassinatos o suficiente para saber quem costuma ser o suspeito principal. Esposas estão no topo da lista, e a última coisa que quero é colocar Giselle sob suspeita. Ela não tem culpa nisso tudo e é minha amiga. Estou preocupada com ela.

— Estamos investigando os comprimidos — disse a detetive.

— São da Giselle — falo, sem querer.

Não acredito que o nome dela saiu, do nada, da minha boca. Talvez eu esteja mesmo em choque, porque meus pensamentos e minha boca não estão trabalhando em harmonia como costumam fazer.

— Como sabe que os comprimidos eram da Giselle? — pergunta a detetive, sem tirar os olhos do bloco em que está escrevendo. — O frasco não tinha rótulo.

— Sei porque organizo os artigos de higiene pessoal da Giselle quando limpo o banheiro. Gosto de organizar do maior para o menor, mas às vezes verifico primeiro se o hóspede tem preferência por outro método de organização.

— Outro método.

— Sim, como maquiagens, remédios, produtos de higiene íntima...

A boca da detetive Stark se abre de leve.

— Ou produtos de depilação, hidratante, cremes de cabelo. Entende?

Ela fica em silêncio por um tempo longo demais. Está me olhando como se *eu* fosse a idiota quando é evidente que ela é que não é capaz de compreender minha lógica muito simples. A verdade é que eu sei que os comprimidos eram de Giselle porque já a vi enfiá-los na boca várias vezes enquanto eu estava no quarto. Já até perguntei sobre eles uma vez. "Esses aqui?", disse ela. "Eles me acalmam quando perco a cabeça. Quer um?" Recusei educadamente. Remédios servem apenas para controle de dor, e eu estou plenamente ciente do que pode acontecer em caso de excesso.

A detetive segue com as perguntas.

— Quando chegou à suíte dos Black, você foi direto até o quarto?

— Não — respondo. — Isso seria contra o protocolo. Primeiro, anunciei minha chegada, achando que talvez tivesse alguém lá dentro. No fim das contas, eu estava coberta de razão na minha suposição.

A detetive me olha sem dizer nada.

Eu aguardo.

— Você não anotou isso — digo.

— Não anotei o quê?

— O que eu acabei de falar.

Ela me lança um olhar incompreensível, então pega a caneta e anota minhas palavras, batendo-a no bloco ao terminar.

— E depois? — pergunta.

— Bem, como ninguém respondeu, fui até a sala de estar, que estava bem bagunçada. Eu queria limpar, mas achei melhor primeiro dar uma olhada no resto da suíte. Entrei no quarto e encontrei o Sr. Black na cama, como se estivesse descansando.

A tampa mastigada da caneta se agita na minha direção de forma ameaçadora enquanto ela anota minhas palavras.

— Continue — pede ela.

Explico que me aproximei da cama, verifiquei a respiração e o pulso do Sr. Black, mas não encontrei, então telefonei para a recepção pedindo ajuda. Explico tudo, até certo ponto.

Ela escreve enfurecidamente agora, parando de vez em quando para me olhar, enfiando aquela fábrica de germes da caneta na boca.

— Me diga uma coisa: você conhece bem o Sr. Black? Já teve alguma conversa com ele, para além das questões de faxina no quarto?

— Não — respondo. — O Sr. Black era sempre bem indiferente. Bebia muito e não parecia gostar de mim nem um pouco, então eu mantinha a distância sempre que possível.

— E quanto a Giselle Black? — indaga a detetive.

Penso em Giselle, nas vezes em que conversamos, nas coisas íntimas que contamos uma para a outra. É assim que se constrói uma amizade, uma pequena verdade por vez.

Lembro a primeira vez, muitos meses antes, em que vi Giselle. Já havia limpado a suíte dos Black diversas vezes, mas nunca a tinha visto de fato.

Era de manhã, provavelmente por volta das nove e meia, quando bati na porta e Giselle me deixou entrar. Usava uma camisola rosa-clara feita de seda ou cetim. O cabelo escuro cobria seus ombros em ondas perfeitas. Ela me lembrou as antigas estrelas dos filmes em preto e branco aos quais vovó e eu costumávamos assistir juntas à noite. No entanto, havia algo de muito contemporâneo a respeito de Giselle também, como se ela estivesse entre dois mundos.

Ela me convidou para entrar, e eu agradeci, puxando meu carrinho.

— Sou Giselle Black — falou ela, estendendo a mão.

Eu não soube o que fazer. A maioria dos hóspedes evita encostar nas camareiras, sobretudo nas nossas mãos. Eles nos associam à sujeira alheia, não à deles próprios. Mas Giselle não, ela era diferente. Sempre foi diferente. Talvez por isso eu goste tanto dela.

Limpei rapidamente as mãos numa toalha limpa do carrinho e estendi a mão para cumprimentá-la.

— É um prazer — falei.

— E como é seu nome? — perguntou.

Mais uma vez, fiquei embasbacada. Os hóspedes raramente perguntam meu nome.

— Molly — murmurei, com uma pequena reverência.

— Molly, que trabalha com limpeza, que nem Molly Maid? — exclamou ela. — Que hilário!

— De fato, madame — disse eu, olhando meus sapatos.

— Ah, eu não sou "madame" — retorquiu. — Faz tempo que não sou. Me chame de Giselle. Sinto muito que você tenha que limpar esse chiqueiro todo dia. Somos bem bagunceiros, Charles e eu. Mas é um prazer abrir a porta e encontrar tudo novinho em folha depois de você ter passado por aqui. É como renascer todo santo dia.

Meu trabalho havia sido notado, reconhecido, valorizado. Por um instante, não fui invisível.

— A seu dispor… Giselle — falei.

Ela sorriu. Um sorriso cheio que alcançou os olhos verdes felinos dela.

Senti o sangue subir até as minhas bochechas. Não tinha ideia do que fazer em seguida, do que dizer. Não é todo dia que me envolvo em uma conversa de verdade com uma hóspede de tamanho prestígio. Não é nem todo dia que um hóspede reconhece minha existência.

— Me diga, Molly — continuou ela. — Como é trabalhar como camareira, limpar a sujeira de pessoas como eu todos os dias?

Nenhum hóspede jamais me perguntou aquilo. A resposta não estava em nenhuma das detalhadas sessões de desenvolvimento profissional do Sr. Snow sobre decoro no serviço.

— É um trabalho árduo — respondi. — Mas acho prazeroso deixar um quarto impecável e depois sair, desaparecer sem deixar rastros.

Giselle se sentou no divã. Enrolou uma mecha da cabeleira castanha entre os dedos.

— Parece incrível — disse ela. — Ser invisível, desaparecer assim. Eu não tenho privacidade, não tenho vida. Aonde quer que eu vá, tem câmeras na minha frente. E meu marido é um tirano. Sempre achei que casar com um homem rico resolveria todos os meus problemas, mas não é bem assim. Não é nada assim.

Fiquei sem palavras. Qual era a resposta adequada? Não tive tempo de refletir, porque Giselle logo voltou a falar.

— Basicamente, Molly, o que estou dizendo é que minha vida é uma droga.

Ela se levantou, foi até o frigobar e pegou uma garrafinha de gim, então derramou o conteúdo dentro de um copo. Voltou ao divã com a bebida e se sentou novamente.

— Todo mundo tem problemas — disse eu.

— Ah, é mesmo? Quais são os seus?

Mais uma pergunta para a qual eu não estava preparada. Lembrei do conselho da vovó: *Honestidade é sempre o melhor caminho.*

— Bem — comecei —, eu não tenho marido, mas tive um namorado por um tempo e, por causa dele, tenho problemas financeiros agora. Meu pretendente acabou se revelando... um mau partido.

— Seu pretendente. Um mau partido. Você fala engraçado, sabia? — Ela bebeu um gole de gim antes de continuar. — Como uma senhora. Ou a rainha.

— É por causa da minha avó — expliquei. — Ela me criou. Não teve uma boa educação formal, nunca foi além do ensino médio e passou a vida inteira fazendo faxina, até ficar doente. Mas ela aprendeu sozinha. Era esperta. Acreditava na regra dos três E: etiqueta, elocução e erudição. Ela me ensinou muita coisa. Tudo, na verdade.

— Hum — fez Giselle.

— Vovó acreditava em ser educado e tratar as pessoas com respeito. Não é o que a pessoa tem de material que importa. É como você se comporta.

— É. Entendi. Acho que eu teria gostado da sua avó. E ela ensinou você a falar assim? Como Eliza no filme *Minha Bela Dama*?

— É, acredito que sim.

Giselle se levantou do divã e ficou de pé bem na minha frente, o queixo erguido, me examinando.

— Você tem uma pele incrível. Parece porcelana. Gostei de você, Molly Maid. É um pouco estranha, mas gostei.

Então foi até o quarto e voltou segurando uma carteira masculina de couro. Vasculhou lá dentro, pegou uma nota de cem dólares novinha e a colocou na minha mão.

— Aqui. Tome — disse ela.

— Não, eu não posso...

— Ele não vai nem notar. E mesmo que note, o que vai fazer? Me matar?

Eu olhei o dinheiro na minha mão, a nota leve e lisa.

— Obrigada. — Consegui soltar apenas um sussurro rouco.

Era a maior gorjeta que eu já tinha recebido.

— Imagine. Não foi nada — respondeu ela.

Foi assim que a amizade entre mim e Giselle começou. Continuou e cresceu a cada estadia prolongada dela. Ao longo do ano, nos tornamos bastante próximas. Às vezes, Giselle me pedia alguns favores fora do hotel, para que pudesse evitar os paparazzi que esperavam frequentemente na entrada principal.

— Molly, eu tive um dia e tanto. A filha de Charles me chamou de interesseira e a ex-mulher dele disse que tenho um péssimo gosto para homens. Pode sair e comprar batata frita e uma Coca-Cola para mim? Charles odeia quando eu como besteira, mas ele vai passar a tarde fora. Tome.

Ela me dava uma nota de cinquenta dólares e, quando eu voltava com seu pedido, sempre dizia a mesma coisa:

— Você é a melhor, Molly. Fique com o troco.

Giselle parecia entender que eu nem sempre sei o jeito certo de agir ou o que dizer. Uma vez, cheguei no meu horário habitual para limpar o quarto e o Sr. Black estava sentado diante da mesa perto da porta, mexendo numa papelada e fumando um charuto nojento.

— Senhor. É uma boa hora para devolver a suíte a um estado de absoluta perfeição? — indaguei.

O Sr. Black me olhou por cima dos óculos.

— O que *você* acha? — perguntou, e soprou a fumaça bem na minha cara, feito um dragão.

— Acho que é uma boa hora — respondi, e liguei o aspirador.

Giselle saiu correndo do quarto. Passou o braço ao meu redor e fez um gesto para que eu desligasse o aparelho.

— Molly, ele está tentando dizer que é uma péssima hora. Está tentando dizer, basicamente, para você dar o fora.

Eu me senti péssima, uma tola.

— Peço desculpas.

Ela segurou minha mão.

— Tudo bem — disse ela, baixinho, para que o Sr. Black não ouvisse. — Você não fez por mal.

Ela me levou até a saída e mexeu a boca como quem diz "desculpa" sem emitir som, segurando a porta para que eu pudesse empurrar meu carrinho e sair da suíte.

Giselle é uma boa pessoa. Em vez de fazer com que eu me sinta burra, ela me ajuda a entender as coisas.

— Molly, você chega muito perto das pessoas, sabia? Tem que ficar um pouco mais longe, não chegar tão perto da cara delas quando fala. Imagine que seu carrinho está entre você e a outra pessoa, mesmo que não esteja de verdade.

— Assim? — perguntei, me colocando a uma distância que supus correta.

— Isso! Perfeito — respondeu ela, segurando meus dois braços e apertando. — Sempre fique a essa distância, a menos que seja eu ou alguma outra amiga íntima.

Outra amiga íntima. Mal sabia ela que era minha única.

Às vezes, enquanto eu limpava a suíte, ficava com a sensação de que, apesar de ser casada com o Sr. Black, Giselle se sentia só e desejava minha companhia tanto quanto eu desejava a dela.

— Molly! — gritou ela, um dia, me recebendo na porta de pijama de seda, embora já fosse quase meio-dia. — Que bom que você está aqui. Limpe os cômodos rápido que vamos maquiar você hoje.

Ela bateu palmas de alegria.

— Como? — perguntei.

— Vou ensinar você a usar maquiagem. Você é muito bonita, Molly, sabia? Tem uma pele perfeita. Mas seu cabelo escuro faz você parecer pálida. E o problema é que não se esforça muito. Tem que valorizar o que a natureza te deu.

Limpei a suíte rapidamente, o que é difícil de fazer sem deixar de ser detalhista, mas consegui. Estava na hora do almoço, então achei aceitável fazer uma pausa. Giselle fez com que eu me sentasse diante da penteadeira do corredor, ao lado do banheiro. Pegou a bolsa de maquiagem, que eu conhecia bem, já que reorganizava cada um daqueles produtos todos os dias, tampando coisas que ela deixava abertas e devolvendo cada tubo ou recipiente ao devido lugar.

Ela arregaçou as mangas do pijama, levou as mãos mornas aos meus ombros e olhou meu reflexo no espelho. Foi uma sensação muito agradável, ter as mãos dela nos meus ombros. Aquilo me lembrou a vovó.

Giselle pegou a escova de cabelo e começou a me pentear.

— Seu cabelo parece seda — comentou ela. — Você alisa?

— Não — respondi. — Mas eu lavo. Cuidadosamente e com frequência. Está bem limpo.

Ela deu uma risadinha.

— Claro que está.

— Está rindo de mim ou comigo? — perguntei. — Tem uma grande diferença, sabia?

— Ah, eu sei — falou ela. — Sou alvo de muitas piadas. Estou rindo com você, Molly — afirmou. — Eu nunca riria de você.

— Obrigada. Fico feliz. As recepcionistas lá embaixo estavam rindo de mim hoje. Tinha alguma coisa a ver com o novo apelido que me deram. Sendo sincera, eu não entendi direito.

— Qual era o apelido?

— Rumba — respondi. — Vovó assistia àquele programa, *Dança dos famosos*, e a rumba é uma dança de casal bem animada.

Giselle se retesou.

— Acho que não estavam falando da dança, Molly. Acho que era do Roomba, aquele aspirador-robô.

Finalmente, entendi. Olhei para minhas mãos, no colo, assim Giselle não veria as lágrimas nos meus olhos. Mas não funcionou.

Ela parou de pentear meu cabelo e levou as mãos de volta aos meus ombros.

— Molly, não dê atenção ao que elas dizem. São umas idiotas.

— Obrigada — falei.

Fiquei sentada, rígida na cadeira, olhando meu reflexo e o de Giselle no espelho enquanto ela cuidava do meu rosto. Fiquei com medo de alguém entrar e me ver sendo maquiada por Giselle Black. Nunca foi abordado nos seminários de desenvolvimento profissional do Sr. Snow como lidar com hóspedes que nos colocavam naquela situação específica.

— Feche os olhos — disse Giselle.

Ela os limpou com um lenço e então, usando uma esponja de maquiagem nova, cobriu meu rosto inteiro com uma base fria.

— Me diga uma coisa, Molly. Você mora sozinha, não é? Totalmente sozinha?

— Agora, sim — respondi. — Minha avó morreu há alguns meses. Antes disso, éramos só nós duas.

Ela pegou um recipiente com pó e um pincel, e estava prestes a aplicar aquilo no meu rosto quando eu a detive.

— Está limpo? — perguntei. — O pincel?

Giselle suspirou.

— Sim, Molly, está limpo. Você não é a única pessoa no mundo que higieniza as coisas, sabia?

Aquilo me deu uma satisfação imensa, porque confirmou o que, no fundo, eu já sabia. Giselle e eu somos muito diferentes, mas somos, fundamentalmente, muito parecidas.

Ela começou a usar o pincel no meu rosto. Parecia um espanador de pena, mas em miniatura, como se um pequeno pardal estivesse limpando minhas bochechas.

— É difícil? Viver sozinha? Nossa, eu nunca aguentaria. Não sei me virar.

Estava sendo muito difícil. Eu ainda cumprimentava a vovó sempre que chegava em casa, mesmo sabendo que ela não estava lá. Ouvia a voz dela na minha cabeça e os passos dela no apartamento todos os dias. Na maioria das vezes, eu me perguntava se aquilo era normal ou se estava enlouquecendo.

— É difícil. Mas a gente se adapta — respondi.

Giselle interrompeu o que fazia e olhou meus olhos no espelho.

— Tenho inveja de você — declarou. — Seguir em frente assim, ter a coragem de ser totalmente independente e não ligar para o que as outras pessoas pensam. E simplesmente poder sair na rua sem ser abordada.

Ela não tinha ideia das minhas dificuldades, a menor ideia.

— Não é nenhum mar de rosas — garanti.

— Talvez não, mas pelo menos você não depende de ninguém. Charles e eu... Parece tão glamoroso visto de fora, mas às vezes... às vezes não é. E os filhos dele me odeiam. Têm quase a minha idade, o que é meio estranho, eu admito. A ex-esposa? É estranhamente gentil comigo, o que é pior do que tudo. Esteve aqui outro dia. Sabe o que ela me disse, assim que Charles se afastou um pouco? "Largue ele enquanto ainda pode." O pior é que ela tem razão. Às vezes eu me pergunto se fiz a escolha certa, sabia?

— Pior é que sei, sim — respondi.

Eu mesma havia feito uma escolha errada, Wilbur, coisa da qual me arrependia todos os dias.

Giselle pegou a sombra.

— Feche os olhos de novo.

Obedeci. Ela continuou falando enquanto trabalhava.

— Alguns anos atrás, eu tinha um único objetivo: queria me apaixonar por um homem rico que cuidaria de mim. E conheci uma mulher, minha mentora, digamos. Ela me ensinou os truques. Fui aos lugares certos, comprei as roupas certas. "É só acreditar que as coisas acontecem", ela dizia. Tinha sido casada com três homens diferentes, três divórcios, e ficara com metade do dinheiro de cada um. Não é incrível? Estava feita. Uma casa em Saint-Tropez e outra em Venice Beach. Morava sozinha, com uma faxineira, um chef de cozinha e um motorista. Não tinha ninguém dizendo a ela o que fazer. Ninguém mandando nela. Eu mataria alguém por uma vida dessas. Quem não?

— Posso abrir os olhos agora? — perguntei.

— Ainda não. Estou quase acabando.

Ela pegou então um pincel fino, e minhas pálpebras sentiram o frio e a maciez das cerdas.

— Pelo menos você não tem um homem te dando ordens, nenhum hipócrita. Charles me trai — disse ela. — Sabia? Fica com ciúmes se eu olho para outro homem, mas tem pelo menos duas amantes em cidades diferentes. E essas são só as que eu sei que existem. Tem uma aqui também. Eu quis estrangular ele quando descobri. Paga os paparazzi para não revelarem a verdade. Enquanto isso, eu tenho que dar um relatório completo sobre aonde vou toda vez que saio desse quarto.

Abri os olhos e me empertiguei na cadeira. Descobrir aquilo a respeito do Sr. Black me deixou muito perturbada.

— Eu detesto traidores — declarei. — Tenho desprezo por eles. Ele não deveria fazer isso com você. Não é certo, Giselle.

As mãos dela ainda estavam perto do meu rosto. Tinha arregaçado as mangas do pijama bem além dos cotovelos. De onde eu estava, conseguia ver hematomas nos braços dela e, quando se debruçou para a frente e a blusa se mexeu, vi também uma marca azul e amarela na clavícula.

— Como ficou com essas marcas? — indaguei.

Tinha que haver uma explicação perfeitamente razoável.

Ela deu de ombros.

— Como eu disse, as coisas nem sempre são boas entre mim e Charles.

Senti meu estômago se revirar de um jeito familiar, espumando com raiva e amargura, um vulcão que eu não deixaria entrar em erupção. Ainda não.

— Você merece ser tratada melhor, Giselle — disse eu. — É um bom partido.

— Hum... — grunhiu ela. — Nem tão bom assim. Eu tento, mas às vezes... às vezes é difícil ser boa. É difícil fazer a coisa certa.

Ela pegou um batom vermelho-sangue no seu jogo de maquiagem e começou a passá-lo em meus lábios.

— Mas você está certa em um aspecto. Mereço mais que isso. Mereço um Príncipe Encantado. E vou fazer isso acontecer alguma hora. Estou trabalhando nisso. É só acreditar que as coisas acontecem, certo?

Ela baixou o batom e pegou uma grande ampulheta na penteadeira. Eu já a tinha visto ali várias vezes. Já havia esfregado as curvas de vidro com amônia e o bronze com polidor de metal, para deixá-lo brilhando. Era um objeto lindo, clássico e elegante, um prazer de tocar e de admirar.

— Está vendo essa ampulheta? — perguntou Giselle, segurando-a diante do meu rosto. — A mulher que eu conheci, minha mentora... Foi um presente dela. Estava vazia quando ela me deu, e me disse para encher a ampulheta com a areia da minha praia favorita. Eu falei: "Está doida? Eu nunca vi o mar. O que te faz achar que vou a uma praia?" No fim das contas, ela tinha razão. Vi muitas praias nos últimos anos. Fui levada a várias delas antes mesmo de conhecer Charles: Riviera Francesa, Polinésia, Maldivas, Ilhas Cayman. As Ilhas Cayman são as minhas preferidas. Poderia morar lá para sempre. Charles tem um casarão por lá, e, na última vez que me levou, enchi a ampulheta com a areia da praia. Eu a viro de cabeça para baixo de vez em quando só pra ver a areia cair. O tempo, né? A gente tem que fazer as coisas acontecerem. Fazer o que se quer da própria vida antes que seja tarde... Pronto! — exclamou ela, dando um passo para trás para que eu pudesse ver meu reflexo no espelho.

Então, ficou atrás de mim com as mãos nos meus ombros de novo.

— Está vendo? — disse. — Só um pouco de maquiagem e pronto, você está uma gata.

Eu virei a cabeça de um lado para o outro. Mal conseguia enxergar meu rosto de verdade. Sabia que aquele era "melhor" ou pelo menos mais próximo ao das outras pessoas, mas algo a respeito da mudança me parecia extremamente desagradável.

— Gostou? É como o patinho que virou cisne, a Cinderela no baile.

Eu conhecia a regra de etiqueta para aquela situação, o que foi um alívio. Quando alguém a elogia, você deve agradecer. Quando fazem alguma gentileza, mesmo que você não quisesse aquilo, você deve agradecer.

— Agradeço seu empenho — falei.

— De nada — respondeu ela. — E tome isso — disse, pegando a linda ampulheta. — É um presente. Meu para você, Molly.

Giselle colocou o objeto reluzente nas minhas mãos. Era a primeira vez que eu ganhava um presente desde a morte da vovó. Não conseguia me lembrar da última vez que tinha ganhado um presente de alguém que não fosse a vovó.

— Eu amei — disse, e foi sincero.

Era algo que tinha muito mais valor para mim do que qualquer maquiagem. Mal podia acreditar que a ampulheta era minha agora, para cuidar e polir daquele dia em diante. Estava cheia de areia de um lugar distante e exótico que eu nunca veria. E era um presente generoso de uma amiga.

— Vou guardar aqui no meu armário do hotel caso você queira de volta — avisei.

A verdade é que, por mais que eu amasse a ampulheta, não podia levá-la para casa. Queria apenas as coisas da vovó em casa.

— Amei de verdade, Giselle. Vou ficar olhando para ela todos os dias.

— Quer enganar quem? Você já fica olhando para ela todos os dias.

Eu sorri.

— É, acho que você está certa. Posso fazer uma sugestão?

Ela ficou parada com uma das mãos na cintura enquanto eu arrumava o estojo de maquiagem e limpava a penteadeira.

— Acho que deve pensar em deixar o Sr. Black. Ele te machuca. Vai ser mais feliz sem ele.

— Quem dera fosse simples assim — respondeu ela. — Mas o tempo, Srta. Molly. O tempo cura todas as feridas, como dizem.

Ela estava certa. À medida que o tempo passa, a ferida não dói tanto quanto no começo, e isso é sempre uma surpresa — se sentir um pouquinho melhor e ainda assim ter saudade do passado.

Assim que pensei nisso, percebi como estava tarde. Olhei a hora no meu celular: 13h03. Meu horário de almoço tinha terminado minutos antes!

— Tenho que ir, Giselle. Minha supervisora, Cheryl, vai ficar muito irritada com o meu atraso.

— Ah, ela. Estava xeretando aqui dentro ontem. Entrou perguntando se estávamos satisfeitos com a limpeza. Eu disse: "Tenho a melhor camareira do mundo. Por que não estaria satisfeita?" Ela ficou parada com aquela expressão de idiota na cara, depois falou: "Posso fazer um trabalho muito melhor para você do que Molly. Sou a supervisora dela." E eu disse, tipo: "É, não." Peguei uma nota de dez na minha bolsa e dei para ela. "Molly é a única camareira de que eu preciso, obrigada", falei. Então ela foi embora. Essa aí deve dar trabalho. Dá um novo significado pra expressão "cara de bunda", se é que você me entende.

Vovó me ensinou a não usar linguagem chula, e eu raramente uso. Mas não podia negar o uso apropriado das palavras de Giselle naquela situação específica. Comecei a sorrir sem querer.

— Molly? Molly.

Era a detetive Stark.

— Desculpe — falei. — Pode repetir a pergunta?

— Eu perguntei se você conhece Giselle Black. Já teve alguma troca com ela? Conversas? Ela já falou alguma coisa sobre o Sr. Black que pareceu estranha? Já comentou algo que possa ajudar na nossa investigação?

— Investigação?

— Como eu disse, é provável que o Sr. Black tenha morrido de causas naturais, mas o meu trabalho é descartar outras possibilidades. É por isso que estou conversando com você hoje.

A detetive esfrega as sobrancelhas com uma das mãos.

— Então, vou perguntar outra vez: Giselle Black já falou com você?

— Detetive — respondi —, sou uma camareira de hotel. Por que ela falaria comigo?

Ela pondera aquilo, depois assente. Está inteiramente satisfeita com a minha resposta.

— Obrigada, Molly — diz. — Foi um dia difícil pra você, obviamente. Vou te levar pra casa.

E foi o que ela fez.

Capítulo 5

Giro a chave e abro meu apartamento. Atravesso a porta e a fecho, passando a trava. Lar, doce lar.

Olho a almofada na poltrona antiga da vovó, perto da porta. Ela bordou a Oração da Serenidade na frente: *Deus, conceda-me serenidade para aceitar as coisas que não posso mudar, coragem para mudar aquelas que posso e sabedoria para discernir entre elas.*

Pego meu celular no bolso da calça e o coloco na poltrona. Solto meus cadarços e limpo a sola dos sapatos com um pano antes de guardá-los no armário.

— Vovó, cheguei! — grito.

Faz nove meses que ela se foi, mas ainda me parece errado não gritar isso. Principalmente hoje.

Minha rotina noturna não é mais a mesma sem ela. Quando estava viva, passávamos todo nosso tempo livre juntas. A primeira coisa que fazíamos à noite era a faxina do dia. Então preparávamos o jantar juntas — espaguete às quartas, peixe às sextas, contanto que encontrássemos alguma promoção de filés no supermercado. Então comíamos lado a lado no sofá, assistindo a reprises da série *Columbo*.

Vovó adorava *Columbo*, e eu também. Ela comentava com frequência que Peter Falk precisava de uma mulher como ela para dar um jeito nele.

— Olhe esse sobretudo. Está precisando demais ser lavado e passado.

Balançava a cabeça e falava com ele na tela como se estivesse bem na frente dela, em carne e osso.

— Queria tanto que você não fumasse charuto, querido. É um hábito pavoroso.

Mas, apesar do hábito pavoroso, nós duas admirávamos a forma como Columbo enxergava além das conspirações dos patifes e garantia que recebessem as devidas punições.

Não assisto mais a *Columbo*. É só mais uma coisa que me parece errada agora que vovó está morta. Mas tento manter nosso cronograma noturno de limpeza.

Segunda, disposição para varrer o chão.
Terça, limpeza profunda para acabar com a bagunça.
Quarta, banheiro e cozinha.
Quinta, tirar o pó e toda sujeirinha.
Sexta, dia de lava e seca.
Sábado, o que tiver que ser.
Domingo, comprar e cozinhar.

Vovó sempre insistiu comigo sobre a importância de manter a casa limpa e organizada.

— Uma casa limpa, um corpo limpo, uma companhia limpa. Sabe aonde isso leva?

Eu não devia ter mais de cinco anos quando ela me ensinou isso. Eu olhava para cima, para o rosto dela, enquanto ela falava.

— Aonde, vovó?

— A uma consciência limpa. A uma vida boa e limpa.

Eu levaria anos para entender aquilo de verdade, mas percebo agora como ela tinha razão.

Pego a vassoura e a pá, o esfregão e o balde no armário de limpeza da cozinha. Começo com uma boa varrida, partindo do canto do meu quarto. A área não é grande, já que minha cama de casal ocupa a maior parte do cômodo, mas a sujeira tem mania de se esconder embaixo das coisas, de se enfiar nos espaços. Levanto a saia da cama e varro lá embaixo, arrastando qualquer poeira grudenta para fora do quarto. As pinturas de paisagens do campo inglês da vovó ocupam todas as paredes, e cada quadro me lembra dela.

Que dia. Que dia. É um que eu preferiria esquecer, mas não é assim que funciona. Enterramos as memórias ruins lá no fundo, mas elas não vão embora. Estão com a gente o tempo todo.

Continuo varrendo pelo corredor. Vou até o banheiro, com seus velhos azulejos pretos e brancos rachados que ainda brilham bastante quando são polidos, coisa que faço duas vezes por semana. Varro alguns fios do meu cabelo do chão e saio do banheiro de costas.

Agora estou diante do quarto da vovó. Fechado. Eu paro. Não vou entrar. Não cruzo aquela porta há meses. E não vai ser hoje.

Varro o assoalho de um extremo da sala ao outro, em torno da cristaleira da vovó, debaixo do sofá, passando pela cozinha estreita até chegar de novo na porta de entrada. Deixei pequenos montes de detritos para trás: um na porta do meu quarto, outro na entrada do banheiro, mais um aqui, perto da porta do apartamento, e mais um na cozinha. Varro cada um deles para dentro da pá e então olho o conteúdo. Foi uma semana bastante limpa, no fim das contas — algumas migalhas de bolinho, um pouco de poeira e fibras de roupa, alguns fios de cabelo. Nenhum resquício de vovó que eu possa ver. Nadinha.

Jogo a sujeira no lixo da cozinha. Então encho o balde com água morna e acrescento um pouco do produto com aroma de "brisa ao luar" (o preferido da vovó). Levo o balde e o esfregão até o meu quarto e começo com o canto mais distante. Tomo cuidado para não deixar a água respingar na saia da cama e sobretudo na colcha de estrela que vovó fez para mim anos atrás. Desbotada agora, depois de tanto uso, mas ainda uma preciosidade.

Completo meu circuito, terminando outra vez na entrada do apartamento, onde encontro uma marca preta muito teimosa na porta. Devo ter deixado a marca com os sapatos do trabalho, de sola preta. Eu esfrego, esfrego, esfrego.

— Sai, porcaria de mancha — digo em voz alta.

Finalmente, ela desaparece diante dos meus olhos, revelando o brilho do assoalho.

É engraçado como as lembranças espumam feito detergente quando faço faxina. Eu me pergunto se todo mundo é assim — todo mundo que faz faxina, quero dizer. E, embora meu dia tenha sido cheio de acontecimentos, não é nele que penso, não é no Sr. Black e em toda aquela história terrível, mas em um dia muito tempo atrás, quando eu tinha uns onze anos. Estava fazendo perguntas sobre minha mãe para a vovó, como eu fazia volta e meia: Que tipo de pessoa ela era? Aonde tinha ido e por quê? Eu sabia que ela tinha fugido com meu pai, que vovó descrevia como um "mau partido" e "escorregadio".

— Ele se machucava muito quando escorregava? — perguntei.

Ela riu.

— Está rindo de mim ou comigo?

— Com você, querida! Sempre com você.

Ela continuou dizendo que não tinha sido uma surpresa minha mãe se envolver com um sujeito sem escrúpulos, porque vovó também tinha cometido erros quando jovem. Foi assim que teve minha mãe, inclusive.

Na época, tudo era muito confuso para mim. Eu não tinha ideia do que pensar sobre aquilo. Faz mais sentido agora. Quanto mais velha eu fico, mais entendo. E quanto mais entendo, mais perguntas surgem. Perguntas que ela não pode mais responder.

— Ela vai voltar algum dia? Minha mãe? — perguntei naquela época.

Um longo suspiro.

— Não vai ser fácil. Ela tem que fugir dele. E tem que querer fugir primeiro.

Mas ela não voltou. Minha mãe nunca veio. Mas tudo bem por mim. Não tem por que ficar sofrendo pela perda de alguém que você nunca conheceu. Já é bem difícil sofrer a perda de quem a gente conheceu, alguém que nunca vamos ver de novo e que faz uma falta horrível.

Minha avó trabalhou duro e cuidou bem de mim. Ela me ensinou muitas coisas. Me abraçou e me paparicou e fez a vida valer a pena. Minha avó também fazia faxina, mas residencial. Trabalhava para uma família próspera, os Coldwell. Do nosso apartamento até a mansão deles, dava meia hora de caminhada. Eles elogiavam o trabalho dela, mas, por mais que ela se esforçasse, nunca era o bastante.

— Pode fazer uma limpeza depois do nosso sarau no sábado à noite?
— Pode tirar essa mancha do carpete?
— Sabe jardinar também?

Vovó, sempre disposta e amável, dizia sim para cada pedido, não importava o quanto custasse para ela. Com isso, fez um belo pé-de-meia — como ela mesma chamava — ao longo dos anos.

— Querida, você pode ir até o banco e depositar isso aqui no meu pé-de-meia?

— Claro, vovó — dizia eu, pegando o cartão dela e descendo os cinco andares de escada.

Então saía do prédio e caminhava os dois quarteirões até o caixa eletrônico.

À medida que fui ficando mais velha, houve momentos em que me preocupava com a vovó, tinha medo de que ela estivesse trabalhando demais. Mas ela dispensava minha preocupação.

— A ociosidade é a mãe de todos os vícios. Além disso, um dia você vai ficar sozinha, e o pé-de-meia vai te ajudar quando esse dia chegar.

Eu não queria pensar naquele dia. Era difícil imaginar uma vida pós-vovó, sobretudo porque a escola era uma tortura para mim. Tanto o ensino fundamental quanto o médio foram solitários e sofridos. Tinha orgulho de minhas notas, mas meus colegas nunca foram meus amigos. Não me entendiam na época e não me entendem hoje. Quando eu era mais nova, isso me incomodava mais.

— Ninguém gosta de mim — dizia eu à vovó quando implicavam comigo na escola.

— É porque você é diferente — explicava ela.

— Me chamam de aberração.

— Você não é uma aberração. Só tem uma alma antiga. E isso é motivo de orgulho.

Quando eu estava quase terminando o ensino médio, vovó e eu conversamos muito sobre profissões, qual eu gostaria de seguir na minha vida adulta. Só uma opção me interessava.

— Quero fazer faxina — disse a ela.

— Minha querida, com o pé-de-meia você pode sonhar um pouco mais alto.

Mas eu insisti, e acho que, no fundo, vovó sabia melhor do que ninguém quem eu era. Sabia das minhas habilidades e dos meus pontos fortes; também conhecia profundamente meus pontos fracos, embora dissesse que eu estava melhorando: *Vivendo e aprendendo.*

— Se está decidida a fazer faxina, que assim seja — falou vovó. — Então, você vai precisar de alguma experiência de trabalho antes de entrar em uma faculdade comunitária.

Vovó averiguou nas redondezas e, por meio de um antigo contato que trabalhava como porteiro no Regency Grand, ficou sabendo de uma vaga de camareira no hotel. Eu estava nervosa no dia da entrevista, sentia o suor se acumulando de forma indiscreta nas minhas axilas quando paramos diante dos imponentes degraus de entrada do hotel, revestidos por um tapete vermelho, e do majestoso toldo preto e dourado.

— Não posso entrar lá, vovó. É requintado demais para mim.

— Que disparate. Você merece entrar por essas portas tanto quanto qualquer outra pessoa. E você vai entrar. Ande logo.

Ela me empurrou para a frente. Fui recebida pelo Sr. Preston, o porteiro amigo dela.

— É um prazer conhecê-la — disse ele, se curvando levemente e inclinando o chapéu.

Ele lançou um olhar engraçado para vovó, que eu não entendi direito.

— Há quanto tempo, Flora — falou. — Bom ver você outra vez.

— É ótimo te ver também — respondeu vovó.

— Fique à vontade, Molly — instruiu o Sr. Preston. — Vamos, entre.

Ele me guiou pela porta giratória reluzente, e eu avistei o glorioso saguão do Regency Grand pela primeira vez. Era tão lindo, tão opulento, que quase fiquei zonza ao vê-lo: a escadaria e o chão de mármore; o corrimão brilhante; a equipe da recepção, uniformizada como elegantes pinguins, atendendo hóspedes bem-vestidos que perambulavam pelo saguão.

Eu estava sem ar e seguia o Sr. Preston pelos corredores do térreo, decorados com painéis, arandelas em forma de concha na parede e o tipo de carpete denso que absorve todo e qualquer som, deixando que o silêncio agradável deleitasse os ouvidos.

Viramos à direita, depois esquerda, depois direita, passando por uma sala após a outra, até que, enfim, alcançamos uma porta preta austera com uma plaquinha de bronze que dizia: "Sr. Snow, Gerente, Hotel Regency." O Sr. Preston bateu duas vezes, então escancarou a porta. Para minha surpresa total, eu me vi dentro de um escritório escuro, todo de couro, com papel de parede brocado cor de mostarda e estantes de livros imponentes. Um escritório que eu acreditaria facilmente estar localizado no 221B da Baker Street e pertencer a ninguém menos do que o próprio Sherlock Holmes.

Atrás de uma gigantesca escrivaninha de mogno, estava sentado o diminuto Sr. Snow. Ele se levantou para me cumprimentar no instante em que entramos. Quando o Sr. Preston saiu do cômodo discretamente, nos deixando para a entrevista, admito que, embora minhas mãos estivessem suando e meu coração palpitasse feito louco, eu havia me apaixonado de tal forma pelo Regency Grand que estava decidida a conseguir aquele cobiçadíssimo emprego de camareira a qualquer custo.

Para falar a verdade, não me lembro muito bem da entrevista em si, mas, enquanto o Sr. Snow falava sobre comportamentos e regras, decoro e decência, soava não apenas como música para os meus ouvidos, mas um hino divino e sagrado. Após a nossa conversa, ele me guiou pelos corredores vazios — esquerda, direita, esquerda — até estarmos de volta ao saguão, pegando então um lance de escadas de mármore íngremes rumo ao porão do hotel, onde, ele me informou, ficavam situados os aposentos de limpeza e a lavanderia, assim como a cozinha do hotel. Em um armário-escritório apertado e abafado, com cheiro de algas, mofo e amido, fui apresentada à camareira-chefe, Sra. Cheryl Green.

Ela me olhou de alto a baixo, então falou:

— Vai ter que servir.

Comecei meu treinamento no dia seguinte e logo estava trabalhando em tempo integral. Trabalhar era tão melhor do que ir à escola. No trabalho, se implicavam comigo, pelo menos era sutil o bastante para que eu pudesse ignorar. Era limpar um pouco aqui, mais um pouco ali, e o desprezo sumia. Também era incrivelmente empolgante receber um salário.

— Vovó! — gritei quando voltei para casa depois de fazer meu próprio depósito no pé-de-meia.

Entreguei o comprovante do depósito para ela, e vovó sorriu de orelha a orelha.

— Nunca achei que veria esse dia. Você é uma bênção para mim, sabia?

Vovó me puxou para perto e me abraçou com força. Não há nada no mundo que se compare a um abraço de vó. Talvez seja a coisa de que mais sinto falta. Isso e a voz dela.

— Entrou alguma coisa no seu olho, vó? — perguntei, quando ela se afastou.

— Não, não, estou bem.

Quanto mais eu trabalhava no Regency Grand, mais dinheiro colocava no pé-de-meia. Vovó e eu começamos a conversar sobre opções de ensino superior. Fui a uma palestra informativa sobre o programa de hotelaria e hospitalidade em uma faculdade comunitária próxima. Uma experiência maravilhosa. Vovó me incentivou a me inscrever, e, para minha surpresa, fui aceita. Na faculdade, eu aprenderia não só a limpar e cuidar de um hotel inteiro, mas também a gerenciar funcionários, assim como o Sr. Snow fazia.

No entanto, logo antes das aulas começarem, fui a uma palestra de orientação, e foi lá que conheci Wilbur. Wilbur Brown. Estava de pé diante de uma das mesas de exibição, lendo alguma coisa. Blocos e canetas estavam sendo distribuídos de graça. Ele pegou vários e os enfiou na mochila. Não saía da frente, e eu queria muito ver os folhetos.

— Com licença — disse eu. — Posso ter acesso à mesa?

Ele se virou para mim. Era robusto, usava óculos de lentes espessas e tinha cabelo grosso e preto.

— Desculpe — respondeu. — Não percebi que estava na sua frente.

Ele ficou olhando para mim sem piscar.

— Meu nome é Wilbur. Wilbur Brown. Vou entrar no curso de contabilidade no outono. Você vai fazer contabilidade no outono?

Ele estendeu a mão para mim. Apertou a minha, sacudiu, sacudiu, até eu ter que puxar o meu braço para fazer aquele sacolejo parar.

— Vou fazer hotelaria — respondi.

— Gosto de moças inteligentes. De que tipo de cara você gosta? Os da matemática?

Eu nunca tinha pensado em que tipo de "cara" eu gostava. Sabia que gostava de Rodney, do trabalho. Ele tinha uma qualidade que uma vez ouvi chamarem de "ginga" na TV. Como Mick Jagger. Wilbur não tinha ginga, mas tinha outra coisa: era acessível, direto, familiar. Eu não sentia medo dele, como sentia da maior parte dos outros rapazes e homens. Provavelmente deveria ter sentido.

Wilbur e eu começamos a namorar, para a grande alegria da vovó.

— Fico tão feliz que você tenha encontrado alguém. É fantástico — disse ela.

Eu voltava para casa e contava tudo sobre ele: que tínhamos ido ao supermercado juntos e usado cupons de desconto, que tínhamos passeado no parque e contado 1.203 passos da estátua até o chafariz. Vovó nunca fazia perguntas sobre os aspectos mais íntimos do nosso romance, o que era um alívio para mim, porque não sei se saberia explicar o que eu achava da parte física da relação, a não ser que, apesar de nova e diferente, era também bastante agradável.

Certo dia, vovó me pediu para convidar Wilbur ao apartamento, e foi o que fiz. Se vovó ficou decepcionada com ele, escondeu muito bem.

— Ele é bem-vindo aqui em casa sempre que quiser, seu pretendente — disse ela.

Wilbur começou a nos visitar regularmente, comendo conosco e ficando lá depois do jantar para ver *Columbo*. Nem vovó nem eu gostávamos dos comentários dele e das perguntas constantes sobre o programa, mas aguentávamos estoicamente.

— Que tipo de mistério é esse que revela o assassino desde o começo? — perguntava.

Ou:

— Vocês não estão vendo que foi o mordomo?

Estragava os episódios falando sem parar, frequentemente apontando a pessoa errada como culpada, mas, para ser justa, eu e vovó já tínhamos visto todos os episódios diversas vezes, então não era grave.

Certo dia, Wilbur e eu fomos a uma papelaria juntos para que ele pudesse comprar uma calculadora nova. Ele estava muito estranho naquele dia, mas eu não questionei, mesmo quando me mandou "andar logo" enquanto eu tentava acompanhar os passos acelerados dele. Quando entramos, ele pegou várias calculadoras e as experimentou, explicando a função de cada botão para mim. Então, quando escolheu a calculadora de que tinha gostado mais, ele a enfiou na mochila.

— O que está fazendo? — perguntei.

— Cale essa merda dessa boca — respondeu ele.

Não sei o que me chocou mais: o palavreado ou o fato de ele ter saído da loja sem pagar pela calculadora. Ele simplesmente a roubou.

E não foi só isso. Um dia, voltei para casa depois do trabalho com meu cheque de pagamento. Ele veio nos visitar aquela noite. Vovó já não estava muito bem àquela altura. Vinha perdendo peso e estava bem mais silenciosa do que de costume.

— Vovó, vou sair rapidinho para depositar isso no pé-de-meia.

— Vou com você — ofereceu-se Wilbur.

— Que cavalheiro você tem aí, Molly — comentou vovó. — Podem ir.

No caixa eletrônico, Wilbur começou a fazer uma série de perguntas sobre o hotel, e como era limpar um quarto. Eu tive todo o prazer em explicar a alegria peculiar de arrumar uma cama com lençóis recém-passados e como uma maçaneta de bronze polida ao sol deixa o mundo inteiro dourado. Estava tão envolvida no que eu dizia que nem percebi que ele prestava atenção enquanto eu digitava a senha da vovó.

Naquela noite, ele foi embora de repente, logo antes de *Columbo*. Enviei mensagens durante dias, mas ele não respondeu. Eu ligava e deixava recados, mas ele não atendia. É engraçado, mas nunca tinha me ocorrido que eu não sabia onde ele morava, nunca tinha ido à casa dele, nem ao menos sabia o endereço. Ele sempre arranjava desculpas para dizer que era melhor irmos para a minha casa, incluindo o fato de que gostava de ver a vovó.

Cerca de uma semana depois, fui sacar o dinheiro do aluguel. Não consegui encontrar meu cartão, o que era estranho, por isso pedi o da vovó. Fui ao caixa eletrônico. Então, descobri que o nosso pé-de-meia estava vazio. Completamente zerado. E foi aí que eu soube que Wilbur não era só um ladrão, mas também um trapaceiro, um traidor. Era a própria definição de cafajeste, que é o pior tipo de homem.

Senti vergonha de ter sido enganada, de ter me apaixonado por um mentiroso. Fiquei profundamente envergonhada. Pensei em ligar para a polícia e ver se podiam encontrá-lo, mas, no fim, eu sabia que isso significaria contar à vovó o que ele tinha feito, e não consegui. Eu não podia partir o coração dela desse jeito. Um coração partido já era o bastante.

— Por onde ele anda, seu pretendente? — perguntou a vovó depois de alguns dias sem vê-lo.

— Bem, vovó, parece que ele decidiu seguir seu próprio caminho — respondi.

Não gosto de mentir descaradamente. Aquilo não era uma mentira descarada, mas uma verdade que continuaria verdadeira contanto que mais detalhes não fossem solicitados. E vovó não fez mesmo mais perguntas.

— Que pena — comentou. — Mas não se preocupe, querida. Há muitos outros homens por aí.

— É melhor assim — afirmei, e acho que ela ficou surpresa por eu não estar tão chateada.

Mas a verdade é que eu *estava* chateada. E furiosa. Mas estava aprendendo a esconder minhas emoções. Consegui encobrir minha raiva, de forma que a vovó não pudesse vê-la. Ela já tinha dificuldades o suficiente, e eu queria que concentrasse toda a sua energia em ficar bem de saúde.

Secretamente, eu me imaginava localizando Wilbur por conta própria. Tinha fantasias vívidas em que o encontrava na faculdade e o estrangulava com as alças da mochila dele. Eu me imaginava derramando água sanitária na boca dele para que confessasse o que tinha feito comigo e com a vovó.

No dia em que Wilbur nos roubou, vovó teve uma consulta médica. Tinha ido a várias outras nas semanas anteriores, mas cada vez que voltava para casa a notícia era a mesma.

— Algum resultado, vovó? Eles sabem por que você não está se sentindo bem?

— Ainda não. Talvez seja tudo coisa da cabeça da sua velha avó.

Eu ficava feliz de ouvir isso, porque uma doença imaginária é bem menos assustadora do que uma doença real. Mas, ainda assim, estava um pouco apreensiva. A pele dela parecia papel crepom, e ela já não tinha quase nenhum apetite.

— Molly, eu sei que é terça, limpeza profunda para acabar com a bagunça, mas acha que podemos deixar essa tarefa para outro dia, talvez?

Era a primeira vez que pedia um descanso do nosso cronograma de limpeza.

— Não se preocupe, vovó. Descanse. Vou fazer nossas tarefas da noite.

— O que seria de mim sem você, minha querida?

Não falei isso em voz alta, mas começava a me perguntar o que seria de mim sem a vovó.

Alguns dias depois, ela teve outra consulta. Quando voltou para casa, algo havia mudado. Eu podia ver no rosto dela. Estava inchada e tensa.

— Parece que estou um pouquinho doente mesmo, no fim das contas — disse ela.

— Que tipo de doença? — perguntei.

— No pâncreas — respondeu baixinho, sem tirar os olhos dos meus.

— Eles te deram algum remédio?

— Sim — disse ela. — Deram. É uma doença dolorosa, infelizmente, então vão tratar isso.

Ela não tinha comentado antes que estava sentindo dor, mas acho que eu já sabia. Podia ver pelo jeito como andava, como tinha dificuldade para se sentar no sofá toda noite, como fazia uma careta quando se levantava.

— Mas qual é a doença, exatamente? — insisti.

Ela não me respondeu. Em vez disso, falou:

— Preciso deitar um pouco se não se importa. Tive um dia longo.

— Vou fazer um chá para você, vovó.

— Ótimo, querida. Obrigada.

Semanas se passaram, e vovó estava mais quieta do que de costume. Quando fazia café da manhã, não cantarolava mais. Voltava mais cedo do trabalho. Estava perdendo peso rapidamente e tomando mais remédios a cada dia.

Eu não conseguia entender. Se estava tomando remédio, por que não melhorava?

Dei início a uma investigação.

— Vovó, qual é a doença que você tem? Nunca me falou.

Estávamos na cozinha naquele momento, limpando tudo depois do jantar.

— Minha querida — começou ela. — Vamos sentar.

Ocupamos nossos lugares na mesa para duas pessoas de estilo rústico que tínhamos resgatado anos antes de uma lixeira do lado de fora do prédio.

Esperei que ela falasse.

— Venho dando tempo a você. Tempo para se acostumar com a ideia — disse ela, finalmente.

— Me acostumar com que ideia? — indaguei.

— Molly, querida. Tenho uma doença grave.

— Tem?

— Sim. Tenho câncer de pâncreas.

Então, de repente, as peças se encaixaram e o panorama completo emergiu das sombras turvas. Aquilo explicava a perda de peso e a falta de energia. Vovó já não estava a mesma e precisava de cuidados médicos intensivos para poder se recuperar totalmente.

— Quando o remédio vai funcionar? — perguntei. — Talvez você precise ver outro médico.

Mas, à medida que ela descrevia os detalhes, a verdade começou a ficar mais nítida. Paliativo. Era uma palavra tão lírica, tão agradável de dizer. E tão difícil de aceitar.

— Não pode ser, vovó — insisti. — Você vai melhorar. Só temos que arrumar essa bagunça.

— Ah, Molly. Algumas bagunças não podem ser arrumadas. Tive uma vida tão boa, tive mesmo. Não tenho do que reclamar, só do fato de não poder ter mais tempo com você.

— Não — disse eu. — Isso é inaceitável.

Ela me olhou então, de um jeito indecifrável. Segurou uma das minhas mãos entre as dela. Sua pele estava tão macia, fina como uma folha de papel, mas o toque permaneceu morno até o fim.

— Vamos falar sem rodeios — anunciou ela. — Eu vou morrer.

Senti o cômodo desabar sobre mim, sair do eixo. Por um instante, não consegui respirar nem me mexer. Tinha certeza de que ia desmaiar bem ali, na mesa da cozinha.

— Disse aos Coldwell que não posso mais trabalhar, mas não se preocupe, ainda temos o pé-de-meia. Espero que, quando chegar a minha hora, o Senhor me leve rapidamente, sem muita dor. Mas se houver dor, tenho meu remédio para ajudar. E tenho você...

— Vovó, tem que haver um...

— Você tem que me prometer uma coisa — interrompeu ela. — Que não vai me levar para o hospital em nenhuma circunstância. Não quero passar meus últimos dias em uma instituição, cercada de desconhecidos. Nada substitui a família, aqueles que a gente ama. Ou os confortos da nossa própria casa. Se houver alguém do meu lado, tem que ser você. Entendeu?

Infelizmente, eu entendi. Tentei ao máximo ignorar a verdade, mas naquele momento era impossível. Vovó precisava de mim. O que mais eu poderia fazer?

Naquela noite, vovó ficou cansada muito antes de *Columbo*, então eu a levei até a cama, beijei a bochecha dela e dei boa-noite. Depois limpei os armários da cozinha e todos os pratos que tínhamos, um por um. Não consegui conter as lágrimas que corriam enquanto eu polia toda a prata que possuíamos. Não que fosse muita, mas era alguma coisa. Quando terminei, a cozinha inteira cheirava a limão, mas eu não conseguia me livrar da sensação de que a sujeira se escondia nas rachaduras e reentrâncias e, a menos que eu a limpasse, ela contaminaria todas as facetas da nossa vida.

Eu ainda não tinha dito nada à vovó sobre o pé-de-meia e Wilbur, como ele nos deixara falidas, como eu não poderia mais pagar a faculdade, como estava com dificuldades até para pagar o aluguel. Em vez disso, trabalhei mais turnos no Regency Grand, fazendo mais horas para conseguir pagar tudo, incluindo os analgésicos da vovó e nossa comida. O aluguel estava atrasado, outra coisa que eu não comentei. Sempre que encontrava nosso proprietário, o Sr. Rosso, no corredor, eu pedia mais tempo para conseguir pagar, explicando que vovó estava doente e agora só tínhamos a minha renda.

Enquanto isso, à medida que a saúde de vovó piorava, eu lia folhetos da faculdade em voz alta para ela, do lado da cama, explicando todos os cursos e oficinas que me deixavam empolgada, mesmo sabendo que eu nunca faria nem mesmo uma aula. Vovó fechava os olhos, mas eu sabia que estava ouvindo por causa do sorriso tranquilo no rosto dela.

— Quando eu partir, use o pé-de-meia sempre que precisar. Se continuar trabalhando meio período, ainda vai ter dinheiro para o aluguel por pelo menos dois anos, e isso sem contar o custo da faculdade. É todo seu, use para facilitar sua vida.

— Sim, vovó. Obrigada.

Eu estivera sonhando acordada sem perceber. Estou perto da porta do nosso apartamento. Meu esfregão está apoiado na parede, e eu, abraçando a almofada da serenidade da vovó contra o peito. Não sei quando larguei o esfregão e peguei a almofada. O chão está limpo, mas maltratado e com marcas causadas por décadas de passos, pelo uso diário e por nossa vida doméstica. As luzes do teto se derramam sobre mim, fortes demais, quentes demais.

Estou sozinha. Há quanto tempo estou parada aqui? O chão está seco. Meu telefone toca. Me debruço sobre a cadeira da vovó para atendê-lo.

— Alô, Molly Gray falando.

Há uma pausa do outro lado da linha.

— Molly. Aqui é Alexander Snow, do hotel. Que bom que está em casa.

— Obrigada. Sim. Faz um tempinho que estou. A detetive me trouxe para cá depois de me interrogar. Achei gentil da parte dela.

— Sim. E obrigado por ter aceitado falar com ela. Tenho certeza de que suas observações vão ajudar na investigação.

Ele faz mais uma pausa. Posso ouvir a respiração dele meio ofegante do outro lado da linha. Não é a primeira vez que ele me liga em casa, mas receber um telefonema do Sr. Snow é um acontecimento raro.

— Molly — repete ele. — Entendo que foi um dia muito difícil para você. Tem sido difícil para muitos de nós, sobretudo para a Sra. Black. A notícia do... falecimento... do Sr. Black está se espalhando. E, como pode imaginar, a equipe inteira está muito perturbada e chateada.

— Sim. Imagino — digo.

— Sei que amanhã é o primeiro dia de folga que você tem em várias semanas e que passou por muita coisa hoje, mas parece que a notícia da morte do Sr. Black teve um impacto muito grande na Cheryl. Ela disse que a experiência causou um "trauma extremo" nela, e que, portanto, não vem trabalhar amanhã.

— Mas não foi ela que encontrou ele morto — comento.

— Todo mundo reage ao estresse de um jeito diferente, imagino — responde ele.

— Sim, claro.

— Molly, você acha que pode vir no lugar dela e trabalhar durante o dia amanhã? Mais uma vez, peço desculpas por...

— Claro — interrompo. — Um dia de trabalho a mais não vai me matar.

Mais uma longa pausa.

— É só isso, Sr. Snow?

— Sim, é só. E obrigado. Vemos você amanhã.

— Claro — digo. — Boa noite, Sr. Snow. Durma com os anjos.

— Boa noite, Molly.

Terça-feira

Capítulo 6

Devo admitir que tive um pesadelo ontem à noite. Sonhei que o Sr. Black entrava no meu apartamento, pálido, cinzento, feito um zumbi. Eu estava sentada no sofá, assistindo a *Columbo*. Me virava para ele e dizia:

— Ninguém entra aqui desde que a vovó morreu.

Ele começava a rir. Ria de mim. Mas eu concentrava minha visão de raio laser nele e transformava seus membros em poeira, partículas de carvão finas que se espalhavam pelo cômodo e adentravam meu pulmão. Eu engasgava e começava a tossir.

— Não! — gritava eu. — Não fiz isso com você! Não fui eu! Saia!

Mas era tarde demais. A sujeira dele estava por toda parte. Acordei sem ar.

Agora são seis da manhã. Hora de pular da cama. Ou só levantar.

Saio dela e a arrumo, tomando cuidado para posicionar a colcha da vovó de forma que a estrela no meio aponte para o norte. Vou até a cozinha, visto o avental estampado da vovó e preparo chá e *crumpets* para mim. O silêncio é muito intenso de manhã. O ruído da minha faca arranhando a superfície do *crumpet* é uma afronta aos meus ouvidos. Como rápido, então tomo banho e saio para o trabalho.

Estou trancando a porta do apartamento quando ouço alguém pigarreando no corredor. É o Sr. Rosso.

Dou meia-volta para ficar de frente para ele.

— Olá, Sr. Rosso. Acordou cedo hoje?

Estou preparada para a civilidade básica de um bom-dia, mas tudo que ouço é:

— Seu aluguel está atrasado. Quando vai pagar?

Enfio minhas chaves no bolso.

— O aluguel será pago dentro de poucos dias, e vou honrar cada centavo que devo. O senhor conhecia minha avó e me conhece. Somos cidadãs que respeitam a lei e acreditam em pagar o que se deve. E vou fazer isso. Em pouquíssimo tempo.

— Acho bom — diz ele, e arrasta os pés de volta para seu apartamento, batendo a porta.

Eu gostaria que as pessoas levantassem direito os pés quando andam. É extremamente desleixado andar assim. Causa uma péssima impressão.

Calma, calma, não vamos julgar os outros. Ouço a voz da vovó na minha cabeça, um lembrete para ser gentil e clemente. É um defeito meu: julgar as pessoas rápido demais ou querer que o mundo funcione de acordo com as minhas regras.

Temos que ser como o bambu: aprender a ser flexíveis e acompanhar o vento.

Flexibilidade. Não é o meu forte.

Desço as escadas e saio do prédio. Decido ir a pé para o trabalho — uma caminhada de vinte minutos que pode ser agradável quando o tempo está bom, embora hoje as nuvens estejam pesadas e ameacem chuva. Eu suspiro aliviada no instante em que avisto o movimento do hotel. Sou uma profissional, chegando meia hora adiantada para o trabalho, do jeito que gosto.

Cumprimento o Sr. Preston na entrada.

— Ah, Molly, não me diga que vai trabalhar hoje.

— Vou. Cheryl avisou ontem à noite que não viria.

Ele balança a cabeça.

— Claro. Molly, você está bem? Teve um baita susto ontem, pelo que ouvi dizer. Sinto muito... pelo que viu.

Tenho uma breve visão do meu pesadelo, misturada à lembrança real do Sr. Black morto na cama.

— Não precisa dizer isso, Sr. Preston. Não foi culpa sua. Mas devo admitir que essa situação toda tem sido... desafiadora. Vou manter a calma e seguir em frente.

Outro pensamento me ocorre.

— Sr. Preston, o Sr. Black recebeu alguma visita ontem, um amigo ou... outra pessoa?

O Sr. Preston ajusta o chapéu.

— Não que eu tenha percebido — diz. — Por que a pergunta?

— Ah, por nada — respondo. — A polícia vai investigar, tenho certeza. Ainda mais se alguma coisa estiver estranha.

— Estranha?

O Sr. Preston me olha com uma expressão séria.

— Molly, se precisar de qualquer coisa, qualquer ajuda, lembre-se de que seu amigo Sr. Preston está aqui, ok?

Não sou o tipo de pessoa que dá trabalho para os outros. O Sr. Preston certamente sabe disso a essa altura. A expressão dele é séria, com as sobrancelhas unidas por uma preocupação que até eu consigo perceber.

— Obrigada, Sr. Preston — digo. — Agradeço a gentil oferta. Agora, se não se incomoda, acho que devo ter limpeza extra para fazer hoje, já que tantos policiais e paramédicos passaram pelo hotel ontem. Infelizmente, acho que as botas deles não são tão limpas quanto as suas.

Ele inclina o chapéu e volta a atenção para alguns hóspedes que tentam chamar um táxi e não conseguem.

— Táxi! — grita ele, então se volta para mim por um instante. — Se cuide, Molly. Por favor.

Faço que sim com a cabeça e começo a subir os degraus vermelhos felpudos. Passo pela porta giratória, esbarrando em hóspedes que entram e saem. No saguão principal, vejo o Sr. Snow ao lado do balcão da recepção. Seus óculos estão tortos, e uma mecha de cabelo escapou do penteado com gel. Ela se agita para lá e para cá como um dedo reprovador.

— Molly, que bom que você está aqui. Obrigado — diz ele.

O Sr. Snow segura o jornal do dia na mão. É impossível não notar a manchete: EMPRESÁRIO CHARLES BLACK ENCONTRADO MORTO NO HOTEL REGENCY GRAND.

— Você leu isso? — pergunta ele.

Então me passa o jornal, e eu leio a matéria por alto. Nela, explicam que uma camareira encontrou o Sr. Black morto na cama. Meu nome, ainda bem, não é mencionado. Então falam sobre a família Black e a disputa entre ele, os filhos e a ex-mulher. "Há anos circulam boatos acerca da legitimidade da Black Propriedades & Investimentos, com alegações de negociações fraudulentas e desvio de dinheiro sendo silenciadas pela poderosa equipe de advogados de Black."

No meio do artigo vejo o nome de Giselle e leio com mais atenção. "Giselle Black, a segunda esposa do empresário, é 35 anos mais nova que ele. Presume-se que seja ela a herdeira da fortuna dos Black, o que tem sido motivo de brigas na família ultimamente. Depois que o marido de Giselle Black foi encontrado morto, ela foi vista deixando o hotel de óculos escuros, acompanhada por um homem não identificado. Segundo vários membros da equipe do hotel, os Black são hóspedes frequentes do Regency Grand. Quando perguntado se o Sr. Black realizava transações de negócios no estabelecimento, o gerente do hotel, Sr. Alexander Snow, não quis comentar. De acordo com a detetive Stark, que lidera a investigação do caso, a polícia ainda não descartou a possibilidade de ter alguma sujeira envolvida na morte do Sr. Black."

Termino de ler a matéria e devolvo o jornal ao Sr. Snow. Começo a me sentir fraca de repente, enquanto assimilo as insinuações daquela última frase.

— Está vendo, Molly? Estão insinuando que o hotel é... é...

— Sujo — completo.

— Sim, exatamente.

O Sr. Snow tenta ajustar a posição dos óculos, sem muito sucesso.

— Molly, tenho que perguntar: você já viu, alguma vez, qualquer... atividade questionável acontecendo neste hotel? Com os Black ou qualquer outro hóspede?

— Questionável? — indaguei.

— Nefasta — explica ele.

— Não! — respondo. — De jeito nenhum. Se tivesse visto, o senhor teria sido o primeiro a saber.

O Sr. Snow solta um suspiro aliviado. Tenho pena dele, desse peso que carrega — a grande reputação do Hotel Regency Grand como um todo recai sobre seus ombros estreitos.

— Senhor, posso fazer uma pergunta?

— Sim, claro.

— A matéria menciona Giselle Black. Sabe se ela ainda está por aqui? No hotel, digo.

Os olhos do Sr. Snow vão da esquerda para a direita várias vezes, muito rápido. Ele se afasta do balcão da recepção e dos pinguins de uniformes elegantes encarregados dela. Faz sinal para que eu faça o mesmo. Montes de hóspedes circulam pelo saguão; está mais cheio do que de costume hoje. Muitos deles levam jornais consigo, e suspeito que o Sr. Black seja o tópico de conversa na ponta de muitas línguas.

O Sr. Snow faz um gesto em direção ao divã verde-esmeralda no canto escuro perto da escadaria principal. Avançamos até ele. É a primeira vez que me sento em um desses divãs. Afundo no veludo macio, sem precisar evitar nenhuma mola, ao contrário do que acontece com nosso sofá de casa. O Sr. Snow se senta ao meu lado.

— Para responder a sua pergunta — sussurra ele —, Giselle ainda está aqui no hotel, mas não espalhe essa informação. Ela não tem para onde ir, entende? E está perturbada, como pode imaginar. Eu a transferi para um quarto no segundo andar. Sunitha vai limpar o quarto dela de agora em diante.

Sinto meu estômago se revirar com nervosismo.

— Muito bem — digo. — Preciso ir. O hotel não vai se limpar sozinho.

— Mais uma coisa, Molly — pede o Sr. Snow. — A suíte dos Black está interditada hoje, obviamente. A polícia ainda está conduzindo uma investigação no quarto. Você vai ver a fita de segurança e um policial parado diante da porta.

— Então quando devo limpar a suíte?

O Sr. Snow me encara por um longo instante.

— Não deve limpar, Molly. É o que estou tentando dizer.

— Tudo bem. Não vou limpar, então. Adeus.

Com isso, me levanto, dou meia-volta e desço a escada de mármore rumo ao meu armário no porão, no setor de limpeza.

Sou recebida pelo meu uniforme de sempre, lavado e passado a ferro, dentro de um filme plástico, pendurado na porta do meu armário. É como se a agitação toda de ontem nem tivesse acontecido, como se cada dia apagasse convenientemente o anterior. Eu me troco com rapidez, deixando minhas roupas dentro do armário. Então pego o carrinho de limpeza, que, por um milagre, está todo reabastecido (sem dúvida graças a Sunshine ou Sunitha, e não a Cheryl).

Avanço pelo labirinto de corredores com luzes fortes demais até chegar à cozinha, onde Juan Manuel está jogando restos de café da manhã em uma grande lixeira e colocando pratos dentro da máquina industrial de lavar louça. Nunca entrei em uma sauna, mas imagino que deve ser assim, à exceção do cheiro ofensivo de comidas diversas de café da manhã.

Assim que Juan Manuel me vê, ele larga a torneira flexível e me olha com ar de preocupação.

— *Dios te bendiga* — diz, fazendo o sinal da cruz. — Que bom te ver. Está tudo bem? Estava preocupado com você, Srta. Molly.

Já está chato isso de todo mundo fazer uma cena quando me vê hoje. Não fui eu que morri.

— Estou ótima, obrigada, Juan Manuel — afirmo.

— Mas você o encontrou... — sussurra Juan Manuel, os olhos arregalados — ... morto.

— É.

— Não acredito que ele se foi de verdade. Me pergunto o que isso significa — continua.

— Significa que ele está morto — esclareço.

— O que estou dizendo é: o que isso significa para o hotel?

Juan Manuel dá alguns passos na minha direção, chegando a uma distância de apenas meio carrinho de limpeza.

— Molly — sussurra. — Aquele homem, o Sr. Black... ele era poderoso. Muito poderoso. Quem vai mandar por aqui agora?

— Quem manda é o Sr. Snow — digo.

Ele me olha de um jeito estranho.

— É? É mesmo?

— Sim — respondo com absoluta certeza. — O Sr. Snow é certamente quem manda neste hotel. Agora, podemos parar de falar sobre isso? Preciso trabalhar. Teremos uma mudança de planos para você esta noite. Acabei de saber que o quarto andar está sendo vigiado. A polícia ainda está lá. Preciso que você fique no quarto 202 hoje, está bem? Segundo andar, não quarto. Para evitar a polícia.

— Está bem — replica ele. — Não se preocupe, vou ficar longe da polícia.

— E, Juan Manuel, eu não deveria dizer isso a ninguém, mas Giselle Black está hospedada no mesmo andar. O segundo. Então tome cuidado. Pode ser que haja detetives no andar dela também. Você vai ter que ser discreto até essa investigação terminar. Entendido?

Entrego um cartão-chave do quarto 202 para ele.

— Sim, Molly. Entendido. Você precisa ser discreta também, está bem? Me preocupo com você.

— Não há nada com que se preocupar — afirmo. — Tenho que ir.

Então saio da cozinha e empurro meu carrinho até o elevador de serviço. Lá dentro, o ar fica imediatamente mais fresco e frio, e subo até o saguão, onde vou ao bar para buscar minha pilha diária de jornais.

Mesmo de longe, avisto Rodney atrás do balcão. Quando me vê, ele vem correndo me cumprimentar.

— Molly! Você está aqui.

Ele leva as mãos aos meus ombros. Sinto uma corrente elétrica que aquece meu interior.

— Você está bem?

— Todo mundo fica me perguntando isso. Estou bem — respondo. — Talvez não seja demais pedir um abraço seu...?

— Claro! — diz ele. — Você é justamente a pessoa que eu queria ver hoje.

Ele me abraça. Eu apoio a cabeça no seu ombro e sinto o cheiro dele.

Faz tanto tempo que ninguém me abraça que não sei bem o que fazer com meus braços. Escolho passá-los em volta das costas dele e apoio as mãos nas escápulas, que são ainda mais musculosas do que eu imaginava.

Ele me solta antes que eu esteja pronta. Só então percebo que o olho direito dele está inchado e roxo, como se tivesse levado um soco.

— O que aconteceu com você? — indago.

— Ah, uma idiotice. Estava ajudando Juan Manuel com uma mala no quarto dele e... bati na porta. Pergunte a ele, ele sabe.

— Devia botar gelo. Deve estar doendo.

— Chega de falar de mim, quero saber como *você* está.

Ele olha ao redor do bar ao dizer isso. Há grupos de mulheres de meia-idade tomando café da manhã, o ruído das colherinhas na cerâmica, as risadas ecoando enquanto elas matam o tempo antes de irem ao cinema no meio do dia. Algumas famílias estão se enchendo de panquecas antes de um dia de museus e passeios turísticos. E dois viajantes solitários beliscam os cafés da manhã com os olhos fixos nos telefones ou nos jornais à frente deles. Quem Rodney está procurando? Com certeza não é nenhum desses hóspedes. Mas, se não são eles, então quem?

— Escute — diz Rodney, baixinho. — Soube que você encontrou o Sr. Black ontem à noite e que a levaram para a delegacia para responder a umas perguntas. Não posso falar agora, mas por que não passa aqui depois do expediente? Podemos pegar uma mesa discreta, e você me conta tudo. Cada detalhe, que tal?

Ele pega minha mão e a aperta de leve. Seus olhos são duas piscinas azuis e profundas. Está preocupado. Comigo. Por um instante, me pergunto se ele vai me beijar, mas então percebo a tolice: beijar uma funcionária no meio do bar e restaurante do hotel. Claro que ele não faria isso. Mas é uma pena, ainda assim.

— Eu adoraria encontrar você mais tarde — digo, tentando soar tranquila. — Que tal às cinco? Em ponto? Encontro marcado?

— Hã, sim. Está ótimo.

— Vejo você mais tarde — concluo, e começo a me afastar.

— Não esqueça dos seus jornais — lembra ele.

Rodney pega a pilha no chão e a coloca no balcão.

— Ah, que distraída.

Pego a pilha inteira de uma vez com dificuldade e a carrego até meu carrinho. Agora ele está atrás do balcão, servindo café a um cliente. Tento trocar um olhar com ele uma última vez, mas não consigo.

Tudo bem. Vamos ter tempo de sobra para contato visual hoje à noite.

Capítulo 7

A vida é engraçada. Um dia pode ser chocante, e o seguinte também. Mas os dois choques podem ser tão diferentes um do outro quanto a noite do dia, o preto do branco, o bem do mal. Ontem, eu encontrei o Sr. Black morto; hoje, Rodney me chamou para sair. Na verdade, não vamos "sair", já que nosso encontro vai ser no nosso local de trabalho, mas isso é uma questão de semântica. O encontro em si é que importa.

Faz mais de um ano que eu e Rodney tivemos nosso último encontro. *Quem espera sempre alcança*, vovó sempre dizia, e, sim, vovó, você tinha razão. Logo quando achei que Rodney não estava interessado em mim, ele revela que está. E o *timing* foi impecável. O dia de ontem me abalou. Hoje também, mas em um sentido muito mais agradável e empolgante. Isso é prova de que a gente nunca sabe que surpresas a vida tem guardadas para nós.

Empurro meu carrinho pelo saguão e sigo rumo ao elevador. Outro grupo de mulheres, provavelmente em uma viagem de amigas, passa rapidamente por mim. Elas fecham a porta do elevador na minha cara, algo a que já estou acostumada. A camareira pode esperar. A camareira vai por último. Finalmente, pego um elevador só para mim e aperto o número quatro. Uma luz vermelha se acende atrás do botão. Fico meio enjoada ao voltar ao quarto andar pela primeira vez desde que encontrei o Sr. Black morto na cama. *Se controle*, eu penso. *Você não precisa entrar naquela suíte hoje.*

Depois de um apito, as portas se abrem. Empurro meu carrinho para fora do elevador, mas bato imediatamente em algo. Ergo os olhos e vejo que acabo de atropelar um policial que está com os olhos vidrados no celular e, portanto, não tem a menor consciência de que está bloqueando a saída do elevador. Seja lá quem for o culpado, sei exatamente o que devo fazer. Aprendi isso em uma das minhas primeiras sessões de treinamento com o Sr. Snow: o hóspede tem sempre razão, mesmo se não está prestando a menor atenção na inconveniência que pode estar causando.

— Minhas mais sinceras desculpas, senhor. Está tudo bem? — pergunto.

— Sim, estou bem. Mas preste atenção aonde vai com essa coisa.

— Agradeço o conselho. Obrigada, senhor — digo, enquanto dou a volta nele com meu carrinho.

O que quero mesmo é atropelar os dedos do pé desse homem, já que ele se recusa a sair da frente, mas isso não seria apropriado. Depois de passar por ele, eu paro.

— Posso ajudá-lo de alguma forma? Quer uma toalha quente, talvez? Um xampu?

— Estou bem — repete. — Com licença.

Ele passa por mim, e eu o vejo seguir em direção à suíte dos Black. Há uma fita de isolamento amarelo-viva na frente da porta. Ele para ao lado dela, apoiando-se na parede, com um pé cruzado sobre o outro. Já estou até vendo a mancha que vai deixar se ficar nessa posição o dia todo e como vai ser um desafio tirá-la. Adoraria pegar o cabo da minha vassoura e empurrá-lo para longe da parede, mas deixo para lá. Não é minha função.

Avanço até a outra extremidade do andar, para começar meu trabalho no quarto 407. Fico satisfeita ao encontrá-lo vazio — os hóspedes já foram embora. Há uma nota de cinco dólares no travesseiro, que pego e enfio no bolso com um agradecimento silencioso. *Cada centavo conta*, como vovó sempre dizia. Me ocupo desfazendo a cama e a cobrindo com lençóis limpos. Minhas mãos estão tremendo um pouco hoje, devo admitir. De vez em quando, tenho um vislumbre do Sr. Black na minha mente — o rosto pálido, o corpo frio — e de tudo o que vi depois. Sinto uma corrente elétrica de nervosismo me atravessar. Mas não há por que ficar nervosa hoje. Hoje não é ontem. Hoje é um dia novinho em folha. Para me acalmar, me concentro em pensamentos alegres. E nada é mais alegre para mim agora do que pensar em Rodney.

Enquanto faço a faxina, revejo nosso relacionamento florescer na minha mente. Eu me lembro de quando comecei a trabalhar no hotel e não o conhecia direito. Todos os dias, ao pegar os jornais no começo do meu turno, eu tentava prolongar o momento. Aos poucos, com o tempo, nos tornamos bastante cordiais... ouso dizer amigáveis? Mas foi em um dia específico, há mais de um ano e meio, que nossa afeição se solidificou.

Eu estava no terceiro andar, limpando os quartos. Sunshine estava limpando uma metade do andar, e eu, a outra. Entrei no quarto 305, que não constava na minha lista naquele dia, mas a recepção tinha me avisado que estava vazio e precisava de limpeza. Como já tinha recebido a informação de que não havia ninguém lá, nem me dei ao trabalho de bater na porta, mas, quando atravessei a soleira com o carrinho, dei de cara com dois homens muito imponentes.

Vovó me ensinou a julgar as pessoas pelas atitudes, não pela aparência, de forma que, quando vi aqueles dois colossos de cabeça raspada e tatuagens desconcertantes no rosto, imediatamente presumi o melhor sobre eles em vez de o pior. Talvez aqueles hóspedes fossem uma famosa dupla de rock da qual eu nunca tinha ouvido falar. Talvez fossem tatuadores da moda. Ou lutadores conhecidos mundialmente. Como eu prefiro antiguidades a cultura pop, não teria como saber.

— Minhas mais sinceras desculpas, senhores — falei. — Me disseram que todos os hóspedes deste quarto já tinham ido embora. Perdão pelo incômodo.

Sorri para eles, conforme o protocolo, e aguardei a resposta dos cavalheiros. Mas os dois permaneceram calados. Havia uma bolsa azul-marinho em cima da cama. Um dos gigantes estava guardando nela algum equipamento quando entrei, uma espécie de máquina ou balança. Agora estava totalmente imóvel com o estranho aparato na mão.

Logo quando comecei a me sentir incomodada com o silêncio que se criava, duas pessoas saíram do banheiro atrás dos dois homens. Uma delas era Rodney, com sua camisa branca impecável, as mangas arregaçadas, revelando aqueles lindos antebraços. A outra era Juan Manuel, segurando uma embalagem de papel pardo, talvez a marmita para o almoço ou o jantar. Rodney tinha as mãos fechadas em punhos. Ele e Juan Manuel estavam claramente surpresos em me ver, e, para falar a verdade, eu também estava surpresa em vê-los.

— Molly, não. Por que está aqui? — perguntou Juan Manuel. — Por favor, você precisa ir embora agora.

Rodney se voltou para Juan Manuel.

— O quê, você é o chefe agora? Está no comando, é?

Juan Manuel deu dois passos para trás e, de repente, pareceu hipnotizado pela posição de seus pés no chão.

Decidi que estava na hora de interferir e acalmar a animosidade entre eles.

— Tecnicamente falando, Rodney é o gerente do bar. Isso significa que, de um ponto de vista estritamente hierárquico, é o funcionário de posição mais elevada dentre nós no momento. Mas vamos lembrar que somos todos importantes de alguma forma, cada um de nós — declarei.

Os dois colossos alternaram os olhares de Rodney e Juan Manuel para mim várias vezes.

— Molly — disse Rodney. — O que está fazendo aqui?

— Não é óbvio? — retorqui. — Estou aqui para limpar o quarto.

— Sim, eu entendi essa parte. Mas esse quarto não deveria estar na sua lista hoje. Eu avisei lá embaixo…

— Avisou pra quem? — perguntei.

— Olha, não importa. A questão não é essa.

Juan Manuel passou na frente de Rodney de repente e segurou meu braço.

— Molly, não se preocupe comigo. Corra lá embaixo agora e avise que...

— Pera lá — interrompeu Rodney. — Tire as mãos dela agora.

Não era uma sugestão, mas uma ordem.

— Ah, está tudo bem — disse eu. — Juan Manuel e eu nos conhecemos, e não estou nem um pouco incomodada.

Só então me dei conta do que estava acontecendo exatamente. Rodney estava com ciúme de Juan Manuel. Era uma demonstração masculina de rivalidade romântica. Vi aquilo como um ótimo sinal, já que revelava os verdadeiros sentimentos de Rodney por mim.

Rodney olhou para Juan Manuel com uma expressão de descontentamento evidente, mas então disse algo totalmente inesperado.

— Como está sua mãe, Juan Manuel? — perguntou. — Sua família mora em Mazatlán, certo? Tenho amigos no México, sabia? Bons amigos. Acho que ficariam felizes de visitar sua família.

Juan Manuel largou meu braço na mesma hora.

— Não precisa — disse. — Eles estão bem.

— Ótimo. Vamos nos assegurar de que continuem assim.

Como Rodney era gentil. Preocupado com o bem-estar da família de Juan Manuel, eu pensei. Quanto melhor eu o conhecia, mais eu admirava a pessoa que ele era.

Naquele momento, os dois gigantes falaram. Estava ansiosa para que fôssemos formalmente apresentados e eu pudesse gravar os nomes na memória para uma ocasião futura, talvez até para garantir que recebessem chocolates de cortesia à noite.

— Que merda está acontecendo aqui? — perguntou um deles a Rodney.

— Quem é ela, caralho? — acrescentou o outro.

Rodney deu um passo à frente.

— Está tudo bem. Não se preocupem. Vou dar um jeito nisso.

— Acho bom. E logo, porra.

Bem, devo dizer que esse linguajar chulo me surpreendeu, mas fui treinada a agir como uma profissional em qualquer ocasião, com todo tipo de pessoa, sejam elas bem ou mal-educadas, limpas ou desleixadas, bocas-sujas ou eloquentes.

Rodney se colocou bem na minha frente.

— Não era para você ter visto nada disso — disse ele em voz baixa.

— Visto o quê? — perguntei. — A bagunça colossal que vocês fizeram neste quarto?

Um dos gigantes falou em seguida.

— Moça, a gente acabou de limpar tudo.

— Bem — continuei —, fizeram um trabalho medíocre. Como podem ver, o carpete precisa ser aspirado. As pegadas de vocês estão por toda parte. Consegue ver? Como está amassado perto da porta e ali também, perto do banheiro? Parece que uma manada de elefantes passou por aqui. Sem contar essa mesa de cabeceira. Quem comeu donuts com cobertura de açúcar sem usar um prato? E essas impressões digitais enormes? Sem ofensa, mas como não viram isso? Estão no vidro todo. Vou ter que polir todas as maçanetas também.

Peguei um borrifador e uma toalha de papel no carrinho e comecei a limpar a mesa. Arrumei a bagunça toda em um instante.

— Estão vendo? Não é melhor assim?

A expressão no rosto dos dois gigantes era a mesma: estavam boquiabertos. Claramente, tinham ficado impressionados com as minhas técnicas de limpeza eficientes. Juan Manuel, em compensação, ficou visivelmente constrangido. Ainda olhava para os próprios sapatos.

Ninguém disse nada por um longo momento. Havia algo de errado, mas eu não sabia dizer o quê. Foi Rodney quem quebrou o silêncio. Virou as costas para mim e se dirigiu aos amigos.

— Molly é... uma moça muito especial. Estão vendo isso, né? Como é... peculiar.

Que gentileza dele. Eu me senti realmente lisonjeada e evitei fazer contato visual por medo de estar com as bochechas coradas.

— Fico feliz em limpar a bagunça dos seus amigos sempre que quiserem — declarei. — Aliás, seria um prazer. É só me dizerem em que quarto estão hospedados que eu peço para colocarem na minha lista.

Rodney se dirigiu aos amigos outra vez.

— Estão vendo como ela pode ser útil? E é discreta, também. Não é, Molly? Você é discreta, certo?

— Discrição é o meu lema. Atendimento invisível ao cliente é o meu objetivo.

Os dois homens se aproximaram de mim de repente, tirando Rodney e Juan Manuel da frente com um tranco.

— Então não é uma linguaruda, certo? Vai ficar quieta?

— Sou camareira, não fofoqueira, ora essa. Me pagam pra ficar de boca fechada e devolver os quartos a um estado de absoluta perfeição. Eu me orgulho de fazer meu trabalho e depois desaparecer sem deixar rastros.

Os dois homens se entreolharam e deram de ombros.

— Tudo certo? — perguntou Rodney a eles.

Os dois assentiram e se voltaram para a bolsa na cama.

— E você? — perguntou Rodney a Juan Manuel. — Tudo certo?

Juan Manuel também fez que sim, mas os lábios dele formavam uma linha rígida.

— Certo, Molly — disse Rodney, olhando para mim com aqueles penetrantes olhos azuis dele. — Vai ficar tudo bem. Faça seu trabalho como sempre, está bem? Deixe esse quarto impecável pra que ninguém saiba que Juan Manuel esteve aqui com os amigos dele. E não fale com ninguém sobre isso.

— Claro. Se me derem licença, preciso trabalhar.

Rodney se aproximou de mim.

— Obrigado — sussurrou. — Vamos conversar sobre isso mais tarde. Me encontre hoje à noite, está bem? Explico tudo.

Era a primeira vez que ele sugeria um encontro daquele tipo. Eu quase não acreditei nos meus ouvidos.

— Eu adoraria! — respondi. — Encontro marcado, então?

— É, isso. Me encontre no saguão às seis. Vamos conversar em algum lugar reservado.

E, com isso, os gigantes pegaram a bolsa, passaram por mim e abriram a porta do quarto. Olharam de um lado para o outro do corredor, depois fizeram um gesto para que Rodney e Juan Manuel os seguissem. Os quatro deixaram o cômodo rapidamente.

As tarefas da manhã passaram como um borrão. Limpei a toda velocidade, ansiando pelas seis da tarde, até que de repente me dei conta de que naquele dia tinha ido trabalhar com uma calça velha, mesmo que em bom estado, e uma das blusas de gola alta da vovó. Não ia servir, não para um primeiro encontro com Rodney.

Terminei a faxina no quarto em que estava e puxei meu carrinho até o corredor. Procurei Sunitha na outra extremidade do andar.

— Toc-toc — falei, por mais que a porta da suíte que ela limpava estivesse aberta. Ela parou o que fazia e me olhou.

— Preciso dar uma saída. Se Cheryl vier aqui, pode dizer a ela que... eu já volto?

— Sim, Molly. Já passou bastante da hora do almoço, e você não parou. Tem o direito de fazer um intervalo, sabe?

Ela começou a cantarolar enquanto limpava.

— Obrigada — disse eu, e disparei pelo corredor até o elevador.

Saí às pressas pela porta giratória do hotel.

— Molly? Está tudo bem? — indagou o Sr. Preston quando passei por ele.

— Tudo esplêndido! — respondi.

Corri pela calçada. Fui até a esquina, onde havia uma boutique pela qual eu passava todos os dias a caminho do trabalho. Sempre admirava o letreiro verde-limão e o manequim na vitrine, vestido com elegância, com diferentes roupas chiques todos os dias. Aquela não era uma loja na qual eu faria compras normalmente. Era para os hóspedes do hotel, não para a camareira.

Puxei a maçaneta e entrei. Uma vendedora se aproximou de mim imediatamente.

— Parece que está precisando de ajuda — disse ela.

— Sim — concordei, um pouco ofegante. — Preciso de uma roupa urgentemente. Hoje à noite tenho um encontro com potencial romântico.

— Uau — disse ela. — Você está com sorte. Potencial romântico é a minha especialidade.

Cerca de 22 minutos depois, eu saía da loja com uma grande sacola verde-limão contendo uma blusa de bolinhas, algo chamado "calça *skinny*" e um par de sapatos com "salto gatinho", disse a vendedora, embora eu não tivesse visto nenhum gatinho neles. Quase desmaiei quando ela anunciou o preço total, mas me pareceu indecoroso recusar o pagamento quando os itens já estavam na sacola. Paguei com meu cartão de débito e voltei rapidamente para o hotel. Tentei não pensar no dinheiro do aluguel que eu acabava de gastar e nem como conseguiria repor.

Estava de volta às 12h54, bem a tempo de retomar o trabalho. O Sr. Preston piscou forte e arregalou os olhos quando viu minha sacola de compras, mas se absteve de qualquer comentário. Desci a escada de mármore correndo até os aposentos das camareiras, onde guardei minhas compras no armário. Voltei ao trabalho, e Cheryl não soube de nada.

Naquela noite, exatamente às seis da tarde, apareci no saguão do hotel com minha roupa nova. Tinha conseguido até arrumar o cabelo com um modelador de cachos da caixa de achados e perdidos, deixando-o ondulado e macio como Giselle fazia com o dela. Observei Rodney entrar no saguão e me procurar, passando os olhos por mim algumas vezes sem me reconhecer.

Ele se aproximou.

— Molly? — disse. — Você está... diferente.

— De um jeito bom ou ruim? — perguntei. — Confiei numa vendedora, espero que ela não tenha me ludibriado. Moda não é o meu forte.

— Você está... ótima.

Os olhos de Rodney percorreram o saguão a toda velocidade.

— Vamos sair daqui, está bem? Podemos ir ao Olive Garden, no fim da rua.

Eu mal pude acreditar! Era o destino. Um sinal. O Olive Garden é meu restaurante preferido. Era o preferido da vovó também. Todo ano, no aniversário dela e no meu, a gente se arrumava para uma grande noite juntas, com direito a pão de alho ilimitado e salada gratuita. A última vez que fomos ao Olive Garden juntas, era o aniversário de 75 anos da vovó. Pedimos duas taças de Chardonnay para comemorar.

— A você, vovó, nos seus três quartos de século. A mais um quarto, no mínimo!

— Tim-tim! — disse vovó.

O fato de Rodney ter escolhido meu estabelecimento preferido... era o destino, estava escrito nas estrelas.

O Sr. Preston nos observou ao sairmos do hotel.

— Molly, você está bem? — perguntou ele ao oferecer o braço, me dando apoio enquanto eu cambaleava um pouco ao descer a escada com meus novos sapatos de salto.

Rodney tinha descido correndo na minha frente e esperava na calçada, olhando o celular.

— Não se preocupe, Sr. Preston — respondi. — Estou ótima, de verdade.

Quando chegamos no último degrau, o Sr. Preston falou em voz baixa:

— Você não vai sair com ele, vai?

— Na verdade — sussurrei —, vou sim. Então, se me der licença...

Eu apertei de leve o braço dele e segui até Rodney.

— Estou pronta. Vamos — disse eu.

Rodney começou a andar sem tirar os olhos dos importantes negócios de última hora de que estava cuidando pelo celular. Quando nos afastamos do hotel, ele guardou o aparelho e desacelerou o passo.

— Me desculpe — falou. — O trabalho de um bartender nunca acaba.

— Sem problemas — garanti. — Seu trabalho é muito importante. Você é uma parte fundamental da colmeia.

Torci para que ele ficasse impressionado com a minha referência ao seminário de treinamento de funcionários do Sr. Snow, mas, se ficou, ele não demonstrou.

Durante o caminho inteiro até o restaurante, eu tagarelei sobre todo e qualquer tópico que me parecesse interessante: as vantagens de espanadores de pena em relação aos sintéticos, as garçonetes com quem ele trabalhava e que raramente se lembravam do meu nome, e, é claro, o meu amor pelo Olive Garden.

Depois do que me pareceu muito tempo, mas só devem ter sido dezesseis minutos e meio, chegamos à entrada do restaurante.

— Você primeiro — disse Rodney, segurando a porta educadamente para mim.

Uma jovem e prestativa garçonete nos acomodou em uma mesa perfeitamente romântica escondida em um dos cantos do restaurante.

— Quer uma bebida? — perguntou Rodney.

— Boa ideia. Vou tomar uma taça de Chardonnay. Quer me acompanhar?

— Sou mais chegado a cerveja.

A garçonete voltou e fizemos nossos pedidos.

— Podemos pedir a comida logo? — perguntou Rodney, então olhou para mim. — Se estiver pronta...

Eu estava pronta, sem dúvidas, pronta para tudo. Pedi o que eu sempre pedia.

— O Tour da Itália, por favor — disse eu. — Porque não dá para errar com um trio de lasanha, fettuccine e frango à parmegiana.

Eu sorri para Rodney de um jeito que esperava que parecesse sedutor. Ele olhou para o próprio cardápio.

— Espaguete com almôndegas.

— Sim, senhor. Gostaria de salada e pão de alho gratuitos?

— Não, obrigado — respondeu Rodney, e admito que foi uma pequena decepção.

Enfim, a garçonete se afastou e nos deixou a sós sob a morna luz ambiente. Observar Rodney tão de perto me fez esquecer totalmente da salada e do pão de alho.

Ele apoiou os cotovelos na mesa, um erro de etiqueta que achei perdoável só daquela vez, já que me permitia ter uma visão ótima de seus antebraços.

— Molly, você deve estar se perguntando o que foi aquilo hoje. Com aqueles homens. Naquele quarto do hotel. Eu não queria que você fosse para casa achando algo de ruim ou que começasse a falar sobre o que viu. Queria uma chance para explicar.

A garçonete voltou com as nossas bebidas.

— A nós — disse eu, segurando minha taça delicadamente pela haste com dois dedos, como vovó tinha me ensinado (*uma dama nunca toca o bojo, isso deixa marcas de dedo nada elegantes*).

Rodney pegou o copo de cerveja e bateu de leve na minha taça. Com muita sede, ele bebeu metade do líquido de uma só vez, depois largou o copo na mesa com um ruído.

— Como eu ia dizendo — falou —, queria explicar o que você viu hoje.

Ele fez uma pausa e me encarou.

— Você realmente tem olhos azuis estarrecedores — declarei. — Espero que não ache inadequado eu dizer isso.

— Engraçado. Outra pessoa me falou a mesma coisa um dia desses. Enfim, o que você precisa saber é o seguinte: aqueles homens no quarto são amigos do Juan Manuel, não meus. Entendeu?

— Acho isso ótimo — comentei. — Fico feliz que ele tenha feito amizades aqui. A família toda dele mora no México, como você sabe. E acho que ele deve se sentir sozinho de vez em quando. Isso é algo que eu entendo, porque também me sinto. Não agora, é claro. Não me sinto nada sozinha neste momento.

Bebi um gole grande e delicioso do meu vinho.

— Mas tem uma coisa que você talvez não saiba sobre nosso amigo Juan Manuel — continuou Rodney. — Na verdade, ele não é um imigrante legal neste momento. O visto de trabalho dele expirou há um tempinho, e agora ele está trabalhando clandestinamente no hotel. O Sr. Snow não sabe disso. Se Juan Manuel fosse pego, seria expulso do país e nunca mais poderia mandar dinheiro para a família. Você sabe como a família é importante para ele, não sabe?

— Sei — respondi. — Família é uma coisa muito importante. Você não acha?

— Não muito — disse ele. — A minha me rejeitou anos atrás.

Ele bebeu mais um gole da cerveja, então limpou a boca com o dorso da mão.

— Sinto muito — falei.

Não conseguia imaginar por que alguém recusaria a chance de ter um homem ótimo como Rodney na família.

— Certo — prosseguiu ele. — Então, os dois homens que você viu naquele quarto, aquela bolsa que eles tinham... era do Juan Manuel. Não era deles. Com certeza não era minha. Era do Juan Manuel. Entendeu?

— Entendi, sim. Todos nós temos bagagem.

Fiz uma pausa, dando bastante tempo para que Rodney percebesse meu duplo sentido sagaz.

— Foi uma piada — expliquei. — Aqueles homens estavam literalmente carregando uma bagagem, mas a expressão geralmente faz referência a bagagem emocional. Entendeu?

— Ah, sim. Certo. Então, a questão é que o proprietário do apartamento do Juan Manuel descobriu que o visto dele expirou. Expulsou ele de casa há um tempo. Agora ele não tem onde morar. Eu tenho ajudado com algumas coisas. Sabe, com a lei, por exemplo, porque conheço pessoas. Faço o que posso para ajudá-lo a pagar as contas. Tudo isso é um segredo, Molly. Você é boa em guardar segredos?

Ele olhou bem nos meus olhos, e eu senti o grande privilégio de ser a confidente dele.

— É claro que sei guardar segredo — respondi. — Sobretudo os seus. Tenho uma caixa trancada ao lado do meu coração para todas as suas confidências — declarei, fazendo um gesto como se trancasse uma caixa diante do peito.

— Legal. Então, tem mais. É o seguinte: toda noite, eu coloco Juan Manuel secretamente em um quarto vazio diferente no hotel. Assim ele não precisa dormir na rua. Mas ninguém pode saber, entende? Se alguém descobrisse que estou fazendo isso...

— Você estaria em apuros. E Juan Manuel não teria onde dormir — concluí.

— Isso. Exatamente — concordou ele.

Mais uma vez, Rodney provava que era um homem bom. Estava ajudando um amigo por pura bondade. Fiquei tão comovida que não soube o que dizer.

Felizmente, a garçonete voltou e preencheu o silêncio com a minha travessa do "Tour da Itália" e o espaguete com almôndegas de Rodney.

— *Bon appétit* — disse eu.

Comi algumas garfadas extremamente prazerosas, então larguei meu talher.

— Rodney, estou muito impressionada com você. É um homem ótimo.

— Faço o que posso — disse com a boca cheia de almôndegas, mastigando e engolindo. — Mas preciso da sua ajuda, Molly.

— Ajuda com o quê? — perguntei.

— Está ficando difícil saber quais quartos estão vazios no hotel. Digamos que alguns funcionários fundamentais costumavam me dar informações, mas não gostam muito de mim agora. Mas você... você está acima de qualquer suspeita, e sabe quais quartos estão vazios toda noite. Além disso, é boa em limpar as coisas, como provou hoje. Seria incrível se você pudesse me dizer que quarto está vazio tal noite e garantir que será sempre você quem limpará antes e depois da gente... digo, do Juan Manuel e seus amigos passarem por lá. Sabe, só para garantir que não tenha nenhum sinal de que alguém esteve ali.

Posicionei meus talheres cuidadosamente na beirada do prato. Bebi mais um gole de vinho. Podia sentir o efeito da bebida alcançando minhas extremidades e minhas bochechas, fazendo com que eu me sentisse livre e desinibida, duas coisas que eu não sentia havia... bem, nem me lembro da última vez que havia me sentido daquela forma.

— Seria um prazer te ajudar como eu puder — declarei.

Ele largou o garfo no prato com um tinir ruidoso e segurou minha mão. Senti um choque agradável percorrer meu corpo.

— Eu sabia que podia contar com você, Molly — disse ele.

Era um elogio adorável. Fiquei mais uma vez sem palavras, perdida naquelas duas piscinas azuis.

— E mais uma coisa. Você não vai dizer nada sobre isso a ninguém, não é? Sobre o que viu hoje? Não vai dizer nem uma palavra, principalmente para o Snow. Ou o Preston. Ou até a Chernobyl.

— Isso é óbvio, Rodney. Você está agindo como um justiceiro. Está consertando algo neste mundo, em que as coisas tantas vezes estão erradas. Eu entendo isso. Robin Hood teve que abrir exceções para poder ajudar os pobres.

— É, esse sou eu. Robin Hood.

Ele pegou o garfo novamente e enfiou mais uma almôndega na boca.

— Molly, eu poderia até beijar você. Poderia mesmo.

— Seria fantástico. Devemos esperar até você engolir?

Ele riu e comeu com rapidez o resto do macarrão. Eu nem precisei perguntar: sabia que estava rindo comigo, não de mim.

Eu estava torcendo para que a gente ficasse mais e pedisse sobremesa, mas, assim que ele terminou seu prato, Rodney pediu a conta para a garçonete.

Quando estávamos saindo do restaurante, ele segurou a porta para mim, como um cavalheiro.

— Então temos um combinado, certo? — disse ele, já do lado de fora. — Uma ajuda entre amigos?

— Sim. No começo do expediente, eu digo a Juan Manuel em que quarto ele pode passar a noite. Dou uma chave para ele e o número do quarto. E chego cedo de manhã para limpar o quarto em que ele e os amigos ficaram na noite anterior. Cheryl é conhecida por chegar sempre atrasada, então não vai nem perceber.

— Perfeito, Molly. Você é realmente uma garota especial.

Eu sabia, por ter visto *Casablanca* e ... *E o Vento Levou*, que aquele era o momento. Me inclinei em sua direção para que pudesse me beijar. Acho que ele estava mirando na bochecha, mas me mexi de forma a indicar que não era contra um beijo na boca. Infelizmente, a conexão foi um pouco desalinhada, embora meu nariz não tenha ficado totalmente decepcionado com aquela demonstração inesperada de afeto.

Naquele instante, quando Rodney me beijou, não importava onde os lábios dele tinham pousado. Na verdade, nada importava para mim a não ser o beijo; nem a mancha vermelha de molho na gola da sua camisa, ou o fato de ele ter pegado o celular logo depois, nem mesmo o pedaço de manjericão molengo preso entre os dentes dele.

Capítulo 8

Estou quase no fim do meu turno. Rever nosso primeiro encontro mentalmente fez com que o dia passasse rápido e aumentou minha animação para o nosso encontro de hoje à noite. Também me ajudou a evitar as lembranças de ontem. Na maior parte do tempo, consegui manter os *flashbacks* a distância. Houve só um momento em que me lembrei do Sr. Black morto na cama, e, por algum motivo, na minha mente, de repente o rosto de Rodney estava no corpo do Sr. Black, como se os dois tivessem virado um, unidos por um nó impossível de ser desfeito.

Quanta besteira. Como posso imaginar os dois conectados desse jeito, quando são extremos opostos de tantas formas: velho *versus* novo, morto *versus* vivo, mau *versus* bom? Balancei a cabeça de um lado para o outro para apagar aquela imagem horrível. E, como uma lousa mágica, bastou sacudir bem para apagar tudo e deixar minha mente limpa.

Os outros pensamentos intrusivos que tive hoje foram sobre Giselle. Sei que ela ainda está hospedada no hotel, no segundo andar, mas não em qual quarto. Eu me pergunto como ela deve estar, depois de perder o marido. Está feliz com esse acontecimento? Ou triste? Está aliviada de se ver livre dele ou preocupada com o próprio futuro? O que ela vai herdar, se é que vai herdar alguma coisa? Se os jornais estiverem certos, ela aparentemente é a herdeira da fortuna da família, mas a primeira esposa e os filhos do Sr. Black com certeza terão algo a dizer sobre isso. E se eu aprendi algo a respeito de como funciona o dinheiro, foi que ele é atraído como um ímã para quem nasceu com ele, deixando sem nada aqueles que mais precisam.

Fico preocupada com o que vai acontecer com Giselle.

Esse é o problema das amizades. Às vezes você sabe coisas que não deveria saber; às vezes você carrega os segredos de outras pessoas por elas. E, às vezes, esse peso tem consequências.

São quatro e meia da tarde. Falta apenas meia hora para o meu encontro com Rodney no Social. Nosso segundo encontro — que progresso!

Avanço pelo corredor com meu carrinho para avisar a Sunshine que terminei de limpar todos os meus quartos, incluindo o que Juan Manuel ocupou na noite passada.

— Como você é rápida, Srta. Molly! — diz Sunshine. — Eu tenho mais quartos para limpar ainda.

Eu me despeço e passo pelo policial a caminho do elevador, mas ele mal nota minha presença. No porão, tiro o uniforme de camareira e visto minhas roupas normais, uma calça jeans e uma blusa florida — não é exatamente o que eu teria escolhido para um encontro com Rodney, mas eu não tenho mais dinheiro para gastar em extravagâncias como sapatos de salto gatinho e blusas de bolinha. Além disso, se Rodney for realmente um bom partido, vai me julgar pelo que está por dentro, não por fora.

Às cinco para as cinco, estou lá embaixo, na entrada do Social, esperando junto à plaquinha de "Sinta-se em casa", procurando por Rodney. Ele me vê, sai dos fundos do restaurante e vem até mim.

— Bem na hora, hein?

— Eu me orgulho de ser pontual — respondo.

— Vamos pegar uma mesa nos fundos.

— Privacidade. Sim, parece apropriado.

Caminhamos pelo restaurante até a mesa mais escondida — e romântica —, aos fundos.

— Hoje está bem quieto aqui — comento, observando as cadeiras vazias, as duas garçonetes no balcão, conversando, já que não há praticamente nenhum cliente.

— É, mas não estava assim mais cedo. Estava cheio de policiais. E repórteres.

Ele olha ao redor, depois para mim. O olho roxo está um pouco melhor do que hoje de manhã, mas ainda está inchado.

— Olha, eu sinto muito pelo que aconteceu com você ontem, por encontrar o Sr. Black e tudo o mais. E ainda teve que ir à delegacia. Deve ter sido intenso.

— Foi um dia turbulento. Hoje está sendo bem melhor. Principalmente agora — acrescento.

— Então, me conta uma coisa: quando você estava na delegacia, espero que não tenha dito nada sobre o Juan Manuel.

É um questionamento incompreensível.

— Não — digo. — Isso não tem nada a ver com o Sr. Black.

— Certo. Claro que não. Mas, você sabe, detetives podem ser bem enxeridos. Só queria ter certeza de que ele está seguro.

Ele faz uma pausa e passa os dedos de uma das mãos pelo cabelo volumoso e ondulado.

— Pode me dizer o que aconteceu, o que você viu na suíte ontem? — pede ele. — Digo, imagino que esteja se sentindo bem apavorada, e talvez ajude falar as coisas em voz alta para um... bem, um amigo.

Ele estica a mão e encosta na minha. É incrível como a mão humana pode transmitir tanto calor. Eu sinto falta de contato físico sem a vovó na minha vida. Ela costumava fazer exatamente isso, cobrir minha mão com a dela para me fazer falar. A mão dela me dizia que tudo ficaria bem, independentemente de qualquer coisa.

— Obrigada — digo a Rodney.

Fico surpresa: do nada, sinto vontade de chorar. Faço esforço para conter as lágrimas enquanto conto a ele sobre ontem.

— Pareceu um dia normal até que eu fui terminar de limpar o quarto dos Black. Entrei e percebi que a sala estava bagunçada. Era para eu limpar só o banheiro, mas, quando entrei no quarto para ver se também estava bagunçado, lá estava ele, deitado na cama. Achei que estava dormindo, mas... estava morto. Bem morto.

Então Rodney usa a outra mão e segura a minha entre as duas.

— Ah, Molly — diz. — Que coisa horrível. E... você viu alguma coisa no quarto? Alguma coisa estranha ou suspeita?

Conto a ele sobre o cofre aberto, o dinheiro que não estava mais lá e a escritura que eu tinha visto no bolso do paletó do Sr. Black mais cedo, naquele dia.

— E foi só isso? Mais nada fora do comum?

— Na verdade, sim — disse eu.

Conto a ele sobre os comprimidos de Giselle, todos espalhados no chão.

— Que comprimidos? — pergunta ele.

— Giselle tem um frasco sem rótulo. Ele estava caído perto da cama onde estava o Sr. Black.

— Merda. Está de brincadeira.

— Não estou.

— E onde estava Giselle?

— Não sei. Ela não estava dentro da suíte. De manhã, parecia bem chateada. Sei que estava planejando uma viagem, porque vi o itinerário de voo saindo da bolsa.

Eu me remexo na cadeira, apoiando o queixo na mão de maneira sedutora, como uma atriz de um filme clássico.

— Você contou isso aos policiais? Sobre o itinerário, ou os comprimidos? — perguntou Rodney.

Estou ficando cada vez mais impaciente com esse interrogatório, mas sei que paciência é uma virtude, e uma virtude que espero que ele atribua a mim, dentre outras.

— Contei sobre os comprimidos — confesso. — Mas não quis dizer muito mais. Pra falar a verdade, e espero que mantenha isso em segredo,

Giselle é mais do que só uma hóspede para mim. Ela é... bem, é uma amiga. E estou bem preocupada com ela. A natureza das perguntas da polícia era...

— O quê? Era o quê?

— Era quase como se estivessem desconfiados. Dela.

— Mas o Black morreu de causas naturais ou não?

— A polícia parece ter quase certeza de que sim. Mas não 100%.

— Eles perguntaram mais alguma coisa? Sobre Giselle? Sobre mim?

Sinto algo se contorcer no meu estômago, como se um dragão adormecido tive sido tirado de seu torpor.

— Rodney — digo, com uma inquietude na voz que não consigo esconder. — Por que perguntariam de você?

— Besteira — diz ele. — Não sei por que eu falei isso. Esquece.

Ele tira as mãos da minha, e eu imediatamente desejo que ele as coloque de volta.

— Acho que estou só preocupado. Com Giselle. Com o hotel. Com todos nós, na verdade.

Neste momento, me ocorre que estou deixando passar alguma coisa. Todo ano, no Natal, vovó e eu colocávamos uma mesinha na sala de estar e montávamos um quebra-cabeça juntas enquanto escutávamos músicas natalinas no rádio. Quanto mais difícil o quebra-cabeça, mais feliz ficávamos ao terminar. E estou tendo a mesma sensação de quando vovó e eu éramos desafiadas por um quebra-cabeça muito difícil. É como se eu não estivesse conseguindo encaixar as peças direito.

Então um pensamento me ocorre.

— Você disse que não conhece a Giselle direito. É isso mesmo?

Ele suspira. Sei o que aquilo significa. Eu o exasperei, mesmo sem querer.

— Um sujeito não pode se preocupar com alguém que parece uma boa pessoa? — pergunta ele.

A voz dele sai aguda, de um jeito que me lembra Cheryl quando está aprontando algo pouco higiênico.

Devo me corrigir antes que Rodney fique totalmente desencantado de mim.

— Desculpe — digo, com um sorriso largo, me debruçando para a frente na cadeira. — Você tem todo o direito de estar preocupado. É o seu jeito. Você se importa com os outros.

— Exatamente.

Ele pega o celular no bolso da calça.

— Molly, pegue meu número.

Um frisson de empolgação atravessa o meu corpo, afastando da minha mente toda e qualquer dúvida.

— Você quer me dar seu número de telefone?

Consegui. Consertei a situação. Nosso encontro está de volta nos trilhos.

— Se acontecer alguma coisa, se a polícia incomodar você de novo ou fizer perguntas de mais... me avise. Vou estar disponível para você.

Pego meu celular e trocamos nossos números. Quando escrevo meu nome no aparelho dele, sinto a necessidade de acrescentar um identificador. "Molly, Camareira e Amiga", eu digito. Coloco até um coraçãozinho no fim, como declaração de intenção amorosa.

Minha mão treme quando devolvo o celular para ele. Torço para que olhe o que eu escrevi e veja o coração, mas ele não olha.

O Sr. Snow entra no restaurante. Eu o vejo próximo ao bar, pegando alguma papelada antes de sair. Rodney está todo curvado no assento à minha frente. Ele não deveria ficar constrangido por estar no trabalho após o fim do expediente. O Sr. Snow diz que isso é sinal de um funcionário nota dez.

— Olha, tenho que ir — diz Rodney. — Você me liga se acontecer alguma coisa?

— Ligo. Com certeza farei contato telefônico.

Ele se levanta, e eu o sigo até o saguão, depois cruzamos a porta do hotel. O Sr. Preston está bem na entrada.

Eu aceno para ele, e ele inclina o chapéu.

— Ei, tem algum táxi por aqui? — pergunta Rodney.

— Claro — responde o Sr. Preston.

Ele vai até a rua, sopra o apito e acena para um táxi. Quando o táxi vem, o Sr. Preston abre a porta.

— Pode entrar, Molly — diz.

— Não, não — interrompe Rodney. — O táxi é para mim. Você vai... para outro lugar, não é, Molly?

— Vou para leste — digo.

— Certo. Eu vou para o outro lado. Tenha uma boa-noite!

Rodney entra, e o Sr. Preston fecha a porta. Quando o táxi se afasta, Rodney acena para mim pela janela.

— Eu ligo pra você! — grito.

O Sr. Preston para ao meu lado.

— Molly — diz ele. — Cuidado com esse aí.

— Com o Rodney? Por quê? — pergunto.

— Porque ele é um sapo, querida. E nem todos os sapos viram príncipes.

Capítulo 9

Ando para casa rapidamente, cheia de energia e com um friozinho na barriga pelo tempo que passei com Rodney. Penso no comentário desagradável do Sr. Preston sobre sapos e príncipes, e percebo como é fácil julgar errado as pessoas. Até mesmo um homem íntegro como o Sr. Preston pode se enganar às vezes. Fora o peito liso, Rodney não tem qualquer semelhança com um anfíbio. Minha maior esperança é que, embora não seja um sapo, Rodney se torne o príncipe do meu próprio conto de fadas.

Eu me pergunto qual a etiqueta correta a respeito do tempo de espera antes de ligar para Rodney. Devo ligar logo para agradecer pelo nosso encontro ou esperar até amanhã? Quem sabe eu deva mandar uma mensagem em vez de ligar. Minha única experiência nessa área foi com Wilbur, que detestava falar ao telefone e usava mensagens de texto apenas para registro de horários e tarefas: "Horário aproximado de chegada: 7h03", "Bananas em promoção: 0,49 centavos. Compre enquanto ainda tem". Se vovó ainda estivesse aqui, eu pediria conselho a ela, mas isso não é mais uma opção.

Quando me aproximo do meu prédio, avisto uma figura familiar parada na entrada. Por um instante, tenho certeza de se tratar de uma alucinação, mas quando me aproximo vejo que é realmente ela. Está usando óculos escuros grandes e carrega a bolsa amarela bonita de sempre.

— Giselle? — digo ao me aproximar.

— Ah, graças a Deus. Molly, estou tão feliz em ver você.

Antes que eu possa dizer qualquer outra coisa, ela me abraça com força. Fico sem palavras, sobretudo porque mal consigo respirar. Ela me solta e levanta os óculos, e eu vejo seus olhos vermelhos.

— Posso entrar?

— Claro — respondo. — Não acredito que você está aqui. Estou... estou tão feliz em ver você.

— Não tão feliz quanto eu em ver você — diz ela.

Vasculho meus bolsos e consigo encontrar as chaves. Minhas mãos tremem um pouco quando abro a porta, e a convido a entrar no prédio.

Ela entra com hesitação e olha ao redor. Folhetos amassados cobrem o chão, cercados de pegadas lamacentas e bitucas de cigarro — um hábito tão nojento. A expressão de desprezo dela pela sujeira é tão evidente que consigo lê-la sem dificuldades.

— É uma pena, né? Gostaria que todos os inquilinos fizessem questão de manter a entrada limpa. Acho que vai achar o apartamento da minha... o *meu* apartamento muito mais higiênico — comento.

Eu a guio pela entrada até a escadaria.

Ela olha para o alto da escada.

— Qual é o seu andar? — pergunta.

— Quinto — respondo.

— Podemos ir de elevador?

— Peço desculpas. Não tem elevador.

— Uau — diz ela, mas se junta a mim e subimos os degraus, embora Giselle esteja com sapatos de salto absurdamente altos.

Chegamos ao andar, e eu adianto o passo para abrir a porta de incêndio quebrada, que range quando eu a puxo. Giselle passa e emergimos no corredor. Tomo consciência, de repente, da iluminação fraca, das lâmpadas queimadas, do papel de parede descascando e do aspecto geral de descuido. É claro que o Sr. Rosso, meu proprietário, nos ouve chegar e escolhe precisamente este momento para sair do apartamento.

— Molly — diz ele. — Pelo amor da sua falecida avó, quando é que vai pagar o que me deve?

Sinto uma explosão de calor no meu rosto.

— Essa semana. Pode ficar tranquilo. Vai receber o que deve.

Imagino um grande balde vermelho cheio de água com sabão, em que enfio a cabeça redonda dele lá dentro.

Giselle e eu continuamos a andar. Quando passamos por ele, ela revira os olhos teatralmente, o que para mim é um grande alívio. Estava com medo de que ela pensasse mal de mim por não estar em dia com o aluguel. Visivelmente, não é nada disso que ela está pensando.

Enfio minha chave na fechadura e abro a porta tremendo.

— Você primeiro — digo.

Giselle entra e olha em torno. Vou atrás dela, sem saber onde ficar. Fecho a porta e passo o ferrolho enferrujado. Ela olha as pinturas da vovó na entrada, mulheres relaxando às margens de rios, fazendo um piquenique, comendo iguarias de uma cesta de vime. Ela avista a velha cadeira de madeira perto da porta com a almofada bordada da vovó. Pega a almofada com as duas mãos. Os lábios dela se movem em silêncio enquanto lê a oração da serenidade.

— Hum — diz ela. — Interessante.

De repente, bem ali na entrada, seu rosto se contorce em uma careta e os olhos se enchem de lágrimas. Giselle abraça a almofada junto do peito e começa a chorar em silêncio.

Minha tremedeira aumenta. Não faço ideia de como agir. Por que ela está na minha casa? Por que está chorando? E o que eu devo fazer?

Deixo minhas chaves na cadeira vazia.

Tudo o que você pode fazer é o seu melhor, ouço vovó dizer na minha mente.

— Giselle, você está chateada porque o Sr. Black está morto?

Mas então lembro que as pessoas não gostam de palavras tão diretas.

— Desculpe — me corrijo —, o que eu quis dizer foi: sinto muito pela sua perda.

— Sente muito? Por quê? — indaga ela entre soluços chorosos. — Eu não sinto muito. Não sinto nada.

Ela devolve a almofada ao lugar e dá um tapinha para afofá-la, então inspira profundamente.

Eu tiro meus sapatos, limpo as solas com o pano do armário e guardo. Ela me observa.

— Ah — diz. — Acho que é melhor eu tirar os meus.

Giselle tira os brilhantes sapatos de salto pretos com solas vermelhas, tão altos que eu não entendo como conseguiu subir os cinco lances de escada.

Ela faz um gesto para que eu lhe passe o pano.

— Não, não — recuso. — Você é minha convidada.

Pego os sapatos, finos e elegantes, um prazer de segurar, e os guardo no armário. Ela observa nossos aposentos diminutos, e seus olhos vão até o teto da sala, que está descascando, com manchas circulares causadas pelo apartamento de cima.

— Ignore a aparência — peço. — Não posso fazer grande coisa em relação à conduta dos inquilinos de cima.

Ela faz que sim e limpa as lágrimas do rosto.

Vou até a cozinha, pego um lenço de papel e levo até ela.

— Um lenço para enxugar seus problemas — digo.

— Ai, meu Deus, Molly — responde ela. — Você tem que parar de falar isso quando as pessoas estão chateadas. Não vão entender.

— Eu só quis dizer que...

— Sei o que você quis dizer. Mas outras pessoas não vão saber.

Fico quieta por um instante, assimilando aquilo, guardando a lição no cofre da minha mente.

Ainda estamos na entrada. Estou paralisada no meu lugar, sem saber o que fazer a seguir, o que dizer. Se ao menos vovó estivesse aqui...

— Essa é a parte em que você me leva até a sala — explica Giselle. — Diz para eu me sentir à vontade ou alguma coisa assim.

Meu estômago dá uma cambalhota.

— Desculpe — digo. — Nós não... *eu* não recebo pessoas com muita frequência. Nunca, na verdade. Vovó costumava convidar um pequeno grupo de amigas de vez em quando, mas, desde que morreu, as coisas andam bem paradas por aqui.

Não digo a ela que é a primeira convidada a adentrar aquela porta em meses, mas essa é a mais pura verdade. Também é a primeira convidada que recebo sozinha.

Algo me ocorre.

— Minha avó sempre dizia: uma boa xícara de chá cura todos os males, e, se não curar, tome outra. Quer uma?

— Quero — responde ela. — Não me lembro da última vez que bebi chá.

Vou até a cozinha para esquentar a água. Olho para Giselle pelo vão da porta enquanto ela passeia pela sala. Ainda bem que hoje é terça-feira e eu limpei o chão ontem à noite. Pelo menos sei que está perfeitamente limpo. Giselle vai até as janelas na outra extremidade do cômodo e toca a borda com babados das cortinas floridas da vovó. Cortinas que ela própria fez muitos anos atrás.

Enquanto coloco o chá dentro do bule, Giselle vai até a cristaleira da vovó. Ela se abaixa para admirar os animais de cristal Swarovski, então olha as fotos emolduradas acima. Fico levemente incomodada com a presença dela na minha casa, mas também um pouco empolgada. Por mais que tenha certeza de que o apartamento está limpo, não é equipado da maneira a que uma mulher do calibre de Giselle Black está acostumada. Não sei o que ela está pensando. Talvez esteja horrorizada com o jeito como eu vivo. Não se parece em nada com o hotel. Não é grandioso. Nunca tive problema com isso, mas talvez ela tenha. É um pensamento desconcertante.

Coloco a cabeça para fora da cozinha.

— Pode ter certeza de que eu mantenho o nível mais alto de higiene a todo momento neste apartamento. Infelizmente, com um salário de camareira, não consigo comprar itens extravagantes ou acompanhar as últimas tendências de decoração. Imagino que a casa deva parecer datada e antiquada para você. Talvez um pouco... velha?

— Molly, você não tem ideia de como as coisas parecem pra mim. Não sabe muito sobre mim. Acha que eu sempre vivi como vivo agora? Sabe de onde eu sou?

— De Martha's Vineyard — digo.

— Não, isso é o que o Charles fala pra todo mundo. Na verdade, sou de Detroit. E não da parte boa da cidade. Seu apartamento me faz lembrar da minha casa, na verdade. Digo, minha casa de muito tempo atrás. A que era minha antes de eu ficar sozinha. Antes de eu fugir sem olhar para trás.

Eu observo da entrada da cozinha enquanto ela se debruça para examinar uma foto minha com a vovó, tirada há mais de quinze anos. Eu tinha dez. Vovó nos inscreveu numa aula de culinária. Na imagem, estamos usando chapéus de chef ridiculamente grandes. Vovó está rindo, mas eu estou seriíssima. Lembro que não gostei da farinha sujando nossa mesa de trabalho. Tinha farinha nas minhas mãos e no meu avental. Giselle pega a foto ao lado dessa.

— Uau! — exclama. — É sua irmã?

— Não — respondo. — É minha mãe. É de muito tempo atrás.

— Você é igualzinha a ela.

Tenho ciência da nossa semelhança, principalmente naquela foto. O cabelo dela está na altura dos ombros, escuro, emoldurando o rosto redondo. Vovó sempre amou aquela foto. Chamava de "foto dois por um", porque a fazia lembrar da filha que tinha perdido e da neta que tinha ganhado.

— Onde sua mãe mora agora?

— Em lugar nenhum — digo. — Ela morreu. Como a minha avó.

A água está fervendo. Desligo o fogo e a despejo no bule.

— Os meus pais também morreram — conta ela. — Foi por isso que saí de Detroit.

Coloco o bule na melhor e única bandeja de prata da vovó, junto com duas xícaras de porcelana de verdade, duas colheres de chá polidas, um pote de açúcar de cristal com duas alças e uma pequena leiteira antiga. Todos esses objetos contêm memórias: vovó e eu vasculhando lojas de segunda mão ou pegando coisas de dentro de caixas de itens abandonados diante das mansões austeras na rua dos Coldwell.

— Sinto muito pela sua mãe — diz Giselle. — E sua avó.

— Não precisa dizer isso. Você não teve nada a ver com a morte delas.

— Sei que não, mas é o que as pessoas dizem. Como você fez comigo na entrada. Disse que sentia muito por Charles. Ofereceu seus pêsames.

— Mas o Sr. Black morreu ontem, e minha mãe morreu há muitos anos.

— Não importa — insiste Giselle. — É o que se diz.

— Obrigada por explicar.

— De nada. Disponha.

Fico realmente grata pelas orientações dela. Sem a vovó, na maior parte do tempo sinto como se tivesse sido jogada em um campo minado usando uma venda. Estou sempre tropeçando nas inadequações sociais escondidas nas coisas. Mas com Giselle por perto, sinto que estou vestindo uma armadura e acompanhada por um guarda armado. Uma das razões pelas quais adoro trabalhar no Regency Grand é que há um livro de regras de conduta. Posso contar com o treinamento do Sr. Snow para saber como agir, o que dizer, quando, como e para quem. É um alívio receber essas orientações.

Pego a bandeja de chá e levo até a sala de estar. Ela treme na minha mão. Giselle se senta na pior parte do sofá, onde as molas estão escapando um pouco, mas que vovó cobriu com uma colcha de crochê. Eu me sento ao lado dela.

Sirvo duas xícaras de chá. Pego a minha, com a borda dourada, decorada com guirlandas de margaridas, então percebo meu erro.

— Desculpe. Você prefere qual xícara? Estou acostumada a pegar a das margaridas. Vovó sempre pegava a que tem a imagem do chalé inglês. Sou meio que uma criatura de hábitos.

— Não me diga — fala Giselle, pegando a xícara da vovó.

Ela se serve de duas colheres generosas de açúcar e de leite. Mexe o conteúdo da xícara. Giselle nunca fez muito trabalho doméstico, isso é certo. As mãos dela são macias e lisas, e as unhas, feitas, longas e pintadas com esmalte vermelho-sangue.

Ela bebe um gole.

— Olha, eu sei que você deve estar se perguntando por que estou aqui.

— Estava preocupada com você e fico feliz que esteja aqui — digo.

— Molly, ontem foi o pior dia da minha vida. Os detetives caíram em cima de mim. Me levaram para a delegacia. Me interrogaram como se eu fosse uma criminosa qualquer.

— Fiquei com medo de que isso acontecesse. Você não merece isso.

— Eu sei. Mas eles não. Me perguntaram se eu tinha ficado ansiosa demais como herdeira potencial dos bens de Charles. Eu disse para falarem com os meus advogados, não que eu tenha um. Era Charles que cuidava de tudo isso. Mas, nossa, foi horrível ser acusada de uma coisa dessas. Então, assim que voltei ao hotel, a filha de Charles, Victoria, me telefonou.

Sinto um tremor percorrer meu corpo enquanto pego minha xícara e bebo um gole de chá.

— Ah, sim, a dona de 49% das ações.

— Isso era antes. Agora ela é dona de mais da metade de tudo, que é o que a mãe dela sempre quis. Charles diz... dizia que "mulheres e negócios não combinam". Segundo ele, mulheres não conseguem lidar com o trabalho sujo.

— Que ridículo — comento. Então me corrijo: — Peço desculpas. Não se deve falar mal dos mortos.

— Tudo bem. Ele merece. Enfim, a filha dele disse coisas muito piores pra mim no telefone. Sabe do que ela me chamou? De parasita que veste Prada, de um erro de meia-idade do pai dela, sem contar que me acusou de ser assassina. Estava tão nervosa que em dado momento a mãe dela pegou o telefone. Toda calma, como se nada tivesse acontecido, a Sra. Black, a primeira Sra. Black, disse: "Peço desculpas pela minha filha. Cada um reage ao luto de uma forma diferente." Dá pra acreditar? Enquanto aquela filha lunática gritava no fundo, me dizendo pra tomar cuidado.

— Você não precisa ter medo da Victoria — digo.

— Ah, Molly, você é tão inocente. Não tem ideia de como as coisas são cruéis no mundo real. Todo mundo quer me ver afundar. Não importa que eu seja inocente. Eles me odeiam. E por quê? A polícia chegou a insinuar que *eu* era violenta com Charles. Inacreditável!

Observo Giselle atentamente. Lembro do dia em que ela me contou a respeito das amantes do Sr. Black, como ela estava com tanta raiva que queria mesmo matá-lo. Mas pensamento e ação são coisas diferentes. Totalmente diferentes. Ninguém sabe disso melhor do que eu.

— A polícia acha que eu matei meu próprio marido — diz ela.

— Se isso serve de consolo, sei que você não fez isso.

— Obrigada, Molly — agradece Giselle.

As mãos dela estão tremendo, como as minhas. Ela pousa a xícara sobre a mesa.

— Nunca vou entender como uma mulher decente como a ex do Charles pôde criar uma filha tão insuportável.

— Talvez Victoria tenha puxado ao pai — sugiro.

Eu me lembro dos hematomas de Giselle e de como surgiram. Meus dedos apertam a delicada asa da xícara de chá. Se eu a segurar com mais força, vai se quebrar em mil pedaços. *Respire, Molly. Respire.*

— O Sr. Black não era gentil com você — declaro. — Era, na minha opinião, um péssimo partido.

Giselle baixa os olhos para as próprias pernas e alisa as extremidades da saia de cetim. Está perfeita, como uma pintura. Parece que uma estrela de cinema da era de ouro saiu da TV da vovó e veio magicamente se sentar ao meu lado no sofá. Essa ideia parece mais provável do que Giselle estar aqui de verdade — uma socialite amiga de uma pobre camareira.

— Charles nem sempre me tratava bem, mas me amava, do jeito dele. E eu o amava, do meu jeito. Amava mesmo.

Seus grandes olhos verdes se enchem de lágrimas.

Penso em Wilbur e no pé-de-meia roubado. Qualquer afeto que eu sentisse por ele se transformou em amargura em um instante. Se pudesse sair impune, eu o cozinharia em um tanque de soda cáustica. No entanto, Giselle, que tem justa causa para odiar Charles, ainda sente amor por ele. Que curiosa a forma como diferentes pessoas reagem a estímulos parecidos.

Bebo um gole de chá.

— Seu marido era um cafajeste. E batia em você — digo.

— Uau. Tem certeza de que não quer falar o que pensa de verdade?

— Acabei de falar — explico.

Ela assente.

— Quando conheci Charles, achei que minha vida estava ganha. Achei que finalmente tinha encontrado alguém que ia cuidar de mim, que tinha tudo e que me venerava. Ele fazia eu me sentir especial, como se fosse a única mulher no mundo. As coisas correram bem por um tempo. Até que não mais. E ontem tivemos uma briga enorme logo antes de você entrar pra limpar o quarto. Eu disse a ele que estava cansada da nossa vida, cansada de ir de uma cidade a outra, de um hotel a outro, tudo por causa dos "negócios" dele. Falei: "Por que a gente não fixa residência em algum lugar, como na casa das Ilhas Cayman, e simplesmente vive e curte a vida como duas pessoas normais?" As pessoas não sabem disso, mas, quando a gente se casou, ele me fez assinar um acordo pré-nupcial, então nenhuma das propriedades ou dos bens dele me pertence. Aquilo me magoou, o fato de ele não confiar em mim, mas eu assinei, feito uma idiota. Daquele momento em diante, as coisas ficaram diferentes entre nós dois. No segundo em que nos casamos, eu deixei de ser especial. E ele ficou livre para me dar o que queria e tirar tudo de mim a qualquer instante. Foi exatamente o que fez ao longo dos nossos dois anos de casamento. Quando gostava da forma como eu agia, me cobria de presentes... diamantes, sapatos de marca, viagens exóticas... Mas era um homem ciumento. Se eu ousasse rir da piada de um sujeito numa festa, era punida. E não só sendo deixada sem dinheiro.

Ela leva uma das mãos à clavícula.

— Eu deveria saber. Não foi por falta de aviso.

Giselle faz uma pausa, se levanta e pega a bolsa perto da porta. Vasculha lá dentro e a mão dela ressurge com dois comprimidos. Ela larga a bolsa na cadeira, volta ao sofá e enfia os comprimidos na boca, bebendo chá para ajudar a engolir.

— Ontem perguntei ao Charles se ele consideraria cancelar nosso acordo pré-nupcial ou pelo menos colocar a casa das Ilhas Cayman no meu nome. Falei que fazia dois anos que estávamos casados, que ele deveria confiar em mim a essa altura, não é? Só queria um lugar para onde fugir quando a pressão ficasse demais para mim. Eu disse a ele: "Pode continuar a ampliar seus negócios se é isso que quer... seu império Black. Mas pelo menos me dê a escritura da casa. Com o meu nome. Um lugar para chamar de meu. Um lar."

Eu penso no itinerário de voo que vi na bolsa dela. Se era para ela e o Sr. Black, por que os voos eram só de ida?

— Ele perdeu a cabeça quando eu falei a palavra "lar". Disse que todo mundo sempre mentia para ele, tentava roubar seu dinheiro, tirar vantagem dele. Estava bêbado, vociferando pelo quarto, dizendo que eu era igualzinha à ex-esposa. Ficou tão bravo que tirou a aliança do dedo e jogou longe. Então disse: "Ok, você vai ter o que quer!" Ele abriu o cofre, remexeu lá dentro, enfiou um papel no bolso do paletó, me empurrou para o lado e saiu do quarto.

Eu sabia que papel era. Tinha visto no bolso dele: a escritura da casa nas Ilhas Cayman.

— Foi aí que você entrou na suíte, Molly, lembra?

Eu me lembrava, sim, do jeito como o Sr. Black havia esbarrado em mim ao passar, porque eu era só mais um obstáculo humano irritante no caminho dele.

— Me desculpe por ter agido de um jeito tão estranho. Mas agora você sabe o porquê.

— Tudo bem — digo. — O Sr. Black foi muito mais grosso do que você. E, pra falar a verdade, eu achei que você parecia mais triste do que brava.

Ela sorri.

— Quer saber, Molly? Você entende muito mais do que as pessoas acham.

— Sim — concordo.

— Não ligo para o que os outros pensam. Você é a melhor.

Sinto meu rosto corar com o elogio. Antes que eu tenha a oportunidade de perguntar o que as outras pessoas pensam de mim, uma estranha transformação ocorre com Giselle. Não sei o que tinha nos comprimidos que ela acabou de tomar, mas a mudança é repentina. É como se ela fosse sólida antes e estivesse se tornando líquida bem diante dos meus olhos. Os ombros dela relaxam, e a expressão no rosto se suaviza. Lembro da vovó quando estava doente, de como o remédio aliviava a dor dela da mesma forma, pelo menos por um tempo. Lembro como o rosto dela ia de uma careta fechada e tensa a uma expressão de paz e bem-estar tão evidentes que até eu conseguia perceber no mesmo instante. Aqueles comprimidos eram mágicos para a vovó. Até não serem mais. Até pararem de ser o suficiente. Até que nada mais era o suficiente.

Giselle se vira de frente para mim, cruza as pernas em cima do sofá e as cobre com a colcha da vovó.

— Você o encontrou, não foi? Charles? Foi você que encontrou ele primeiro?

— Fui eu, sim.

— E eles levaram você pra delegacia? Foi o que eu ouvi.

— Correto.

— E o que contou a eles?

Ela leva uma mão aos lábios e mordisca a cutícula do dedo indicador. Quero dizer a ela que roer a unha é um hábito péssimo e que vai estragar o lindo esmalte dela, mas me contenho.

— Contei para a detetive o que eu vi. Que entrei na suíte para devolvê-la a um estado de absoluta perfeição, que achei que talvez estivesse ocupada, que entrei no quarto e encontrei o Sr. Black deitado na cama. E, quando fui averiguar, descobri que ele estava morto.

— E tinha alguma coisa estranha no quarto?

— Ele tinha bebido. Mas não chego a considerar isso uma raridade para o Sr. Black.

— Tem razão — concorda ela.

— Mas... os seus comprimidos. Costumam ficar no banheiro, mas estavam na mesa de cabeceira. O frasco aberto e alguns caídos no carpete.

O corpo inteiro dela se tensiona.

— O quê?

— É, e muitos tinham sido pisados e estavam despedaçados no carpete, o que é problemático para quem tem que limpar o quarto depois.

Eu gostaria que ela não roesse as unhas como um sabugo de milho.

— Mais alguma coisa? — pergunta Giselle.

— O cofre estava aberto.

Ela meneia a cabeça.

— Claro. Normalmente ele deixava trancado, nunca me deu o código. Mas naquele dia pegou sei lá o que e deixou o cofre aberto quando saiu afobado.

Ela pega a xícara de chá e toma um pequeno gole.

— Molly, você disse algo para a polícia sobre Charles e eu? Sobre a nossa... relação?

— Não — respondo.

— Você... contou alguma coisa sobre mim?

— Não escondi a verdade — explico. — Mas também não saí oferecendo.

Giselle me encara por um instante, então se joga para a frente e me abraça, o que me pega de surpresa. Sinto o aroma do perfume caro dela. Não é interessante que o luxo tenha um cheiro inconfundível, tão inconfundível quanto o do medo ou da morte?

— Molly, você é uma pessoa muito especial, sabia?

— Sim, eu sei. Já me disseram isso antes.

— É uma boa pessoa e uma boa amiga. Acho que eu nunca poderia ser tão boa quanto você, em toda a minha vida. Mas quero que saiba de uma coisa: o que quer que aconteça, não pense nem por um segundo que eu não dou valor a você.

Ela se afasta de mim e fica de pé. Havia pouco, estava esparramada e relaxada; agora, está cheia de energia.

— O que vai fazer? Agora que o Sr. Black está morto?

— Não muita coisa — responde ela. — A polícia não vai me deixar ir a lugar algum até que os relatórios de toxicologia e autópsia estejam completos. Porque, quando algum sujeito rico aparece morto, obviamente foi a mulher dele que o apagou, certo? Não pode ter sido uma morte natural ou por causa do estresse que ele provocou em si mesmo e em todos à volta dele. Um estresse que a esposa dele tentava aliviar, para que ele não morresse.

— É isso que você acha que aconteceu? Que ele morreu assim, do nada?

Ela suspira, e seus olhos se enchem de lágrimas.

— Há tantos motivos para um coração parar de bater.

Sinto um nó na garganta. Penso na vovó, no coração bom que tinha e em como ele também parou de bater.

— Vai continuar hospedada no hotel enquanto espera os relatórios? — indago.

— Não tenho muita escolha. Não tenho para onde ir. E mal consigo pisar fora do hotel sem ficar cercada de repórteres. Não tenho nenhuma propriedade. Não tenho nada que seja meu e só meu, Molly. Nem uma porcaria de apartamento como esse.

Ela se retrai.

— Desculpa. Está vendo? Você não é a única que fala besteira de vez em quando.

— Está tudo bem. Não me ofendeu.

Ela estende o braço e pousa uma mão no meu joelho.

— Molly, não vou saber o que está no testamento de Charles por um tempo. O que quer dizer que não sei o que vai ser de mim por um tempo. Até lá, vou ficar no hotel. Pelo menos lá a conta já está paga.

Ela faz uma pausa e fixa os olhos nos meus.

— Pode cuidar de mim? — diz ela. — No hotel, quero dizer. Pode ser minha camareira? Sunitha é gentil e tudo, mas não é a mesma coisa. Você é como uma irmã pra mim, sabia? Uma irmã que às vezes fala umas maluquices e que gosta demais de um espanador, mas mesmo assim uma irmã.

Fico lisonjeada que Giselle pense tão bem de mim, que veja em mim algo além do que os outros veem… que me enxergue como parte da família.

— Seria uma honra cuidar de você — declaro. — Se o Sr. Snow concordar.

— Ótimo. Vou avisar a ele quando voltar ao hotel.

Ela se levanta, vai até a porta e pega a bolsa amarela, trazendo-a até o sofá. Pega um maço de dinheiro — um que me parece bem familiar. Tira duas notas de cem novas em folha e as coloca na bandeja de prata da vovó.

— Pra você — diz. — Você mereceu.

— O quê? É muito dinheiro, Giselle.

— Eu não dei gorjeta pra você ontem. Considere que essa é a sua gorjeta.

— Mas eu não terminei de limpar o quarto ontem.

— Não por culpa sua. Fique com o dinheiro. E vamos fingir que essa conversa nunca aconteceu.

Eu, no caso, nunca vou conseguir esquecer essa conversa, mas não digo isso em voz alta.

Ela vira o corpo em direção à porta, mas então para e fica de frente para mim.

— Mais uma coisa, Molly. Quero te pedir um favor.

Eu imediatamente me pergunto se será relacionado a passar ou lavar alguma roupa, então fico surpresa com o que ela diz em seguida:

— Acha que ainda consegue entrar na nossa suíte? Está isolada agora. Mas eu deixei uma coisa lá dentro, uma coisa de que preciso muito. Enfiei dentro do exaustor do banheiro.

Isso explica o ruído estranho que ouvi ontem quando ela estava tomando banho.

— O que quer que eu pegue?

— Meu revólver — diz ela, com uma voz neutra e calma. — Estou correndo risco, Molly. Estou vulnerável agora que o Sr. Black se foi. Todo mundo quer a minha cabeça. Preciso de proteção.

— Entendo — digo.

Mas na verdade aquele pedido me provoca uma tremenda aflição. Minha garganta se fecha. Sinto o mundo sair do eixo ao meu redor. Penso no conselho do Sr. Snow: "Quando um hóspede pedir algo extravagante, considere isso um desafio. Não fuja. Encare-o sem vacilar!"

— Vou fazer o possível — digo, mas as palavras saem hesitantes. — Para recuperar... seu item.

Fico parada diante dela como um soldado.

— Deus lhe pague, Molly Maid — diz ela, jogando os braços em volta de mim mais uma vez. — Não acredite no que os outros dizem. Você não é uma aberração nem um robô. E eu não vou esquecer isso nunca. Você vai ver. Juro, não vou esquecer.

Ela acelera o passo até a porta, pega os sapatos de salto brilhantes no armário e os calça. Deixou a xícara de chá na mesa em vez de levar até a cozinha, como vovó teria feito. No entanto, não esqueceu a bolsa amarela, que ela passa por cima do ombro. Abre minha porta, joga um beijo de longe e acena para mim.

Um pensamento me ocorre.

— Espere — digo.

Ela está no corredor, quase chegando na escada.

— Giselle, como você soube onde me encontrar? Como conseguiu meu endereço?

Ela dá meia-volta.

— Ah — diz. — Alguém do hotel me deu.

— Quem? — pergunto.

Ela franze o cenho.

— Hum... Não me lembro bem. Mas não se preocupe. Não vou ficar vindo aqui o tempo todo. E obrigada, Molly. Pelo chá. Pela conversa. E por ser você.

E, com isso, ela coloca os óculos escuros no rosto, abre a porta de incêndio e vai embora.

Quarta-feira

Capítulo 10

Meu despertador toca na manhã seguinte. É o som de um galo cantando. Mesmo depois de tantos meses, ouço os passos da vovó no corredor, a batida delicada da mão dela na minha porta.

Bom dia, flor do dia! Hora de pular da cama! Ela se movimenta na cozinha para lá e para cá, preparando chá inglês com *crumpets* e geleia.

Mas não, não é real. É apenas uma lembrança. Aperto o botão do despertador para silenciar o cacarejo do galo e olho imediatamente meu celular para ver se Rodney me mandou alguma mensagem durante a noite. Novas mensagens: zero.

Coloco os pés no chão de madeira. Não importa. Vou trabalhar hoje. Lá, vou ver Rodney. Vou sentir como está nossa relação. Fazer as coisas acontecerem. Ajudar Giselle, porque é uma amiga que precisa de mim. Vou saber exatamente o que fazer.

Eu me espreguiço e levanto da cama. Antes de fazer qualquer coisa, tiro todos os lençóis e a colcha para arrumá-los corretamente.

Se vai fazer uma coisa, faça bem-feito.

É verdade, vovó.

Começo com o lençol, estendendo-o ao máximo para cobrir toda a cama. Dobro os cantos debaixo do colchão como se o envelopasse. Em seguida, ajeito a colcha da vovó, alisando-a e fazendo com que a estrela aponte para o norte, como sempre. Afofo os travesseiros, apoiando-os na cabeceira minuciosamente em um ângulo de 45 graus, dois morrinhos bojudos com babado de crochê.

Vou até a cozinha e preparo meus próprios *crumpets* com chá. Ouço o rangido dos meus dentes contra a massa toda vez que dou uma mordida. Por que quando a vovó era viva eu nunca ouvia esses meus barulhos horríveis?

Ah, vovó... Como ela adorava as manhãs. Cantarolava e andava pela cozinha toda. Nós nos sentávamos juntas na mesa rústica para duas pessoas e, feito um pardal no sol, ela piava e piava enquanto tomava seu café da manhã.

Hoje vou encarar a biblioteca dos Coldwell, Molly. Ah, Molly, eu queria que você pudesse ver essa biblioteca. Tenho que perguntar ao Sr. Coldwell um dia se posso levar você para uma visita. É um cômodo suntuoso, cheio de couro escuro e nogueira polida. E são tantos livros. E você não acredita: eles mal entram lá. Amo aqueles livros como se fossem meus. E hoje é dia de espanar. É um trabalho delicado, sabe, espanar livros. Você não pode simplesmente soprar a poeira deles como já vi algumas faxineiras fazendo. Isso não é limpeza, Molly. Isso é apenas um deslocamento de sujeira...

Ela falava e falava, nos preparando para o dia.

Eu me ouço sorvendo meu chá. Nojento. Dou mais uma mordida no *crumpet* e percebo que não vou conseguir comer mais. Jogo o resto fora, mesmo que seja um desperdício horrível. Lavo a louça e vou tomar banho. Desde que a vovó morreu, faço tudo um pouco mais rápido de manhã, porque quero sair do apartamento quanto antes. As manhãs são muito difíceis sem ela.

Estou pronta. Saio de casa e avanço pelo corredor rumo ao apartamento do Sr. Rosso. Bato na porta com firmeza. Consigo ouvi-lo lá dentro. Clique. A porta se abre.

Ele está de pé com os braços cruzados.

— Molly. São sete e meia da manhã. Acho bom ser importante.

Estou com o dinheiro na mão.

— Sr. Rosso, aqui estão duzentos dólares para cobrir uma parte do aluguel.

Ele suspira e balança a cabeça.

— O aluguel é mil e oitocentos, e você sabe.

— Sim, está correto. Tanto em relação à quantia que devo quanto ao fato de eu saber. E vou conseguir o resto do valor do aluguel até o fim do dia. Dou a minha palavra.

Ele balança mais a cabeça e reclama.

— Molly, se não fosse pelo respeito que eu tinha pela sua avó...

— Até o fim do dia. O senhor vai ver — digo.

— Até o fim do dia, ou vou dar o próximo passo, Molly. Vou despejar você.

— Não será necessário. Pode me dar um recibo como prova do pagamento de duzentos dólares?

— Agora? Tem a ousadia de pedir isso agora? Que tal eu fazer isso amanhã, quando estiver tudo pago.

— É um acordo razoável. Obrigada. Tenha um bom dia, Sr. Rosso.

Com isso, me viro e saio andando.

Chego ao trabalho bem antes das nove. Como de costume, vou a pé para evitar um gasto desnecessário com transporte. O Sr. Preston está no alto da escadaria de entrada do hotel, atrás do púlpito. Ele fala ao telefone, mas afasta o aparelho do ouvido e sorri ao me ver.

A entrada está mais movimentada do que o normal nesta manhã. Há diversas malas diante da porta giratória aguardando para serem levadas ao depósito. Hóspedes entram e saem afobados, muitos tirando fotos e falando isso e aquilo sobre o Sr. Black. Ouço a palavra "assassinato" mais de uma vez, dita em um tom que se usa em um dia no parque de diversões ou quando sai um novo sabor empolgante de sorvete.

— Bom dia, Srta. Molly — diz o Sr. Preston. — Tudo bem?

— Tudo ótimo — afirmo.

— Chegou bem em casa ontem à noite, espero?

— Cheguei, obrigada.

O Sr. Preston pigarreia.

— Sabe, Molly. Se algum dia você tiver algum problema, qualquer problema que seja, lembre-se de que pode contar com o velho Sr. Preston para ajudar.

As sobrancelhas dele se juntam de um jeito curioso.

— Sr. Preston, está preocupado?

— Eu não diria isso, mas queria que você... tivesse boas companhias. E que soubesse que, sempre que precisar, eu estarei a seu dispor. É só fazer um pequeno sinal com a cabeça para o Sr. Preston, e eu vou saber. Sua avó era uma mulher boa. Eu gostava dela, e foi muito boa com a minha querida Mary. Imagino que as coisas não estejam fáceis sem ela.

Ele passa o peso do corpo de um pé para o outro. Por um instante, não parece ser o Sr. Preston, porteiro imponente, mas uma criança enorme.

— Agradeço a oferta, Sr. Preston. Mas estou bem.

— Certo — diz ele, inclinando o chapéu.

Neste instante, uma família com três crianças e seis malas exige a atenção do porteiro. Ele se vira para eles antes que eu possa me despedir direito.

Abro caminho em meio à aglomeração de hóspedes, passo pela porta giratória e entro no saguão. Vou direto para a sala da equipe de limpeza. Meu uniforme está pendurado na porta do meu armário, limpo e protegido por um plástico transparente. Digito o código do armário, e ele se abre. Na prateleira de cima, a ampulheta de Giselle, com toda aquela areia de um lugar exótico e distante, com todo aquele metal dourado cheio de esperança brilhando no escuro. Sinto uma presença ao meu lado. Me viro para Cheryl espiando por trás da porta do armário, com a expressão severa e carrancuda — em outras palavras, a expressão de sempre.

Arrisco um otimismo alegre.

— Bom dia. Espero que esteja se sentindo melhor hoje e que tenha conseguido aproveitar o dia de descanso ontem — digo.

Ela suspira.

— Duvido que você entenda de verdade o que é sentir o que eu sinto, Molly. Tenho problemas intestinais. E o estresse piora as coisas, estresse como um homem ser encontrado morto no meu local de trabalho. É um estresse que causa disfunção gastrointestinal.

— Sinto muito que tenha ficado indisposta — falo.

Então espero que ela se afaste, mas ela não faz isso. Fica parada no meu caminho. O plástico que envolve meu uniforme faz um ruído desagradável quando ela esbarra nele.

— Uma pena essa história dos Black — comenta ela.

— Você quer dizer do Sr. Black — corrijo. — Sim, é terrível.

— Não. Digo, uma pena que você não vai mais receber as gorjetas deles, agora que Black está morto.

O rosto dela me lembra um ovo, sem traços e sem graça.

— Na verdade, acho que a Sra. Black ainda está hospedada no hotel — digo.

Ela funga.

— Sunitha está cuidando do novo quarto de Giselle. Vou supervisionar o trabalho dela, é claro.

— Claro — concordo.

É mais uma tática para roubar gorjetas, mas não vai durar muito tempo. Giselle vai falar com o Sr. Snow e pedir que eu volte a arrumar o quarto dela. Então, por enquanto, fico de boca calada.

— A polícia terminou de vasculhar a suíte dos Black — conta Cheryl. — Viraram tudo de cabeça para baixo. Uma bagunça. Você vai ter trabalho pra colocar tudo de volta no lugar. E policiais não são bons de gorjeta. Eu vou cuidar dos Chen de agora em diante. Não quero que você fique sobrecarregada.

— Que gentileza — digo. — Obrigada, Cheryl.

Ela fica parada por mais um instante, olhando dentro do meu armário. Ela observa a ampulheta de Giselle. Quero arrancar os olhos dela porque está estragando a ampulheta só de olhar para ela com tanta inveja. É minha. É *meu* presente. Da *minha* amiga. *Minha.*

— Com licença — digo, batendo a porta do armário. Cheryl se retrai.
— Tenho que ir. Preciso trabalhar.

Ela resmunga algo ininteligível enquanto pego meu uniforme e me dirijo ao vestiário.

Uma vez vestida e com o carrinho reabastecido, vou em direção ao saguão principal. Vejo o Sr. Snow na recepção, parecendo um donut coberto de glacê derretendo num dia quente. Ele faz sinal para que eu vá até ele.

Tomo cuidado para permitir que as hordas de hóspedes passem na frente do carrinho e por mim, e abaixo a cabeça para cada um enquanto me ignoram. "Depois do/da senhor/senhora", digo, várias vezes. Levo um tempo extraordinariamente longo para percorrer a pequena distância entre o elevador e o balcão da recepção.

— Sr. Snow, peço desculpas. Está bem cheio hoje — afirmo quando alcanço o balcão.

— Molly, é bom ver você. Agradeço mais uma vez por ter vindo trabalhar ontem. E hoje. Muitos funcionários usariam os acontecimentos recentes como desculpa para não vir. Para fugir de suas responsabilidades.

— Eu nunca faria isso, Sr. Snow. "Cada abelha operária tem seu lugar na colmeia." O senhor me ensinou isso.

— Ensinei?

— Sim. Foi parte do seu discurso no dia de desenvolvimento profissional do ano passado. O hotel é uma colmeia, e cada funcionário é uma abelha. Sem cada um de nós, não haveria mel.

O Sr. Snow não olha nos meus olhos, mas para o saguão lotado atrás de mim. Está mesmo precisando de cuidados. Uma criança largou um casaco em uma das cadeiras de encosto alto. Uma sacola plástica descartada voa e logo pousa novamente no chão de mármore enquanto um carregador atarefado arrasta uma mala ruidosa atrás de si.

— O mundo é estranho, Molly. Ontem, estava preocupado que, após os recentes acontecimentos infelizes, os hóspedes cancelassem as reservas e nosso hotel ficasse vazio. Mas hoje aconteceu o contrário. Mais hóspedes estão fazendo reservas. Grupos de mulheres estão chegando aos montes para tomar chá ou apenas xeretar. Nossas salas de reunião estão todas reservadas pelo próximo mês. Parece que todo mundo virou detetive amador. Todos acham que podem entrar no hotel e resolver o mistério do fim precoce do Sr. Black. Olhe só a recepção. Mal estão conseguindo dar conta.

Ele tem razão. Os pinguins atrás do balcão atacam as telas furiosamente, gritando ordens ao porteiro e aos manobristas e carregadores.

— O Regency Grand virou um ponto turístico de repente — diz o Sr. Snow. — Graças ao Sr. Black.

— Que interessante — observo. — Eu estava justamente pensando em como um dia pode ser absolutamente tenebroso e o dia seguinte pode ser uma bênção. Nessa vida a gente nunca sabe o que está por vir, seja um homem morto ou seu próximo encontro romântico.

O Sr. Snow tosse, cobrindo a boca com a mão. Espero que não esteja ficando resfriado. Ele se aproxima e fala num sussurro:

— Ouça, Molly. Quero avisar que a polícia terminou a investigação da suíte dos Black. Espero que não tenham encontrado nenhuma sujeira.

— Se encontraram, eu limpo. Cheryl me disse para começar por lá hoje. Já estou indo para lá, senhor.

— O quê? Eu disse expressamente a Cheryl que ela mesma cuidasse do quarto. Não temos a menor pressa de reservar aquela suíte de novo. Precisamos deixar a maré se acalmar um pouco. Não quero causar mais estresse do que você já teve até agora.

— Tudo bem, Sr. Snow — digo. — Acho mais estressante saber que a suíte está bagunçada. Vou me sentir muito melhor quando estiver organizada outra vez, limpinha, como se ninguém tivesse morrido naquela cama.

— Shhh, Molly — diz o Sr. Snow. — Não vamos assustar os hóspedes.

Só então noto que tinha abandonado o sussurro e falava normalmente.

— Peço desculpa, Sr. Snow — sussurro.

Então, em voz alta, para que quem estivesse prestando atenção ouvisse, declaro:

— Vou começar a faxina agora, de nenhuma suíte específica, qualquer uma que esteja na minha lista.

— Sim, sim — concorda o Sr. Snow. — Pode ir, Molly.

E assim me afasto, evitando os muitos hóspedes no caminho. Vou ao Social para pegar os jornais da manhã e, espero, ver Rodney.

Ele está atrás do balcão quando chego, polindo as torneiras de bronze. Sinto um calor se espalhar dentro de mim assim que o avisto.

Ele se vira.

— Ah, oi — diz, abrindo um sorriso que sei que é para mim, meu e só meu.

Ele está com um pano na mão, branco, sem nenhuma mancha.

— Eu não liguei para você — digo. — Nem mandei mensagem. Achei que a gente podia esperar para conversar pessoalmente, como agora. Mas quero que saiba que, se eu não estiver seguindo o protocolo que você espera, vai ser um prazer telefonar ou mandar mensagem a qualquer momento, dia ou noite. Só me diga quais são suas expectativas que eu me adapto. Não vai ser um problema.

— Uau — diz ele. — Está bem.

Ele pega o pano branquíssimo e joga por cima do ombro.

— Então, fez alguma coisa interessante ontem à noite? — pergunta.

Eu me aproximo do balcão. Dessa vez, me asseguro de que estou sussurrando.

— Você não vai acreditar — digo.

— Tenta a sorte — responde ele.

— Giselle veio me ver! Na minha casa! Estava esperando em frente ao prédio quando cheguei em casa. Dá pra acreditar?

— Nossa. Que surpresa — diz, mas com um tom de voz estranho, que não refletia em nada uma surpresa; o exato oposto.

Rodney pega um copo do bar e começa a limpar. Embora todos os copos sejam cuidadosamente esterilizados na cozinha do subsolo, ele está limpando cada mancha. Admiro o compromisso dele com a perfeição. Ele é incrível.

— E o que Giselle queria? — pergunta.

— Bem — digo —, isso é um segredo entre amigas.

Faço uma pausa, olho o restaurante movimentado ao redor para verificar se há alguém prestando atenção. Ninguém sequer olha para mim.

— Relaxa — diz ele. — Não tem nenhuma arma apontada para a sua cabeça aqui.

Há um sorriso brincalhão no rosto dele, e acredito que talvez esteja flertando comigo. Essa mera possibilidade faz meu coração bater duas vezes mais rápido.

— Engraçado você dizer isso — comento.

Antes que eu possa pensar no que mais dizer, Rodney fala:

— Precisamos conversar sobre o Juan Manuel.

De repente, sou tomada de culpa.

— Ah, é claro.

Estava tão concentrada em Rodney e empolgada pelo florescer do nosso relacionamento que esqueci completamente de Juan Manuel. É evidente que Rodney é uma pessoa melhor do que eu; está sempre pensando nos outros e se colocando por último, não em primeiro. É um lembrete do quanto ele tem para me ensinar, do quanto eu ainda tenho a aprender.

— Como posso ajudar? — pergunto.

— Ouvi dizer que a polícia foi embora e que a suíte dos Black está vazia. É isso mesmo?

— Sim, soube disso hoje — digo. — Inclusive, não vai ser reservada por um tempo. É o primeiro quarto que vou limpar hoje.

— Perfeito — diz Rodney.

Ele larga um copo limpo e pega outro.

— Acho que a suíte dos Black é o lugar mais seguro para Juan Manuel agora — continua. — Os policiais foram embora, e o quarto não vai ser reservado tão cedo, por mais que os hóspedes queiram. Você viu como está o hotel hoje? Todas as abutres de meia-idade da cidade, que adoram uma fofoca bizarra, estão no saguão esperando para ver a Giselle ou alguma coisa assim. Sinceramente, é patético.

— Posso prometer uma coisa: nenhuma intrometida curiosa vai entrar naquela suíte — afirmo. — Tenho um trabalho e pretendo fazer da melhor forma. Quando o quarto estiver limpo, eu aviso, e o Juan Manuel pode entrar.

— Ótimo. Posso pedir mais uma coisa? Juan Manuel me deu a mala dele. Pode colocar no quarto? Debaixo da cama ou algo assim? Vou avisar para ele que está lá.

— Claro — respondo. — Qualquer coisa por você. E pelo Juan Manuel.

Rodney pega a familiar bolsa de lona azul-marinho ao lado de um barril de cerveja e a passa para mim.

— Obrigado, Molly — diz. — Nossa, queria que todas as mulheres fossem incríveis como você. A maioria é muito mais complicada.

Meu coração, que já batia acelerado, dá um salto e alça voo.

— Rodney, eu estava pensando... O que acha de sairmos para tomar um sorvete juntos um dia? A menos que você goste de quebra-cabeças. Gosta? — pergunto.

— Quebra-cabeças?

— Sim, quebra-cabeças.

— Hum... se as opções são essas, sou mais um sorvete. Ando bem ocupado ultimamente, mas, sim, vamos sair um dia. Claro.

Pego a bolsa de Juan Manuel, passo-a por cima do ombro e começo a me afastar.

— Molly — eu ouço, e dou meia-volta. — Você esqueceu os jornais.

Ele larga a pilha pesada no balcão, e eu a pego nos braços.

— Obrigada, Rodney. Você é muito gentil.

— Ah, eu sei — diz ele, dando uma piscadela.

Então ele vira as costas para mim, para ver o pedido que uma garçonete levou a ele.

Depois desse encontro delirantemente delicioso, eu pego o elevador. Estou quase flutuando, mas assim que me vejo diante da porta da antiga suíte dos Black, a gravidade da lembrança me afunda no chão. Faz dois dias que estive ali dentro. A porta me parece maior do que antes, mais imponente. Eu respiro fundo, juntando forças para entrar. Então, uso meu cartão-chave e puxo o carrinho atrás de mim. A porta se fecha com um clique.

A primeira coisa que noto é o cheiro — ou a ausência de cheiro. Nada da mistura do perfume de Giselle com a loção de barbear do Sr. Black. Ao examinar a cena diante de mim, vejo que todas as gavetas de todos os móveis estão abertas. As almofadas do sofá estão no chão, com os zíperes abertos. Cobriram a mesa da sala com pó em busca de impressões digitais e a deixaram assim, com as digitais em flagrante. A superfície me lembra muito as pinturas a dedo que me obrigavam a fazer no jardim de infância, por mais que detestasse ficar com os dedos sujos de tinta. Um rolo de fita de isolamento amarela foi abandonado no chão, na frente da porta do quarto.

Puxo o ar profundamente mais uma vez e avanço até o quarto. Paro na entrada. A cama foi totalmente despida, não há lençóis ou protetor de colchão. Eu me pergunto se a polícia levou os lençóis embora. Isso significa que vai faltar roupa de cama e vou ter que justificar a perda para Cheryl. Jogaram os travesseiros de qualquer jeito, tiraram as fronhas e as manchas chamam a atenção como alvos grotescos. Há apenas três travesseiros, em vez de quatro.

De repente, me sinto um pouco zonza. Seguro o batente da porta para me equilibrar. O cofre está aberto, mas agora vazio. Tiraram todas as roupas de Giselle e do Sr. Black dos armários. E os sapatos do Sr. Black, que estavam do lado dele da cama, sumiram. As mesas de cabeceira também foram investigadas em busca de impressões digitais, e as desagradáveis marcas se destacam no pó. Talvez algumas sejam minhas.

Os comprimidos se foram, até mesmo os que estavam despedaçados no chão foram vaporizados. Na verdade, o carpete e o chão parecem ser as únicas partes da suíte que foram higienizadas corretamente. Talvez a polícia tenha passado um aspirador, sugando as pistas: as microfibras e partículas da vida privada dos Black, tudo confinado em um único filtro.

Sinto um calafrio percorrer meu corpo, como se o próprio Sr. Black, em um vapor fantasmagórico, tivesse me empurrado para o lado. *Saia do meu caminho.* Relembro os hematomas nos braços de Giselle, *Ah, não é nada com que eu não consiga lidar. Eu amo ele.* Aquele homem pavoroso me empurrava toda vez que eu cruzava com ele na suíte ou nos corredores, como se eu fosse um inseto ou uma praga que merecesse ser pisada. Quando o visualizo na minha mente, ele é uma criatura vil de olhos sinistros fumando um charuto desprezível e fedorento.

Sinto a raiva pulsar nas minhas têmporas. Para onde Giselle pode ir agora? O que pode fazer? Faço as mesmas perguntas sobre mim mesma. O Sr. Rosso fez mais ameaças hoje de manhã. *Pague o aluguel ou vai ser despejada.* Minha casa, esse trabalho… é tudo que me resta. Sinto a ardência de lágrimas — não preciso disso agora.

Coisas boas acontecem com quem trabalha duro. Consciência limpa, vida limpa.

Vovó sempre vem ao meu resgate.

Sigo o conselho dela. Volto ao meu carrinho e visto as luvas de borracha. Borrifo desinfetante na mesa de vidro, nas janelas, nos móveis. Limpo todas as impressões digitais, todos os resquícios dos intrusos que estiveram neste quarto. Esfrego as paredes em seguida, lidando com as manchas e sujeiras que, tenho certeza, não estavam aqui antes da chegada daqueles detetives péssimos. Cubro o colchão com um protetor imaculadamente branco. Arrumo a cama, deixando os lençóis recém-passados se assentarem. Maçanetas polidas, bebidas reabastecidas, copos limpos com tampas de papel atestando a higiene. Meu corpo se move sozinho, trabalhando mecanicamente de tantas vezes que já fiz isso. Tantos dias, tantos quartos, tantos hóspedes que se misturam numa névoa. Minhas mãos tremem enquanto limpo o espelho de moldura dourada na frente da cama. Preciso me concentrar no presente, não no passado. Esfrego e esfrego até que uma imagem perfeita de mim mesma surge no reflexo.

Resta apenas um canto do quarto dos Black para limpar, o mais escuro ao lado do armário de Giselle. Pego meu aspirador e aspiro o carpete ali várias vezes. Examino as paredes com atenção, esfregando as duas com desinfetante. Pronto. Apagado.

Observo meu trabalho e vejo a suíte restaurada. Há um aroma cítrico agradável no ar.

Está na hora.

Venho evitando o banheiro, mas não posso mais. Ele também foi deixado em desordem absoluta. As toalhas sumiram, assim como os lenços e até mesmo os rolos de papel higiênico. Eu borrifo e esfrego, polindo e reabastecendo tudo. Nesse cômodo menor que, devido à função, deve ser desinfetado mais agressivamente, o cheiro acre de água sanitária é tão forte que faz minhas narinas arderem. Ligo o exaustor e ouço aquele ruído familiar. Desligo rapidamente.

Está na hora.

Tiro as luvas de borracha e as jogo no meu cesto de lixo. Pego a escadinha no carrinho e a coloco debaixo do exaustor. Subo. A tampa se abre com facilidade. Empurro as duas travas para soltá-la completamente. Coloco-a cuidadosamente ao lado da pia. Subo na escadinha outra vez e estico um dos braços para o buraco escuro do exaustor, lá no fundo, para dentro do desconhecido, até que a ponta dos meus dedos encontra um metal frio. Puxo o objeto e o seguro com as duas mãos. É menor do que achei que seria, preto e elegante, mas surpreendentemente pesado. Robusto. O cabo é áspero, como uma lixa ou uma língua de gato. O cano é liso e tem um brilho agradável. Imaculado. Polido. Limpo.

O revólver de Giselle.

Nunca na minha vida segurei algo do tipo. Parece vivo, embora eu saiba que não está.

Quem pode culpá-la por ter um revólver? Se eu fosse ela, se tivesse sido tratada como ela foi pelo Sr. Black e por outros, bem... não me espanta. Posso sentir o poder nas minhas mãos, que faz com que eu me sinta imediatamente mais segura, invencível. E, no entanto, ela não usou a arma. Não a usou contra o marido.

Aonde ela vai agora? O que vai fazer? E o que eu vou fazer? Sinto a força da gravidade no banheiro mudar, o peso de tudo aumenta sobre os meus ombros. Coloco o revólver na pia, volto para a escadinha e devolvo a tampa do exaustor ao lugar. Desço, retomo a arma e a levo até a sala de estar. Cabe tão bem dentro das minhas mãos em concha. O que vou fazer com ela? Como vou entregá-la a Giselle?

É aí que me ocorre. Dizem que assistir à televisão é uma atividade inútil, mas insisto que aprendi muita coisa com *Columbo*.

Escondido bem debaixo do nariz de todos.

Coloco o revólver cuidadosamente sobre a mesa de vidro e volto para o carrinho. Tiro a bolsa de Juan Manuel. Entro no quarto e a enfio debaixo da cama. Então retorno à sala.

Encaro o aspirador de pó, firme e forte ao meu lado. Abro o zíper da bolsa dele e tiro o filtro sujo. Pego um filtro novo no carrinho, enfio o revólver lá dentro e o coloco nas entranhas do meu aspirador. Fecho o zíper. *O que os olhos não veem o coração não sente.* Empurro o aspirador para frente e para trás. Não faz nenhum ruído, meu amigo secreto e silencioso.

Pego o filtro sujo e estou prestes a jogá-lo no meu lixo quando um tufo empoeirado cai com um baque surdo no carpete. Olho na direção dos meus pés, onde o carpete está agora sujo de poeira e outras imundícies. No meio do ninho de sujeira, algo brilha. Eu me agacho e pego o objeto. Limpo a sujeira. Ouro. Espesso, cravejado de diamantes e outras joias. Um anel. Um anel de homem. É a aliança de casamento do Sr. Black. Bem aqui, na palma da minha mão.

O senhor dá e o senhor tira.

Fecho os dedos em volta do anel. É como se minhas preces tivessem sido atendidas.

— Obrigada, vovó — digo a mim mesma.

Porque já sei exatamente o que fazer.

Capítulo 11

O revólver está guardado no meu aspirador. O anel está cuidadosamente envolto em um lenço dentro do bojo esquerdo do meu sutiã, bem perto do meu coração.

Limpo o maior número de quartos que consigo, o mais rápido possível, usando minha vassoura em vez do aspirador. Em dado momento, encontro Sunitha no corredor. Ela se assusta ao me ver, o que não é normal.

— Ah, mil desculpas — diz ela.

— Sunitha, o que houve? — pergunto. — Está faltando produto de limpeza?

Ela segura meu braço.

— Você o encontrou. Morto. É uma boa moça. Tome cuidado. Às vezes um lugar pode parecer puro como a neve, mas não é. É um truque. Está entendendo?

Penso imediatamente em Cheryl limpando as pias com os panos da privada.

— Perfeitamente, Sunitha. Temos sempre que nos manter limpas.

— Não — responde ela. — Você tem que tomar mais cuidado. A grama é verde, mas tem cobras escondidas.

E, com isso, ela faz uma toalha branca serpentear no ar, depois a joga na pilha de roupa suja. Sunitha me olha com uma expressão que não se encaixa no repertório das expressões que compreendo. O que deu nela?

Antes que eu possa perguntar, ela empurra o carrinho dela rapidamente e entra no próximo quarto.

Tento deixar o estranho encontro para trás. Eu me concentro em terminar o mais rápido possível para poder ir almoçar alguns minutos mais cedo. Vou precisar de cada minuto.

Está na hora.

Empurro meu carrinho até o elevador e o aguardo chegar. As portas se abrem três vezes, e os hóspedes me encaram sem fazer qualquer movimento para me deixar entrar, por mais que haja espaço de sobra. A camareira vai por último.

Finalmente, as portas revelam um elevador vazio. Todo para mim durante o percurso até o porão. Saio rapidamente com meu carrinho e quase esbarro em Cheryl ao fazer a curva rumo ao meu armário.

— Aonde você vai com tanta pressa? E como terminou tão rápido todos aqueles quartos? — pergunta ela.

— Sou eficiente — respondo. — Desculpe, não posso demorar. Tenho um compromisso durante o horário de almoço.

— Um compromisso? Mas você costuma trabalhar durante o horário de almoço — diz Cheryl. — Como vai manter sua pontuação nota 10 em Produtividade Excepcional se ficar indo pra lá e pra cá na hora do almoço?

Tenho muito orgulho da minha nota 10 em Produtividade Excepcional. Todo ano, ganho um Certificado de Excelência das mãos do próprio Sr. Snow. Cheryl nunca completa a cota diária de quartos dela, e minha excelência compensa isso.

Mas, ao olhar para Cheryl, percebo algo na expressão dela que sempre esteve ali, mas hoje enxergo nitidamente: a curva do lábio superior, o desprezo e... mais alguma coisa. Ouço a voz da vovó na minha mente, me dando conselhos sobre os valentões da escola.

Não deixe que eles te coloquem contra a parede.

Na época, eu não entendi que aquilo não era literal. Entendo agora. As peças se encaixam na minha mente.

— Cheryl — digo —, estou ciente do meu direito legal de fazer um intervalo e vou fazê-lo hoje. E qualquer outro dia que eu queira. Isso é aceitável ou devo verificar com o Sr. Snow?

— Não, não — responde ela. — Tudo bem. Eu nunca iria sugerir algo... ilegal. Só esteja de volta antes de uma da tarde.

— Estarei — digo e vou embora, passando depressa por ela.

Estaciono meu carrinho diante do meu armário, pego minha carteira, então corro de volta ao elevador e saio pela porta principal do hotel.

— Molly? — chama o Sr. Preston atrás de mim. — Aonde vai?

— Volto em uma hora!

Atravesso a rua e passo pelo café que fica bem em frente ao hotel. Então viro a esquina de uma rua lateral. O tráfego é menor aqui, e há poucas pessoas nas calçadas. Meu destino está a cerca de dezessete minutos de distância. Posso sentir o calor subindo no meu peito e minhas pernas ardendo enquanto as faço seguir em frente. Mas não importa. *Querer é poder*, como vovó dizia.

Passo por um escritório no térreo de um prédio, onde os funcionários estão reunidos e sentados em fileiras, ouvindo um homem de terno que gesticula bastante em um púlpito. Tabelas e gráficos aparecem em uma tela atrás dele. Eu sorrio comigo mesma. Sei exatamente como é ser uma funcionária orgulhosa e ter a sorte de receber treinamento e trabalhar no próprio desenvolvimento profissional. Estou ansiosa pela próxima palestra do Sr. Snow, daqui a mais ou menos um mês.

Nunca entendi por que alguns integrantes da equipe reclamam desses eventos, como se fossem uma espécie de imposição e como se o aperfeiçoamento de si, além da oportunidade de receber uma educação gratuita sobre atendimento aos hóspedes e higiene do hotel, não fosse uma vantagem de trabalhar no Regency Grand. Eu aproveito cada uma dessas oportunidades, ainda mais porque acabei não realizando meu sonho de fazer ensino superior em hotelaria e hospitalidade. Esse é um pensamento ruim e bem desagradável. Vejo o rosto de Wilbur na minha mente e tenho um desejo súbito de socá-lo. Mas não dá para socar um pensamento. Ou, se é possível, isso não muda nada no mundo real.

Minha barriga ronca enquanto caminho. Não tenho almoço, não preparei nada de manhã, já que tenho tão pouca coisa nos armários. Também mal consegui comer o café da manhã. Tinha esperança de encontrar alguns biscoitos intocados e talvez um potinho de geleia fechado em uma bandeja de café da manhã na porta de algum quarto, quem sabe até um pedaço de fruta que eu pudesse lavar e guardar discretamente. Mas infelizmente os hóspedes deixaram pouquíssimo para mim hoje. No total, ganhei 20,45 dólares de gorjeta, o que já é alguma coisa, claro, mas não o suficiente para acalmar um proprietário raivoso ou encher uma geladeira com qualquer coisa além de alguns poucos itens básicos. Deixa para lá.

O mel vem da colmeia. As abelhas cuidam do mel.

É a voz do Sr. Snow que ouço na minha mente dessa vez. No último dia de desenvolvimento profissional, ele abordou um tema importantíssimo: Como a Mentalidade de Colmeia Cria Maior Produtividade. Fiz anotações em um caderno novo em folha e estudei detalhe por detalhe. Durante a palestra de uma hora, o Sr. Snow falou sobre trabalho em equipe, usando uma analogia muito pertinente.

— Pensem no hotel como uma colmeia — disse ele, olhando a equipe por cima dos óculos de coruja.

Eu ouvia atentamente as palavras dele.

— E pensem em si mesmos como abelhas.

Anotei no meu caderno: *Pense em si mesma como uma abelha.*

— Somos um time — continuou o Sr. Snow —, uma unidade, uma família, uma colônia. Quando adotamos uma mentalidade de colmeia, significa que estamos todos trabalhando para o bem maior; o bem do hotel. Como abelhas, reconhecemos a importância do hotel, nossa colmeia. Precisamos cultivar, limpar, cuidar dele, porque sabemos que sem ele não há mel.

No meu caderno: *hotel = colmeia; colmeia = mel.*

Naquela altura, a palestra do Sr. Snow deu uma guinada surpreendente.

— Agora — disse ele, segurando o púlpito diante de si com as duas mãos —, vamos considerar a hierarquia dos papéis dentro da colmeia e a importância de todas as abelhas, independentemente da categoria, trabalharem ao máximo suas abelhidades. Há abelhas supervisoras... — Ele ajeitou a gravata nessa parte. — E abelhas operárias. Há abelhas que servem aos outros diretamente, e abelhas que servem indiretamente. Mas nenhuma abelha é mais importante do que qualquer outra, entendem?

O Sr. Snow fechou as mãos em punhos para realçar a importância daquilo que acabava de dizer. Eu estava escrevendo freneticamente, anotando cada palavra como podia, quando, de repente, o Sr. Snow apontou para mim em meio à plateia.

— Pensem, por exemplo, em uma camareira. Pode ser qualquer camareira, em qualquer lugar. Dentro do nosso hotel, é nossa perfeita abelha operária. Ela trabalha e se esforça para preparar cada favo para receber o mel. É um trabalho fisicamente penoso. É exaustivo e absurdamente repetitivo, mas ainda assim ela se orgulha do trabalho dela e o cumpre bem a cada dia. Um trabalho que é em grande parte invisível. Mas isso a torna menos importante do que os zangões ou a rainha? Isso a torna menos valiosa para a colmeia? Não! A verdade é que sem a abelha operária, nós não temos a colmeia. Não podemos funcionar sem ela!

Nesse momento, o Sr. Snow deu um soco no púlpito. Eu olhei ao redor e vi muitos olhos focados em mim. Sunshine e Sunitha, que estavam na fileira à minha frente, tinham se virado e acenavam para mim. Cheryl, um pouco mais longe, estava recostada no assento, com os olhos semicerrados e os braços cruzados. Rodney e algumas garçonetes do Social estavam atrás de mim e, quando me virei para olhar por cima do ombro, sussurraram alguma coisa entre si, rindo de alguma piada que eu não tinha ouvido.

Por todo lado, funcionários que eu conhecia (embora a maior parte nunca tivesse falado comigo), olhavam na minha direção.

— Temos muito o que melhorar nesta instituição — continuou o Sr. Snow. — E estou cada vez mais ciente de que nossa colmeia nem sempre opera como uma unidade coesa. Fazemos mel para o proveito de nossos hóspedes, mas, às vezes, pegam a doçura e ela não é dividida de maneira justa. Parte da nossa colmeia é usada de forma nefasta, para ganho pessoal e não para o bem comum...

Eu parei de fazer anotações por um momento, porque Cheryl começou uma tosse seca que atrapalhou muito. Virei para trás mais uma vez e vi Rodney afundando na cadeira.

— Estou aqui para lembrar a vocês de que são melhores que isso — prosseguiu o Sr. Snow —, que podemos conseguir algo maior juntos. Que nossa colmeia pode ser a mais eficiente, a mais apta, a mais limpa e a mais luxuosa do mundo. Mas para isso vamos precisar de coesão e cooperação. Precisaremos nos comprometer com a mentalidade de colmeia. Estou pedindo que vocês ajudem a colônia, pela colônia. Quero que pensem em profissionalismo imaculado, que adotem uma postura impecável. Quero que *façam uma limpa nesse lugar*!

Naquele instante, eu pulei da minha cadeira e fiquei de pé. Tinha certeza de que toda a equipe reconheceria a gloriosa conclusão do Sr. Snow e daria início a uma espontânea salva de palmas. Mas eu era a única em pé. Sozinha em uma sala onde o silêncio era tão absoluto que daria para ouvir uma agulha caindo. Provavelmente eu deveria sentar, mas não consegui. Estava paralisada. Congelada.

Fiquei daquele jeito por muito tempo. O Sr. Snow ficou no púlpito por mais um ou dois minutos, então ajeitou os óculos, pegou o papel com o discurso e marchou de volta para a sala dele. Quando saiu, meus colegas de trabalho se remexeram nos assentos e começaram a conversar entre si. Eu conseguia ouvir os sussurros ao meu redor. Achavam mesmo que eu não estava ouvindo?

Molly, a Mutante.

Roomba, a Robô.

A Aberração da Formalidade.

Finalmente, os pinguins da recepção, os carregadores, as garçonetes e os manobristas se levantaram em grupinhos e começaram a se afastar. Eu fiquei onde estava até ser a última abelha na sala.

— Molly? — ouvi atrás de mim.

Senti uma mão conhecida tocar meu braço.

— Molly, você está bem?

Eu me virei e vi o Sr. Preston de pé na minha frente. Busquei pistas no rosto dele. Era amigo ou inimigo? Às vezes faço isso. Fico paralisada por um tempo porque tudo que já aprendi parece se esvair. É apagado.

— Não era sobre você — disse ele.

— Como?

— O que o Sr. Snow estava falando. De como o hotel talvez não seja tão limpo assim, como alguns funcionários tiram um pouco da doçura para si. Ele não estava falando de você, Molly. Tem coisas acontecendo nesse hotel, coisas que nem eu entendo direito. Mas você não precisa se preocupar com isso. Todo mundo sabe que faz o seu melhor todos os dias.

— Mas eles não me respeitam. Acho que meus colegas de trabalho não gostam nem um pouco de mim.

O Sr. Preston segurava o chapéu na mão. Suspirou e olhou para ele.

— Eu respeito você. E gosto muitíssimo de você.

Quando ele voltou a olhar para mim, seus olhos irradiavam bondade. De alguma forma, aquilo me destravou. Minhas pernas se tornaram móveis outra vez.

— Obrigada, Sr. Preston — falei. — Acho melhor eu voltar ao trabalho. A colmeia nunca descansa, sabe como é.

Eu me afastei dele e fui direto trabalhar.

Isso foi meses atrás. Agora, estou diante de uma vitrine, a alguns quarteirões do hotel. Minhas pernas estão paralisadas de novo, como naquele dia.

Já entrei na loja e mostrei o item para o homem atrás do balcão; ele me ofereceu um preço. Eu aceitei. No lugar do que estava ali antes, no bojo do meu sutiã, encostando no meu coração, tem agora um montante de dinheiro envolto num lenço.

Verifico o horário no meu celular. Toda a transação, incluindo a caminhada até aqui, levou 25 minutos, ou seja, cinco minutos a menos do que minha estimativa original, o que significa que vou voltar ao trabalho cerca de cinco minutos antes de uma da tarde, que é, como Cheryl me lembrou tão gentilmente, quando começa a segunda metade do meu expediente.

Sinto meu estômago se revirar, como se o dragão que mora ali tivesse mexido o rabo, espalhando ácido por todo lado. Talvez eu não devesse ter feito isso; talvez tenha sido errado.

Encaro meu reflexo no vidro. Lembro da expressão pálida e carrancuda do Sr. Black, dos hematomas que causou, da dor que provocou.

O monstro na minha barriga se encolhe, ficando pequenininho, e deita.

O que está feito, está feito.

Uma leveza toma conta de mim. Puxo o ar profundamente. Fico maravilhada com meu reflexo: uma camareira com uma camisa impecavelmente branca, de gola engomada. Ajusto minha postura. Fico ereta de um jeito que deixaria vovó orgulhosa.

Além do meu reflexo na vitrine, há os itens à venda: um saxofone brilhante em um estojo de veludo vermelho, algumas ferramentas elétricas com os cabos cuidadosamente enrolados, formando "oitos" presos com elástico, alguns celulares velhos e algumas joias em um mostruário. No meio dele, uma nova aquisição: um anel de homem cravejado de diamantes e outras joias, brilhando. Um objeto de luxo evidente e raro, um belo tesouro.

Percebi que o dono da loja ficou com pena de mim quando me entregou a quantia que tínhamos combinado. Os lábios comprimidos. O sorriso que não era bem um sorriso. Estou começando a captar as nuances dos sorrisos, a cornucópia de sentidos. Guardo cada sorriso em um dicionário que organizo em ordem alfabética na minha mente.

— Sinto muito que as coisas não tenham acontecido como você esperava — diz o dono da loja. — Com seu homem, digo.

— Com o meu homem? — pergunto. — Ao contrário. Pela primeira vez em muito tempo as coisas estão indo muito bem com ele. Muito bem mesmo.

Capítulo 12

Faço o caminho de volta ao hotel em passos acelerados, verificando o horário várias vezes. Estou dentro do estimado. Faltam cinco para a uma e já estou perto do hotel. Quase acertei em cheio minha estimativa de chegada. Estou um pouco corada devido à caminhada, e o montante de dinheiro no meu peito está ligeiramente úmido, mas tudo bem.

Parece que o hotel se esvaziou um pouco em comparação com a manhã; há menos hóspedes por ali. O Sr. Preston está sozinho no lugar de sempre. Quando me avista chegar, sai de trás do púlpito com os braços estranhamente rijos ao lado do corpo. Eu aceno e subo os degraus correndo, mas o Sr. Preston me chama antes que eu alcance o topo da escada.

— Molly — diz ele, sua voz um sussurro tenso. — Vá para casa.

Eu paro no terceiro degrau. A expressão dele é estranha, como se precisasse muito ir ao banheiro.

— Sr. Preston, eu não posso ir para casa agora. Ainda estou na metade do meu turno.

— Molly — repete ele. — Use a porta dos fundos. *Por favor.*

— O senhor está bem, Sr. Preston? Precisa de alguma ajuda?

Só então tudo toma forma: a ausência de hóspedes na entrada grandiosa, o Sr. Preston com aquela postura formal demais no púlpito, as estranhas ordens sussurradas. Pelo vidro da porta giratória, eu avisto o Sr. Snow e, ao lado dele, uma figura imponente e sombria. A detetive Stark.

— Minha cara menina — diz o Sr. Preston. — Não entre.

— Está tudo bem — afirmo, subindo os degraus restantes. — Algumas perguntas a mais não vão me matar.

Adentro o saguão do hotel, mas, antes que possa dar mais de um passo, o Sr. Snow e a detetive Stark bloqueiam minha passagem. Algo a respeito da postura da detetive Stark não me agrada: o jeito como os braços delas estão curvados e as mãos estendidas, como se eu fosse um verme que ela está determinada a capturar. Vejo Cheryl com o canto dos olhos, de pé a uma distância de alguns carrinhos de limpeza, mas também há algo de diferente na postura dela. É a primeira vez que vejo um sorriso genuíno naquele rosto, uma expressão de expectativa e empolgação.

— Com licença — digo para o Sr. Snow e a detetive Stark. — Não posso demorar. O resto do meu turno começa em aproximadamente três minutos.

— Não começa, não — diz a detetive Stark.

Olho para o Sr. Snow, mas ele mal consegue olhar para mim. Os óculos dele estão tortos. Gotículas de suor se formam nas têmporas.

— Molly, a detetive vai levar você de volta à delegacia para fazer mais perguntas.

— Não posso responder às perguntas aqui e depois voltar ao trabalho? Tenho muita limpeza para fazer hoje.

— Não vai ser possível — afirma a detetive Stark. — Há um jeito fácil e um jeito difícil de fazer tudo. E o jeito fácil é melhor.

É um comentário interessante, mas completamente equivocado. No meu ramo de trabalho, o jeito fácil é o jeito preguiçoso, não o melhor. Nem de longe. Mas já que estamos no hotel e, tecnicamente, isso faz da detetive uma hóspede, vou ser educada e ficar quieta.

Olho ao redor do saguão outra vez e percebo que mais pessoas começam a se reunir. Não estão circulando, indo e vindo como costumam fazer. Apenas formam pequenos grupos — perto da recepção, nas poltronas, no mezanino junto à grande escadaria. Estão estranhamente estáticas. E silenciosas. E todas olham em uma mesma direção. Olhares frios sobre mim.

— Bem, detetive Stark, aceito o jeito fácil — digo.

Olho para o Sr. Snow e acrescento:

— Mas só dessa vez.

A detetive faz um gesto indicando que devo me encaminhar para a porta giratória, o que faço enquanto ela me segue de perto. Ao sair, olho para trás e vejo todos os olhos acompanhando minha partida.

O Sr. Preston está diante da porta, no alto da escada.

— Pronto — diz ele, segurando meu cotovelo. — Me permita ajudar, Molly.

Estou prestes a dizer que não precisa, mas quando olho para os degraus abaixo, o tapete vermelho ondula. Um movimento que me dá vertigem. Seguro o braço do Sr. Preston com força. Está morno. É reconfortante.

— Vamos — diz a detetive Stark quando chegamos ao pé da escada. — Está na hora.

— Molly, se cuide — aconselha o Sr. Preston.

— Eu sempre me cuido — respondo, sem acreditar totalmente nas minhas próprias palavras.

Capítulo 13

O trajeto de carro é silencioso. Dessa vez, estou sentada no banco de trás do carro de polícia, não no da frente. Não gosto de estar aqui atrás. O estofamento de vinil guincha debaixo de mim toda vez que faço qualquer movimento. Um vidro à prova de balas me separa da detetive Stark. Está sujo de impressões digitais gordurosas e manchas de sangue marrom-escuro.

Imagine que está em uma limusine, sentada no banco de trás, sendo levada à ópera.

Vovó me lembra de que aprisionamento é só um estado de espírito, que sempre há uma fuga. Junto minhas mãos sobre as pernas e respiro profundamente. Vou admirar a vista da janela. Sim. Vou me concentrar nisso.

Assim, quando chegamos à delegacia, parece que se passaram só alguns segundos. Uma vez lá dentro, a detetive Stark me leva até o mesmo cômodo branco onde fui interrogada da outra vez. No caminho, sinto mais olhares em mim: policiais uniformizados me observam, alguns cumprimentando. Não a mim, mas à detetive Stark. Mantenho a cabeça erguida.

— Sente-se — diz a detetive.

Eu me sento na mesma cadeira da outra vez, e a detetive se senta à minha frente depois de fechar a porta. Não me oferece café nem água, o que é uma pena. Eu gostaria de um pouco de água, embora saiba que, se pedisse, ela viria em um pavoroso copo de isopor.

Ombros para trás, queixo erguido, respire.

A detetive Stark não diz uma palavra. Fica apenas sentada à minha frente, me observando. A câmera no canto pisca o olho vermelho na minha direção.

Sou eu que quebro o silêncio.

— Como posso ser útil, detetive Stark? — pergunto.

— Como pode ser útil? Bem, camareira Molly. Pode começar dizendo a verdade.

— Minha avó costumava dizer que a verdade é subjetiva. Mas eu nunca acreditei nisso. Acho que a verdade é absoluta — digo.

— Então concordamos nesse ponto — diz a detetive Stark.

Ela se inclina, colocando os cotovelos na mesa branca maltratada entre nós duas. Eu gostaria que ela não fizesse isso. Desaprovo cotovelos em mesas. Mas não digo nada.

Ela está tão perto que enxergo pequenos pontinhos dourados dentro dos olhos azuis dela.

— Já que estamos falando sobre verdade — continua ela —, eu gostaria de compartilhar com você o resultado do relatório de toxicologia do Sr. Black. Não temos o relatório da autópsia ainda, mas em breve vamos ter. O Sr. Black tinha drogas no sangue, a mesma droga que estava na mesa de cabeceira dele e espalhada no chão do quarto.

— O remédio da Giselle — concluo.

— Remédio? Benzodiazepina. Misturada com outras drogas ilícitas.

Levo um instante para mudar a imagem na minha mente, de Giselle no balcão da farmácia para Giselle adquirindo algo ilícito em algum beco sórdido. Algo está errado. Não faz sentido.

— Enfim, não foram os comprimidos que mataram o Sr. Black. Ele tinha muita coisa no sangue, mas não o suficiente para morrer — explica a detetive Stark.

— O que acham que matou ele, então? — pergunto.

— Não sabemos ainda. Mas eu garanto a você que vamos descobrir — afirma ela. — O relatório completo da autópsia vai determinar se as petéquias ocorreram devido a uma parada cardíaca ou se aconteceu algo mais… sinistro.

Tudo volta à minha mente em um instante. O cômodo começa a girar. Vejo o Sr. Black com a pele cinza e retesada, os pontinhos em torno dos olhos, o corpo rijo e sem vida. Depois que liguei para a recepção, ergui os olhos. Vi meu reflexo no espelho da parede diante da cama.

De repente, sinto que estou suando frio, como se fosse desmaiar.

A detetive Stark comprime os lábios, ditando o ritmo da nossa interação. Finalmente, diz:

— Se você sabe de alguma coisa, agora é sua chance de ficar do lado certo. Você entende que o Sr. Black era um homem muito importante?

— Não — respondo.

— Como? — pergunta a detetive Stark.

— Não acredito que algumas pessoas são mais importantes que outras. Somos todos importantes do nosso próprio jeito, detetive. Por exemplo, eu, uma pobre camareira de hotel, estou sentada aqui com você, mas ainda assim há claramente algo de muito importante a meu respeito. Senão você não teria me trazido aqui hoje.

Ela me ouve com atenção, se concentrando em cada palavra que digo.

— Me deixe perguntar uma coisa a você, Molly — diz. — Às vezes você fica com raiva? De ser camareira, digo. De limpar a sujeira de gente rica, de cuidar da bagunça que deixam?

Sou surpreendida por essa linha de questionamento. Não é nada do que eu esperava enquanto era trazida para cá.

— Sim — respondo com sinceridade. — Às vezes eu fico com raiva, sim. Ainda mais quando os hóspedes são descuidados. Quando esquecem que as atitudes deles afetam outras pessoas, quando sou tratada como se não fosse nada.

A detetive Stark fica calada. Os cotovelos dela seguem em cima da mesa, o que continua me irritando, por mais que isso só seja considerado falta de etiqueta quando há uma refeição sendo servida.

— Agora, deixe eu fazer uma pergunta a *você* — digo. — Às vezes isso *te* incomoda?

— Isso o quê?

— Limpar a bagunça de gente rica — explico.

A detetive chega o corpo para trás, como se uma cabeça de Hidra tivesse brotado de repente do meu pescoço e cem cobras sibilassem diante do rosto dela. O que me agrada, no entanto, é que os cotovelos dela não estão mais em cima da mesa.

— É assim que vê meu trabalho? Acha que o que uma detetive faz é arrumar a bagunça depois que um homem morre?

— O que estou dizendo é que não somos tão diferentes, no fim das contas.

— É mesmo?

— Você quer arrumar essa bagunça, e eu também. Nós duas buscamos um final limpo para essa situação infeliz. Um retorno à normalidade.

— O que eu busco é a verdade, Molly. Quero saber como o Sr. Black morreu. E nesse momento também quero saber a verdade sobre você. Obtivemos algumas informações interessantes nas últimas 48 horas. Quando conversamos naquele dia, você disse que não conhecia Giselle Black bem. Mas pelo visto isso não é verdade.

Não vou dar a ela a satisfação de reagir. Giselle é minha amiga. Eu nunca tive uma amiga como ela antes, e estou plenamente consciente de como seria fácil perdê-la. Penso em como protegê-la e dizer a verdade ao mesmo tempo.

— Giselle já me fez confidências no passado. Isso não significa que eu a conheço tão bem quanto gostaria. O Sr. Black com certeza tinha problemas de agressividade. Não era difícil notar os hematomas da Giselle. Ela confessou que ele era a causa dos hematomas.

— Você tem noção de que também falamos com outros funcionários do hotel, não é?

— Imagino que sim. Espero que tenham sido úteis para a investigação — digo.

— Nos disseram muita coisa. Não só sobre Giselle e o Sr. Black, mas sobre você.

Sinto meu estômago se revirar. Suponho que quem quer que tenha falado com a detetive Stark tenha sido justo e verdadeiro, mesmo que eu não agrade a todos. E se a detetive consultou o Sr. Snow, o Sr. Preston ou Rodney, deve ter recebido um relatório excelente sobre a minha conduta profissional e meu senso geral de responsabilidade.

Um pensamento me ocorre. Cheryl. Estava "doente" ontem, mas provavelmente não doente o suficiente para não poder vir a esta mesma delegacia.

Como se tivesse lido minha mente, a detetive diz:

— Molly, nós temos falado com Cheryl, sua supervisora.

— Espero que ela tenha ajudado — respondo, mas duvido que tenha.

— Perguntamos se ela já tinha limpado a suíte dos Black enquanto eles ficavam hospedados no hotel. Ela disse que, por um tempo, limpou a suíte deles junto com você. Uma forma de manter um controle de qualidade sobre a equipe dela.

O ácido borbulha no meu estômago.

— Uma forma de desviar gorjetas que tinham sido deixadas para quem fazia o trabalho, e não para quem ficava por perto só olhando — esclareço.

A detetive ignora totalmente minhas palavras.

— Cheryl disse que notou uma relação amigável entre você e Giselle, uma espécie de afinidade rara entre uma hóspede e uma camareira, sobretudo para você, já que você não tem amigos, pelo que me disseram.

Eu sabia que Cheryl me vigiava, mas nunca tinha me dado conta do quanto. Tiro um instante para organizar meus pensamentos antes de responder.

— Giselle era grata pelo meu serviço — digo. — Essa era a base da nossa relação.

— Me diz uma coisa: você já recebeu gorjetas de Giselle? Ou grandes quantias de dinheiro? — pergunta ela.

— Ela e o Sr. Black deixavam boas gorjetas para mim — respondo.

Não vou entrar em detalhes a respeito das inúmeras vezes em que Giselle colocou uma nota de cem dólares novinha na palma da minha mão para me agradecer por manter a suíte limpa. E não vou mencionar a visita dela à minha casa nem o caridoso gesto financeiro de ontem à noite. Não é da conta de mais ninguém.

— Giselle deu alguma coisa pra você além de dinheiro?

Gentileza. Amizade. Ajuda. Confiança.

— Nada fora do comum — respondo.

— Nadinha?

A detetive Stark enfia a mão no bolso e pega uma pequena chave. Abre uma gaveta na mesa entre nós duas. E tira uma ampulheta de dentro. A ampulheta de Giselle, o presente dourado dela para mim. A detetive a coloca sobre a mesa.

Sinto uma onda de calor invadir meu rosto.

— Cheryl deixou você vasculhar meu armário. É o *meu* armário, meu espaço pessoal. Isso não está certo, invadir a privacidade de alguém, mexer nas minhas coisas sem permissão.

— Os armários são propriedade do hotel, Molly. Por favor, lembre que você é só uma funcionária, não é a dona do hotel. Agora, me diga: você está pronta para confessar a verdade sobre você e Giselle?

A verdade sobre Giselle e eu é algo que eu mesma mal compreendo. É tão estranha quanto um rinoceronte bebê sendo adotado por um cágado. Como é que eu posso explicar uma coisa dessas?

— Não sei o que dizer — admito.

— Então deixe que *eu* diga uma coisa — responde a detetive Stark, recolocando os cotovelos na mesa. — Você está rapidamente se tornando uma pessoa do nosso interesse. Entende o que isso significa?

Estou detectando um ar de condescendência. Já vi isso antes: pessoas que acham que sou uma completa idiota só porque não capto coisas que são simples para elas.

— Você está se tornando uma pessoa "importante", Molly — acrescenta a detetive. — E não no bom sentido. Já provou que é capaz de deixar detalhes importantes de fora, de manipular a verdade a seu favor. Vou perguntar uma última vez: está em contato com Giselle Black?

Refletindo novamente, vejo que consigo responder com 100% de honestidade.

— Não estou atualmente em contato com Giselle, mas pelo que sei ela ainda está hospedada no hotel.

— Vamos torcer, pelo seu bem, pra que isso seja verdade. E vamos torcer pra que o relatório da autópsia conclua que a morte foi por causas naturais. Até lá, você não pode sair do país nem tentar se esconder de nós de forma alguma. Não está sendo presa.

— Espero mesmo que não. Eu não fiz nada de errado!

— Você tem um passaporte válido?

— Não.

Ela inclina a cabeça para o lado.

— Se estiver mentindo, eu vou descobrir. Posso fazer uma busca, sabe?

— E, quando fizer isso, vai ver que eu não tenho passaporte porque nunca saí do país em toda a minha vida. Vai descobrir também que sou uma cidadã exemplar e que tenho uma ficha totalmente limpa.

— Não vá a lugar nenhum, está entendido?

É exatamente este tipo de linguagem que me confunde.

— Posso ir para casa? Posso ir ao supermercado? Ao banheiro? E ao trabalho?

Ela suspira.

— Sim, é claro que pode ir para casa e a todos os lugares aonde vai normalmente. E, sim, pode ir trabalhar. O que estou dizendo é que vamos estar vigiando você.

Lá vamos nós de novo.

— Me vigiando fazer o quê? — pergunto.

Ela me lança um olhar penetrante.

— O que quer que seja que você está escondendo, quem quer que esteja tentando proteger, nós vamos descobrir. Uma coisa que aprendi no meu trabalho é que dá para esconder a sujeira por um tempo, mas em dado momento tudo vem à tona. Entende?

— Está me perguntando se eu entendo de sujeira? Manchas nas maçanetas. Pegadas no chão. Marcas de copo nas mesas. O Sr. Black morto na cama.

— Sim, detetive. Eu entendo mais de sujeira do que a maioria das pessoas.

Capítulo 14

São três e meia quando a detetive Stark me libera da sala branca. Saio sozinha da delegacia. Não ganho carona para casa dessa vez. Não como nada desde o café da manhã, e não bebi nem uma xícara de chá para enganar a fome.

Minha barriga ronca. O dragão acorda. Tenho que parar por um instante na calçada diante do meu prédio porque sinto que vou desmaiar a qualquer momento.

É minha desonestidade, não a fome, que está debilitando minha saúde. É o fato de que não fui totalmente sincera em relação a Giselle ou ao que tenho escondido no meu coração neste momento. É isso que está me deixando neste estado.

Honestidade é o único caminho.

Vejo o rosto da vovó, contorcido de decepção, no dia em que voltei da escola aos doze anos de idade e ela me perguntou como foi meu dia. Eu disse que tinha sido normal, nada a relatar. Aquilo também foi uma mentira. A verdade era que eu havia fugido na hora do almoço, o que não tinha nada de normal. A escola telefonou para a vovó. Confessei a ela o porquê da minha fuga. Meus colegas de turma tinham formado um círculo ao meu redor no pátio e me obrigado a rolar, e depois a comer lama, me chutando enquanto eu obedecia. Eram muito criativos na hora de me atormentar, e aquele dia não foi uma exceção.

Quando essa tortura terminou, fui à biblioteca comunitária e passei horas no banheiro limpando a lama do meu rosto, da minha boca, tirando a terra que havia entrado nas minhas unhas. Olhei com satisfação a sujeira escorrer para o ralo. Tinha certeza de que me safaria, de que vovó nunca descobriria.

Mas ela descobriu. E só me fez uma pergunta depois que confessei que tinha sofrido *bullying*.

— Minha menina, por que não falou a verdade logo de cara? Para a sua professora? Para mim? Para qualquer pessoa?

Então ela chorou e me abraçou com tanta força que eu nunca consegui responder à pergunta dela. Mas eu tinha uma resposta. Tinha. Não disse a verdade porque a verdade doía. O que tinha acontecido na escola já era ruim o suficiente, mas vovó saber do meu sofrimento significava que ela sentiria minha dor também.

Esse é o problema da dor. É tão contagiosa quanto uma doença. Ela passa da pessoa que a suportou primeiro para aqueles que mais a amam. A verdade não é sempre o ideal; às vezes, ela deve ser sacrificada para impedir que a dor seja transmitida para quem a gente ama. Até crianças intuitivamente sabem disso.

Meu estômago se acalma. A estabilidade volta. Atravesso a rua e entro no prédio. Subo as escadas correndo até o meu andar e sigo direto para a porta do Sr. Rosso. Pego a pilha de dinheiro que guardei junto ao coração. Estava ciente dela durante todo o tempo que passei na delegacia, mas em vez de me incomodar, o dinheiro me deu uma sensação de proteção, como um escudo.

Bato na porta com força. Ouço o Sr. Rosso andando pelo corredor, depois o ruído áspero e agudo da tranca se abrindo. O rosto do meu proprietário aparece, redondo e corado. Estendo a mão com o dinheiro.

— Aqui está o restante do aluguel deste mês — digo. — Como pode ver, puxei à minha avó. Sou uma mulher de palavra.

Ele pega o dinheiro e conta.

— Está tudo aí, mas admiro sua diligência — comento.

Quando termina de contar, ele acena com a cabeça lentamente.

— Molly, não vamos fazer isso todos os meses, está bem? Sei que sua avó se foi, mas você tem que pagar o aluguel na data certa. Precisa organizar sua vida.

— Tenho plena consciência disso — afirmo. — Quanto à organização, meu maior desejo é ter a vida mais organizada possível. Pode me dar um recibo do pagamento, por favor?

Ele suspira. Eu sei o que isso significa. Quer dizer que está exasperado, o que não me parece justo. Se alguém colocasse uma pilha de dinheiro na minha mão, eu certamente não suspiraria assim. Ficaria para lá de grata.

— Vou fazer o recibo hoje à noite e te dou amanhã — responde ele.

Eu preferiria ter o recibo na mão *tout de suite*, mas consinto.

— É aceitável. Obrigada — digo. — E tenha uma ótima noite.

Ele fecha a porta sem dizer sequer um "você também" por educação.

Vou até a minha própria porta e giro a chave na fechadura. Entro e tranco. Nosso lar. Meu lar. Exatamente como o deixei hoje de manhã. Limpo. Organizado. Aflitivamente silencioso, apesar da voz da vovó na minha mente.

Há momentos na vida em que temos que fazer coisas que não queremos. Mas temos que fazê-las.

Normalmente, eu sinto uma onda de alívio no instante em que fecho a porta. Aqui, estou a salvo. Não há expressões para interpretar, conversas para decodificar, não há pedidos ou exigências.

Tiro meus sapatos, limpo a sola e os guardo alinhados no armário. Toco a almofada da serenidade da vovó na cadeira junto à porta. Então me sento no sofá da sala para organizar meus pensamentos. Estou muito confusa, até mesmo aqui, na tranquilidade da minha própria casa. Sei que preciso pensar nos meus próximos passos. Devo ligar para Giselle? Ou talvez para Rodney, em busca de apoio e conselhos? Para o Sr. Snow, pedindo desculpas pela minha ausência hoje à tarde, por ter abandonado meus quartos sem ter completado minha cota diária? Sinto um peso enorme sobre mim só de pensar em tudo isso.

Algo me incomoda de um jeito que não me acontece há um tempo, desde Wilbur e o pé-de-meia, ou desde que vovó morreu.

Hoje, naquela sala excessivamente iluminada da delegacia, a detetive Stark agiu como se eu fosse culpada, me tratou feito uma criminosa qualquer, quando não sou nada disso. Tudo o que quero é virar a cabeça para o lado e encontrar vovó no sofá, dizendo: *Minha menina, esfrie a cabeça. A vida dá um jeito de resolver as coisas.*

Vou até a cozinha e ponho a chaleira no fogo. Minhas mãos estão tremendo. Abro a geladeira e a encontro praticamente vazia — restam apenas dois *crumpets*, que é melhor eu guardar para tomar café amanhã. Encontro alguns biscoitos no armário e os arrumo cuidadosamente em um prato. Quando a água ferve, faço meu chá, colocando duas colheres de açúcar para compensar a ausência de leite. Minha intenção é saborear cada mordida dos biscoitos, mas acabo os devorando com voracidade e dando grandes goladas de chá bem diante da bancada da cozinha. Minha xícara fica vazia num instante. Imediatamente, sinto o chá fazer efeito. Uma energia morna me percorre outra vez.

Quando tudo mais estiver errado, dê uma arrumada.

É uma boa ideia. Nada me anima mais do que uma boa faxina. Lavo minha xícara, seco e guardo. A cristaleira da vovó, na sala, está precisando de atenção. Abro com cuidado as portas de vidro e tiro todos os tesouros preciosos dela: uma coleção de animais de cristal Swarovski, cada um deles comprado graças a horas extras exaustivas na mansão dos Coldwell; colheres, a maioria de prata, encontradas em brechós ao longo dos anos; e as fotos, vovó e eu cozinhando, vovó e eu diante de um chafariz em um parque, vovó e eu no Olive Garden, erguendo nossas taças de vinho branco. E a única que não é de nós duas, mas da minha mãe, quando era jovem.

Pego a foto. Minhas mãos ainda não estão totalmente firmes. Tenho que me concentrar enquanto espano e limpo a moldura de vidro. Se meus dedos escorregarem, a moldura vai cair no chão e o vidro se quebrará em centenas de cacos mortais. Eu me ajoelho para ficar mais perto do chão. É mais seguro assim. Com o porta-retratos em mãos, examino a imagem da minha mãe. Estou cercada por todas as lindas coisas da vovó.

Outra lembrança vem à tona. Uma na qual eu não pensava havia muito tempo. Um dia, quando eu tinha cerca de treze anos, entrei em casa depois da escola e encontrei vovó ajoelhada no chão, assim como eu estou agora. Era uma quinta — *tirar o pó e toda sujeirinha* — e ela já tinha começado a faxina. Estava com a coleção espalhada ao seu redor, uma flanela e esta foto da minha mãe nas mãos. Assim que passei pela porta, soube que havia algo errado. Vovó estava desleixada. O cabelo dela, que nunca tinha um fio fora do lugar, estava desgrenhado. Havia manchas no seu rosto, e os olhos estavam inchados.

— Vovó? — perguntei, antes mesmo de limpar a sola dos meus sapatos. — Você está bem?

Ela não respondeu de imediato. Ficou me olhando com uma expressão distante, um olhar vítreo.

— Minha menina — disse, por fim —, vou ser direta com você. Sua mãe está morta.

Eu me vi então petrificada. Sabia que minha mãe estava em algum lugar do mundo, mas, para mim, ela era uma figura tão abstrata quanto a rainha da Inglaterra. Para mim, era como se já tivesse morrido havia muito tempo. Mas, para a vovó, ela era muito importante, e era isso que me preocupava.

Todos os anos, à medida que o Dia das Mães se aproximava, vovó fazia as três peregrinações diárias até nossa caixa de correio. Esperava encontrar um cartão da minha mãe. Nos primeiros anos, apareciam cartões, assinados com um rabisco trêmulo. Vovó ficava tão feliz...

— Ela ainda está por aí, em algum lugar, minha menininha — dizia.

Mas depois, por anos, Dia das Mães após outro, passou a não chegar nenhum cartão, e vovó ficava taciturna pelo resto do mês. Eu compensava, comprando o maior e mais alegre cartão que conseguia encontrar, escrevendo "duas vezes" depois de "mãe", enchendo a página com corações vermelhos e rosa que eu coloria cuidadosamente para não borrar.

Quando vovó me disse que minha mãe estava morta, não foi minha própria dor que eu senti. Foi a dela.

Ela chorou e chorou, o que era tão atípico que me perturbou até o âmago. Corri até a vovó e apoiei uma das mãos nas costas dela.

— Você precisa de uma boa xícara de chá — falei. — Não existe quase nada que uma boa xícara de chá não cure.

Eu me apressei até a cozinha e coloquei a chaleira no fogo, com as mãos tremendo. Ouvia vovó aos soluços no chão da sala. Quando a água ferveu, preparei duas xícaras perfeitas de chá e levei até a sala na bandeja de prata da vovó.

— Prontinho — disse eu. — Por que a gente não senta no sofá?

Mas vovó não se movia. A flanela estava embolada na sua mão.

Percorri a pista de obstáculos feita com seus tesouros e abri um espaço para sentar com ela no chão. Coloquei a bandeja de um lado, peguei as duas xícaras e as posicionei bem diante de nós. Levei a mão ao ombro da vovó.

— Vovó? — tentei. — Por que não se senta? Vamos tomar um chá?

Minha voz tremia. Eu estava apavorada. Nunca tinha visto vovó tão abatida e diminuta, tão frágil quanto um filhote de passarinho.

Ela finalmente se sentou. Secou os olhos com a flanela.

— Ah — disse. — Chá.

Ficamos sentadas ali, vovó e eu, no chão, bebendo chá, cercadas por animais de cristal Swarovski e colheres de prata. A foto da minha mãe estava ao nosso lado, a terceira participante, embora ausente, da nossa festa do chá.

Quando vovó falou em seguida, a voz dela tinha voltado, firme e controlada.

— Minha menina. Desculpe ter ficado tão chateada. Mas não se preocupe, estou bem melhor agora.

Ela bebeu um golinho do chá e sorriu para mim. Não era o sorriso dela. Só se manifestava em metade do rosto.

Uma dúvida me ocorreu.

— Ela perguntou alguma vez de mim? Minha mãe?

— Claro que sim, querida. De vez em quando, do nada, ela me telefonava. Era sempre para perguntar sobre você. Eu a atualizava, claro. Enquanto ela era capaz de ouvir. Às vezes, não era muito tempo.

— Porque ela não estava bem, certo? — perguntei.

Era isso que vovó sempre dizia para explicar por que minha mãe tinha ido embora.

— Sim, porque não estava nada bem. Quando me telefonava, geralmente era da rua. Mas, quando parei de dar dinheiro, ela parou de telefonar.

— E o meu pai? — perguntei. — O que aconteceu com ele?

— Como já te disse, ele não era um bom partido. Tentei ajudar sua mãe a enxergar isso. Cheguei a pedir para velhos amigos me ajudarem a fazer com que ela se afastasse dele, mas não funcionou.

Vovó fez uma pausa e bebeu outro gole de chá.

— Você tem que me prometer, minha menina, que nunca vai mexer com drogas.

Os olhos dela se encheram de lágrimas.

— Eu prometo, vovó — garanti.

Eu não sabia mais o que dizer, então me aproximei e a abracei. Senti que ela me segurava de um jeito totalmente novo. Foi a única vez que senti que eu estava dando um abraço nela, e não o contrário.

Quando nos afastamos, eu não sabia qual era a etiqueta correta. Então, disse:

— Como você diz, vovó? Quando tudo mais estiver errado, dê uma arrumada?

Ela assentiu.

— Minha menina, você é um tesouro para mim. De verdade. Vamos encarar essa bagunça juntas?

E, com isso, vovó estava de volta. Talvez estivesse fingindo, mas enquanto arrumávamos todos os objetos dela, recém-limpos e polidos, e os guardávamos na cristaleira, ela cantarolava e conversava como se fosse um dia qualquer.

Nunca mais falamos sobre minha mãe depois disso.

Aqui estou eu agora, no mesmo lugar daquele dia, cercada por uma coleção de lembranças. Mas, dessa vez, estou terrivelmente sozinha.

— Vovó — digo para o cômodo vazio —, acho que estou em apuros.

Organizo as fotos no alto da cristaleira. Limpo cada um dos tesouros da vovó e os guardo em segurança, atrás do vidro. Fico de pé diante da cristaleira, olhando tudo lá dentro. Não sei o que fazer.

Enquanto tiver um amigo, você nunca vai estar sozinha.

Venho tentando resolver tudo por minha conta, mas talvez esteja mesmo na hora de pedir ajuda.

Vou até a porta, onde deixei meu telefone. Ligo para o número de Rodney. Ele atende no segundo toque.

— Alô?

— Olá, Rodney — digo. — Espero que não seja um momento inoportuno.

— Tudo certo — responde ele. — O que houve? Vi você sair do hotel com a polícia. Está todo mundo falando, dizendo que você se meteu em confusão.

— Sinto relatar que, nesse caso, a fofoca pode estar correta.

— O que a polícia queria?

— A verdade — conto. — Sobre mim. Sobre Giselle. O Sr. Black não morreu de overdose. Não exatamente.

— Ah, graças a Deus. Do que ele morreu?

— Não sabem ainda. Mas está claro que suspeitam de mim. E talvez de Giselle também.

— Mas... você não contou nada sobre ela, contou?

— Não muito — respondo.

— E não mencionou Juan Manuel nem nada disso, certo?
— O que isso tem a ver com todo o resto?
— Nada. Nadinha. Então... por que me ligou?
— Rodney, eu preciso de ajuda.

Minha voz falha, e eu tenho dificuldade de manter a compostura. Ele fica em silêncio por um instante, depois pergunta:

— Você... *você* matou o Sr. Black?
— Não! Claro que não. Como pode achar...
— Desculpa, desculpa. Esquece o que eu disse. Então você está em apuros em que sentido?
— É a Giselle. Ela me pediu para entrar na suíte de novo porque tinha esquecido uma coisa lá dentro. Um revólver. Ela queria de volta. E é minha amiga, então eu...
— Jesus.

Há uma pausa do outro lado da linha.

— Certo.
— Rodney?
— Sim, estou aqui — diz ele. — E onde está a arma agora?
— Dentro do meu aspirador. Perto do meu armário.
— Temos que pegar essa... coisa — afirma Rodney, com a voz agitada. — E desaparecer com ela.
— Isso! Exatamente — concordo. — Ah, Rodney, sinto muito envolver você nisso tudo. E, por favor, se a polícia for falar com você, tem que dizer a eles que eu não sou má pessoa, que eu nunca faria mal a ninguém.
— Não se preocupe, Molly. Vou cuidar de tudo.

Sinto uma onda de pura gratidão tomar meu peito, ameaçando eclodir em lágrimas e soluços, mas não vou deixar isso acontecer, porque Rodney pode achar inconveniente. Quero que essa experiência nos aproxime, não que nos separe. Inspiro profundamente para empurrar meus sentimentos de volta para dentro.

— Obrigada, Rodney — digo. — Você é um bom amigo. Mais do que isso, até. Não sei o que eu faria sem você.

— Pode contar comigo — afirma ele.

Mas tem mais. Fico com medo de que, depois de ouvir o resto, ele se afaste de mim para sempre.

— Tem mais uma... notícia — confesso. — A aliança de casamento do Sr. Black. Eu a encontrei na suíte hoje. E, bem... é difícil ter que admitir isso, mas eu venho tendo sérios problemas financeiros ultimamente. Levei a aliança para uma casa de penhores para conseguir pagar meu aluguel.

— Você... você fez *o quê*?

— Está na vitrine de uma loja no centro da cidade.

— Não acredito. Realmente não acredito, Molly — responde ele.

Percebo que ele está quase rindo, como se aquilo fosse uma notícia maravilhosa. Mas não deve estar achando isso engraçado. Talvez risadas sejam que nem sorrisos, as pessoas as usam para expressar uma variedade de emoções confusas.

— Cometi um erro terrível — digo. — Nunca pensei que fossem me interrogar de novo. Achei que meu papel nisso tudo tinha acabado. Se a polícia descobrir que eu penhorei o anel do Sr. Black, vai parecer que eu o matei por dinheiro, entende?

— Com certeza — concorda Rodney. — Uau. É... incrível. Olha, vai dar tudo certo. Deixa tudo comigo.

— Vai fazer a arma desaparecer? E o anel? Eu nunca deveria ter pegado a aliança. Foi errado. Pode comprar de volta e garantir que ninguém nunca mais a veja? Eu reembolso você um dia. Prometo.

— Como eu disse, Molly. Deixa comigo. Você está em casa agora?

— Sim — respondo.

— Não saia hoje à noite, está bem? Não vá a lugar nenhum.

— Eu nunca vou. Rodney, nem sei como agradecer.

— É pra isso que servem os amigos, não é? Pra ajudar quando estamos com dificuldades.

— Isso. É pra isso que servem os amigos... Rodney? — digo para o meu celular sem ouvinte.

Estava prestes a acrescentar que gostaria desesperadamente de ser mais do que uma amiga para ele, mas é tarde demais. Ele desligou sem se despedir. Eu o deixei com uma bagunça para arrumar, e ele não perde tempo.

Quando tudo isso terminar, vou pagar a ele um Tour da Itália. Vamos nos sentar na nossa mesa privativa do Olive Garden sob o brilho morno do lustre e comer montanhas de salada e pão, seguidas de um universo de macarrão e uma abundância de sobremesas. De alguma forma, quando terminarmos, vou pagar a conta.

Vou pagar por tudo isso. Sei que vou.

Quinta-feira

Capítulo 15

Na manhã seguinte, no hotel, estou atrasada, muito atrasada. Por mais que eu trabalhe, por mais quartos que eu limpe, não consigo terminar. Acabo de limpar um quarto, e uma porta preta se abre, feito uma imensa boca, me levando ao quarto seguinte no corredor. Há sujeira por todo lado — areia entre os pelos de todos os carpetes, rachaduras nos espelhos, manchas gordurosas nas mesas e impressões digitais sangrentas nos lençóis embolados. De repente, estou subindo a grande escadaria do saguão, desesperada para ir embora. Minhas mãos seguram os balaústres de serpentes, cada uma escorregadia ao toque. Os olhos reptilianos, pequenos e brilhantes, me parecem familiares, então piscam e ganham vida sob os meus dedos. A cada passo que dou, uma nova serpente desperta: Cheryl, o Sr. Snow, Wilbur, os gigantes tatuados, o Sr. Rosso, a detetive Stark, Rodney, Giselle e, finalmente, o Sr. Black.

— Não! — grito, mas então ouço alguém bater na porta.

Eu me sento muito ereta na cama, meu coração batendo com força dentro do peito.

— Vovó? — pergunto.

Mas me lembro, como toda manhã: estou sozinha no mundo.

Toc. Toc. Toc.

Olho meu celular. Ainda não são nem sete da manhã, e meu despertador ainda não tocou. Que pessoa, em sã consciência, estaria batendo na minha porta nesse horário tão inconveniente? Então me lembro do Sr. Rosso, que me deve um recibo do aluguel que paguei.

Eu me levanto da cama e calço minhas pantufas.

— Já vou! — digo. — Só um instante.

Varro o pesadelo para longe da minha mente e caminho pelo corredor até a porta. Abro o ferrolho, então giro a maçaneta e abro bem a porta.

— Sr. Rosso, agradeço que o senhor traga... — mas paro de falar no meio da frase porque não é Sr. Rosso que está na porta.

Um jovem policial imponente está ali, de pé, com as pernas separadas, bloqueando toda a luz. Atrás dele há mais dois policiais, um homem de meia-idade, que poderia perfeitamente ser um personagem de *Columbo*, e a detetive Stark.

— Peço desculpas, não estou vestida direito — digo.

Seguro a gola do meu pijama, que era da vovó: flanela cor-de-rosa com uma estampa fantástica de bules de chá coloridos. Não é uma vestimenta apropriada para cumprimentar convidados, mesmo convidados mal-educados o bastante para aparecer sem avisar numa hora tão inoportuna da manhã.

— Molly — diz a detetive Stark, passando na frente do jovem policial. — Você está presa por posse ilegal de arma de fogo, posse de drogas e homicídio qualificado. Tem direito de permanecer calada e de se recusar a responder perguntas. Tudo que disser poderá ser usado contra você em um tribunal. Tem o direito de consultar um advogado antes de falar com a polícia e o direito de ter um advogado presente durante os interrogatórios, agora e no futuro.

Minha cabeça está girando, o chão oscila sob meus pés. Vejo bules de chá rodopiando diante dos meus olhos.

— Alguém gostaria de uma xícara de...

Mas não consigo terminar a pergunta porque minha visão escurece.

A última coisa que me lembro é de meus joelhos ficando bambos e o mundo escurecendo.

Quando volto a mim, estou dentro de uma cela, deitada em uma pequena cama cinza. Lembro de abrir a porta do apartamento e do choque ao ouvir meus direitos sendo lidos para mim como na TV. Foi real? Eu me sento lentamente. Observo o cômodo pequeno, delimitado por barras. Estou numa cela de cadeia, provavelmente no porão daquela mesma delegacia que visitei duas vezes para ser interrogada.

Respiro fundo, me forçando a continuar calma. O cheiro da cela é seco e empoeirado. Ainda estou de pijama, o que me parece uma vestimenta totalmente inapropriada para esta situação específica. O colchão onde estou sentada está manchado com o que a vovó chamaria de "sujeira irresolvível": há sangue e algumas manchas amarelas circulares que podem ser de muitas coisas nas quais não quero pensar. Este colchão é um exemplo de item que, embora ainda útil, deve ser jogado fora imediatamente, porque não há possibilidade de devolvê-lo a um estado de absoluta perfeição.

Quão limpa está o resto da cela, me pergunto. Penso então que muito pior do que ser camareira de hotel seria trabalhar como faxineira em um lugar desses. Imagine a abundância de bactérias e imundície que se acumulou aqui ao longo dos anos. Não, não posso me concentrar nisso.

Coloco meus pés com as pantufas no chão.

Pense pelo lado positivo.

Lado positivo. Estou tentando achar um quando olho para minhas mãos e vejo que estão sujas. Manchadas. Tenho marcas de tinta preta em cada dedo. A lembrança vem de repente: deitada nesta cama, nesta cela minúscula infestada de germes, dois policiais guiaram cada um de meus dedos a um mata-borrão com tinta preta. Não tiveram nem a decência de me deixar lavar as mãos depois, embora eu tenha pedido. Não me lembro de muita coisa depois disso. Talvez eu tenha desmaiado outra vez. É difícil saber há quanto tempo isso aconteceu. Cinco minutos ou cinco horas?

Antes que eu consiga pensar em qualquer outra coisa, o jovem policial que estava na porta da minha casa aparece do outro lado das barras.

— Ah, você está acordada — diz ele. — Você está na delegacia, consegue entender? Desmaiou na porta de casa e aqui dentro também. Lemos os seus direitos para você. Está presa. Várias acusações. Você se lembra?

— Sim — respondo.

Não me lembro exatamente por que fui presa, mas sei que com certeza tem a ver com a morte do Sr. Black.

A detetive Stark aparece ao lado do jovem policial. Está vestida à paisana agora, mas isso não altera em nada o medo que sinto no instante em que os olhos dela encontram os meus.

— Pode deixar que eu cuido disso — diz ela. — Molly, venha comigo.

O jovem policial gira uma chave na porta da cela e a abre para mim.

— Obrigada — digo ao passar.

A detetive Stark vai na frente. Atrás de mim, o policial nos segue, se assegurando de que estou presa entre eles. Sou acompanhada por um corredor com três outras celas. Tento não olhar dentro delas, mas em vão. Fito um homem pálido com ferimentos no rosto, segurando as barras da cela dele. Do outro lado, uma mulher jovem está deitada na cama, com roupas rasgadas e chorando.

Pense pelo lado positivo.

Subimos alguns degraus. Evito encostar no corrimão, coberto de sujeira e pó. Finalmente, chegamos a uma sala familiar, que já visitei duas vezes. A detetive Stark acende as luzes.

— Sente — ordena ela. — Já veio aqui tantas vezes que deve se sentir em casa.

— Não me sinto nem um pouco em casa — digo, transformando minha voz em uma navalha afiada.

Eu me sento na cadeira bamba atrás da mesa branca imunda, tomando cuidado para não apoiar no encosto. Meus pés estão frios, apesar das pantufas felpudas.

O jovem policial entra com um café em um pavoroso copo de isopor, outro com leite e um bolinho num prato de papel. E uma colher de metal. Ele coloca tudo isso na mesa, depois sai. A detetive Stark fecha a porta.

— Coma — diz ela. — Não queremos que você desmaie outra vez.

— Obrigada pela gentileza — respondo, porque quando nos oferecem comida, temos que agradecer.

Não acredito que ela esteja sendo genuinamente gentil, mas não importa. Estou faminta. Meu corpo precisa de sustento. Preciso que ele fique firme, que me ajude a enfrentar o que está por vir.

Eu pego a colher e a reviro nas mãos. Há um volume seco e cinzento na parte de baixo. Largo-a imediatamente.

— Você toma café com leite? — pergunta a detetive Stark.

Ela se sentou diante de mim, do outro lado da mesa.

— Só um pouco. Obrigada — digo.

Ela pega o copo de leite e derrama uma pequena porção dentro do copo. Está prestes a pegar a repugnante colher e mexer.

— Não! — digo rapidamente. — Prefiro sem mexer.

Ela me lança aquele olhar que está ficando cada vez mais fácil de interpretar: escárnio e nojo. Então me entrega o copo de isopor, que faz aquele horrível barulho esganiçado quando o levo à boca. Não consigo conter um arrepio.

A detetive Stark empurra o prato com o bolinho para perto de mim.

— Coma — diz ela, mais uma vez.

É uma ordem, não um convite.

— Muito obrigada — digo, enquanto tiro delicadamente o bolinho do papel e corto em quatro pedaços iguais.

Enfio o primeiro quarto na boca. É de uva-passa. E é meu tipo preferido de bolinho: denso e nutritivo, com explosões aleatórias de doçura. É como se a detetive Stark soubesse da minha preferência, mas é claro que não sabia. Só Columbo poderia descobrir isso.

Eu engulo e bebo alguns goles do café amargo.

— Delicioso — comento.

A detetive Stark solta uma risada de deboche. Acho que é deboche mesmo, nenhuma outra palavra definiria. Ela cruza os braços. Isso pode significar que talvez esteja com frio, mas duvido. Ela não confia em mim, e o sentimento é inteiramente mútuo.

— Você tem noção de que está sendo acusada de alguns crimes, certo? — indaga ela. — De posse de arma ilegal, de posse de drogas. E de homicídio qualificado.

Eu quase engasgo com meu gole seguinte de café.

— Isso é impossível — digo. — Nunca fiz mal a ninguém em toda a minha vida, muito menos matei alguém.

— Olha — diz ela —, nós achamos que você matou o Sr. Black. Ou que teve alguma coisa a ver com a morte dele. Ou que sabe quem matou. O relatório da autópsia saiu. É definitivo, Molly. Não foi um ataque cardíaco. Ele foi asfixiado. Foi assim que morreu.

Enfio outro pedaço do bolo na minha boca e me concentro em mastigar. É sempre bom mastigar cada mordida entre dez e vinte vezes. Vovó dizia que isso ajuda na digestão. Começo a contar mentalmente.

— Quantos travesseiros você deixa na cama quando arruma os quartos do hotel? — pergunta a detetive Stark.

Obviamente, eu sei a resposta, mas estou de boca cheia. Seria falta de educação responder agora.

— Quatro — diz a detetive antes que eu esteja pronta para responder. — Quatro travesseiros em cada cama. Verifiquei com o Sr. Snow e outras camareiras. Mas só tinha três travesseiros na cama do Sr. Black quando eu cheguei na cena do crime. Onde foi parar o quarto travesseiro, Molly?

Seis, sete, oito mastigações. Engulo e estou prestes a falar, mas antes que eu consiga, a detetive bate as duas mãos com força na mesa que nos separa, o que faz com que eu quase caia da minha cadeira.

— Molly! — grita ela. — Acabei de insinuar que você assassinou um homem a sangue-frio com um travesseiro, e você está parada, comendo um bolinho calmamente.

Eu faço uma pausa para regular meu batimento cardíaco, que está muito acelerado. Não estou acostumada com pessoas gritando comigo ou me acusando de crimes hediondos. É extremamente desconcertante. Dou um golinho no café para acalmar meus nervos.

— Vou dizer de outro jeito, detetive — começo, enfim. — Eu não matei o Sr. Black. E certamente não o asfixiei com um travesseiro. E, só para constar, não há nenhuma possibilidade de eu jamais ter ficado em posse de drogas. Nunca vi nem experimentei nenhuma droga em toda a minha vida. Além disso, foram drogas que mataram a minha mãe. E que quase levaram a minha avó junto, que ficou de coração partido.

— Você mentiu pra nós, Molly. Sobre sua relação com Giselle. Ela contou pra nós que vocês duas costumavam ficar conversando na suíte dos Black bem depois de você ter terminado de limpar, e que falavam de assuntos pessoais. Ela também disse que você tirou dinheiro da carteira do Sr. Black.

— O quê? Não foi isso que ela quis dizer! Ela quis dizer que eu peguei o dinheiro, no sentido de aceitar. Ela me *deu* o dinheiro.

Meus olhos vão da detetive para a câmera que pisca no canto da sala.

— Giselle sempre me deu gorjetas generosas, por vontade própria. Era ela quem pegava notas da carteira do Sr. Black, não eu.

A boca da detetive Stark forma uma linha reta. Eu endireito meu pijama e corrijo minha postura na cadeira.

— Depois de tudo que eu disse, é esse ponto que você quer esclarecer?

Os ângulos retos da sala começam a se curvar e dobrar. Respiro fundo para me estabilizar, esperando até que a mesa tenha cantos em vez de curvas.

É muita informação. Não consigo assimilar tudo. Por que as pessoas não dizem simplesmente o que querem dizer? Imagino que a detetive tenha falado com Giselle de novo, mas é impossível acreditar que Giselle tenha apresentado uma falsa imagem de mim. Ela não faria uma coisa dessas, não com uma amiga.

Um tremor começa na minha mão e percorre meu corpo inteiro. Pego o copo de isopor e quase derramo o café na minha pressa de levá-lo aos lábios.

Tomo uma decisão rápida.

— Tenho que esclarecer uma coisa — digo. — É verdade que Giselle me contou coisas e que eu a considero… considerava uma amiga. Peço desculpas por não ter deixado isso totalmente claro para você antes.

A detetive Stark assente.

— Não ter deixado isso totalmente claro? Hum. Tem mais alguma coisa que você decidiu "não deixar totalmente clara"?

— Tem. Na verdade, tem, sim. Minha avó sempre dizia que, se a gente não tem nada de positivo para dizer sobre alguém, é melhor ficar calada. E foi por isso que falei pouco sobre o próprio Sr. Black. Devo dizer que ele estava longe de ser a pessoa que todo mundo parece achar que ele era. Talvez você devesse investigar os inimigos dele. Já te contei que Giselle foi fisicamente agredida por ele. Era um homem muito perigoso.

— Perigoso a ponto de você dizer a Giselle que ficaria melhor sem ele?

— Eu nunca…

Mas me interrompo, porque disse aquilo, sim. Eu me lembro, agora. Achava isso na época e ainda acho.

Preencho minha boca com um pedaço de bolo. É um alívio ter uma razão legítima para não falar. Volto para a regra de mastigação de vovó. Um, dois, três…

— Molly, nós falamos com muitos dos seus colegas de trabalho. Sabe como te descrevem?

Eu paro minha contagem para balançar a cabeça.

— Dizem que você é estranha. Reservada. Meticulosa. Obcecada por limpeza. Uma aberração. E coisa pior.

Alcanço a décima mastigação e engulo, mas isso não alivia em nada o nó que se fecha na minha garganta.

— Sabe o que mais alguns de seus colegas de trabalho falaram sobre você? Disseram que conseguiam imaginar facilmente você matando alguém.

Cheryl, claro. Só ela diria uma coisa tão odiosa.

— Não gosto de falar mal das pessoas — respondo. — Mas já que você está me pressionando, Cheryl Green, a camareira-chefe, limpa pias com o pano da privada. Isso não é um eufemismo. Estou falando literalmente. Ela finge que está doente quando não está. Espia dentro do armário das pessoas. E rouba gorjetas. Se é capaz de roubo e crimes de higiene, do que mais ela é capaz?

— Do que mais *você* é capaz, Molly? Roubou a aliança do Sr. Black e levou numa casa de penhores.

— O quê? — digo. — Eu não roubei, só achei. Quem te contou isso?

— Cheryl seguiu você até a loja. Sabia que você estava aprontando alguma. Encontramos o anel na vitrine, Molly. O dono da loja descreveu você perfeitamente: alguém que fica camuflada até a hora em que começa a falar. O tipo de pessoa que a gente esquece facilmente na maioria das circunstâncias.

Sinto meu batimento cardíaco acelerar. Não consigo manter minha mente focada. Isso não diz nada de bom sobre meu caráter, e eu preciso reparar o dano.

— Eu sei, eu não deveria ter penhorado o anel — confesso. — Usei a regra errada, a do "achado não é roubado", quando deveria ter usado a de "não fazer com os outros o que não gostaria que fizessem comigo". Me arrependo dessa escolha, mas isso não faz de mim uma ladra.

— Você já roubou outras coisas — diz ela.

— Não roubei, não — afirmo, cruzando os braços para pontuar meu desdém; uma postura que indica indignação.

— O Sr. Snow já viu você roubar comida de bandejas, e potinhos de geleia.

Sinto meu estômago cair dentro de mim, como quando o elevador do hotel está prestes a pifar. Não sei o que é mais humilhante: se o fato de o Sr. Snow ter me visto fazendo isso ou o fato de nunca ter dito nada a respeito para mim.

— Ele falou a verdade — admito. — Eu aproveitei comida que tinha sido jogada fora, comida que iria parar na lata do lixo de qualquer maneira. A regra aqui é "não ao desperdício, não à escassez". Não é roubo.

— Tudo depende da forma que se olha, Molly. Uma de suas colegas, outra camareira, disse que se preocupa porque acha que você não consegue detectar perigo.

— Sunitha — falo. — Só pra constar, ela é uma excelente camareira.

— Não é a reputação *dela* que está em jogo aqui.

— Você falou com o Sr. Preston? — pergunto. — Ele confirmaria meu caráter.

— Falamos com o porteiro, sim. Ele disse que você "não tinha culpa", uma escolha interessante de palavras, e que a gente deveria procurar a sujeira em outro lugar. Mencionou alguns membros da família Black, além de alguns personagens estranhos que entram e saem à noite. Mas foi como se ele estivesse se esforçando para te proteger, Molly. Ele sabe que há algo de podre naquele hotel.

— Não nos quartos que eu limpo — rebato.

A detetive Stark dá um suspiro audível.

— Caramba. O dia vai ser longo.

— E Juan Manuel, que lava louça na cozinha? — pergunto. — Falaram com ele?

— Por que a gente falaria com alguém que lava a louça do hotel, Molly? Quem é ele?

Alguém que tem uma mãe, provedor de uma família, outra abelha operária invisível da colmeia. Uma pessoa interessante. Mas decido não insistir no assunto. A última coisa que quero é metê-lo em confusão. Então, falo o nome da única pessoa que tenho certeza de que confirmaria minha confiabilidade.

— Já falaram com Rodney, o bartender do Social?

— Falamos, sim. Ele disse que achava você, palavras dele, "mais do que capaz de cometer um assassinato".

Toda a energia que vinha mantendo minha coluna ereta se esvai em um instante. Eu me curvo e olho para minhas mãos sobre as coxas. Mãos de camareira. Secas e descascadas, apesar de todo o hidratante que passo nelas. Unhas bem curtas, com calos nas palmas. Mãos de uma mulher muito mais velha do que eu sou de fato. Quem iria querer essas mãos e o corpo ao qual elas pertencem? Como pude achar que Rodney iria?

Se eu olhar para a detetive Stark agora, sei que as lágrimas vão cair dos meus olhos, então me concentro nos pequenos bules alegres do meu pijama: rosa-choque, azul-claro e amarelo-ovo.

Quando a detetive fala, sua voz é mais suave do que antes:

— Suas impressões digitais estavam por toda parte na suíte dos Black.

— Claro que estavam — confirmo. — Eu limpava aquela suíte todo dia.

— E também limpava o pescoço do Sr. Black? Porque havia resquícios do seu produto de limpeza ali também.

— Porque eu verifiquei a pulsação dele antes de pedir ajuda!

— Você tinha vários planos de como matá-lo, Molly, então por que, no fim das contas, escolheu asfixia em vez da arma? Achou mesmo que não seria pega?

Não posso erguer os olhos. Não posso.

— Encontramos o revólver dentro do seu aspirador.

Sinto minhas entranhas se contorcerem, o dragão se debate lá dentro.

— O que estavam pensando, mexendo no meu aspirador?

— O que *você* estava pensando, Molly, escondendo um revólver lá dentro?

Minha pulsação está a mil. A única outra pessoa que sabia a respeito do anel e do revólver era Rodney. Não consigo. Não consigo juntar as peças na minha mente.

— Fizemos uma perícia no seu carrinho de limpeza — diz a detetive Stark. — E tinha traços de cocaína. Sabemos que você não é a chefe nessa história, Molly. Você simplesmente não é esperta o bastante para isso. Acreditamos que Giselle apresentou você para o Sr. Black, que ela preparou você para trabalhar para o marido dela. Acreditamos que você e o Sr. Black se conheciam bem e que você o estava ajudando a esconder o lucrativo negócio de tráfico de drogas que ele conduzia no hotel. Alguma coisa deve ter dado errado entre vocês dois. Talvez você tenha ficado com raiva dele e matado o Sr. Black. Ou talvez estivesse ajudando Giselle a sair de uma situação ruim. De qualquer forma, você estava envolvida. Então, como eu falei, isso pode seguir por dois caminhos. Você pode confessar sua culpa agora, de todas as acusações, incluindo homicídio qualificado. O juiz vai levar em consideração sua confissão e declaração de culpa. Uma demonstração imediata de arrependimento, assim como qualquer informação que você possa fornecer sobre o esquema de tráfico de drogas que acontece no hotel, podem ajudar muito a reduzir sua pena.

Os bules dançam no meu pijama. A detetive continua falando, mas a voz dela está cada vez mais baixa e distante.

— Ou então podemos seguir pelo caminho mais lento e longo. Podemos coletar mais pistas e acabar no tribunal. De qualquer jeito, camareira Molly, acabou a farsa. Então, qual dos dois você escolhe?

Sei que não estou pensando direito. E não conheço as regras de etiqueta para quando a pessoa está sendo acusada de assassinato. De repente, me lembro de *Columbo*.

— Você leu meus direitos, mais cedo. Na porta da minha casa. Disse que eu tenho o direito de consultar um advogado. Se eu contratar um, tenho que pagar com antecedência?

A detetive Stark revira os olhos com uma exasperação tão óbvia que até eu percebo.

— Não. Advogados não costumam esperar pagamento adiantado — diz ela.

Ergo a cabeça e olho bem para ela.

— Nesse caso, eu gostaria de fazer um telefonema, por favor. Exijo falar com um advogado.

A detetive empurra a cadeira para trás, fazendo um barulho irritante. Tenho certeza de que ela acaba de acrescentar mais uma marca desagradável ao chão já repleto delas. Ela abre a porta da sala de interrogatório e diz algo para o jovem policial que está de vigia lá fora. Ele pega um celular no bolso traseiro da calça e entrega para ela. É o meu celular. O que ele está fazendo com o meu celular?

— Pronto — diz a detetive.

Ela larga meu telefone na mesa com um baque.

— Vocês pegaram meu celular — digo. — Quem deu esse direito a vocês?

A detetive Stark arregala os olhos.

— Você — responde ela. — Depois de desmaiar dentro da cela, você insistiu que a gente pegasse seu telefone caso você precisasse dele mais tarde para ligar para um amigo.

A verdade é que não me lembro, mas algo me incomoda vagamente no fundo da minha consciência.

— Muito obrigada — digo.

Pego meu telefone e aperto em "contatos". Busco em meio aos oito nomes: Giselle, Vovó, Cheryl Green, Olive Garden, Sr. Preston, Rodney, Sr. Rosso, Sr. Snow. Reflito sobre quem está realmente do meu lado... e quem talvez não esteja. Os nomes rodopiam diante dos meus olhos. Espero até conseguir enxergar com clareza. Escolho e ligo. Ouço tocar. Alguém atende.

— Sr. Preston? — pergunto.

— Molly? Você está bem?

— Por favor, me perdoe por estar atrapalhando o senhor em um horário tão inconveniente. Deve estar se arrumando para ir trabalhar.

— Agora não. Vou trabalhar mais tarde hoje. Querida, o que está acontecendo?

Olho em torno da sala branca com as luzes fluorescentes que recaem sobre mim. A detetive Stark me encara com seu olhar gélido.

— A verdade, Sr. Preston, é que não estou bem. Fui presa por homicídio. E mais. Estou sendo detida na delegacia mais próxima do hotel. E eu... detesto pedir isso, mas preciso da sua ajuda.

Capítulo 16

Quando eu encerro meu telefonema com o Sr. Preston, a detetive Stark estende a mão. Para ser sincera, eu não sei o que ela quer, então pego meu copo de isopor vazio e o entrego, achando que nós terminamos aqui e ela está arrumando a mesa.

— Você está de brincadeira? — diz ela. — Agora acha que sou sua faxineira?

Não acho isso de forma alguma. Se ela fosse uma faxineira minimamente decente, esta sala não teria o aspecto que tem: cheia de manchas, arranhões, sujeira e pó. Se eu tivesse ao menos um guardanapo e uma garrafa de água, passaria o tempo limpando este chiqueiro.

A detetive Stark pega o celular da minha mão.

— Vou recuperar meu telefone? Tenho contatos essenciais que detestaria perder.

— Vai recuperar — responde ela. — Um dia.

A detetive confere o relógio no pulso.

— Então, tem mais alguma coisa que você queira dizer enquanto esperamos seu advogado?

— Peço desculpas, detetive. Por favor, não leve meu silêncio para o lado pessoal. Primeiro, eu nunca fui muito boa em jogar conversa fora e, quando sou obrigada a fazer isso, com frequência digo a coisa errada. Segundo, estou ciente do meu direito de permanecer calada e vou começar a colocá-lo em prática imediatamente.

— Está bem. Faça como quiser.

Depois do que me parece uma eternidade nada divina, há uma batida forte na porta.

— Isso vai ser interessante — comenta a detetive Stark, se levantando da cadeira e abrindo a porta da sala.

É o Sr. Preston, vestido à paisana. Eu quase nunca o vi sem o quepe e o traje de porteiro. Ele está com uma camisa azul bem passada e calça jeans escura. Há uma mulher com ele, vestida de maneira muito mais formal, com um terninho azul-marinho feito sob medida, carregando uma pasta de couro preta. O cabelo dela é curto e tem cachos perfeitos. Os olhos castanho-escuros revelam de imediato quem ela é, porque são muito parecidos com os do pai.

Fico de pé para cumprimentá-los.

— Sr. Preston — digo, mal conseguindo conter meu alívio em vê-los.

Eu me movo um pouco rápido demais e bato o quadril na mesa. Dói, mas não chega a conter a enchente de palavras que sai da minha boca.

— Estou tão contente que vocês estejam aqui. Muito obrigada por terem vindo. É que acabo de ser acusada de coisas horríveis. Nunca fiz mal a ninguém, nunca encostei em nenhuma droga em toda a minha vida, e a única vez que segurei uma arma foi…

— Molly, eu sou a Charlotte — diz a filha do Sr. Preston, me interrompendo. — Meu conselho profissional é que você fique calada neste momento. Ah. E é um grande prazer te conhecer. Meu pai me contou muita coisa a seu respeito.

— Eu acho bom um de vocês dois ser advogado, ou vou perder a cabeça — afirma a detetive Stark.

Charlotte dá um passo à frente, e os saltos altos dela batem ruidosamente no chão industrial frio.

— Eu sou advogada. Charlotte Preston, do escritório Billings, Preston & García — informa ela, entregando um cartão de visita para a detetive.

— Querida — o Sr. Preston fala para mim —, estamos aqui agora, então não se preocupe com nada. Isso tudo é apenas um grande...

— Pai — interrompe Charlotte.

— Desculpe, desculpe — responde ele, então une o dedão e o dedo indicador e os passa diante dos lábios cerrados, como um zíper.

— Molly, você aceita ser representada por mim?

Eu fico calada.

— Molly? — insiste ela.

— Você me disse para não falar. Devo falar agora?

— Peço desculpas. Não fui clara. Você pode falar, só não diga nada relacionado às acusações feitas. Vou perguntar outra vez: você aceita ser representada por mim?

— Ah. Sim, seria uma grande ajuda — respondo. — Podemos conversar sobre um plano de pagamento em um momento mais conveniente?

O Sr. Preston tosse, cobrindo os lábios com a mão.

— Eu ofereceria um guardanapo, Sr. Preston, mas infelizmente não trouxe nenhum comigo.

Fito a detetive Stark, que está balançando a cabeça de um lado para o outro.

— Por favor, não se preocupe com o pagamento agora. Vamos nos concentrar em tirar você daqui — responde Charlotte.

— Você tem noção de que pra tirar ela daqui vão ter que pagar oitocentos mil dólares de fiança? Agora, deixa eu ver... — diz a detetive, levando o dedo indicador aos lábios — ... acho que isso é um pouquinho acima do salário e dos bens de uma camareira, não é?

— Tem razão, detetive — concorda Charlotte. — Camareiras e porteiros costumam ganhar menos do que merecem e são subvalorizados. Mas nós, advogados, ganhamos muito bem. Até onde sei, melhor do que detetives. Eu já cuidei da fiança com a escrivã.

Ela sorri para a detetive Stark. Posso dizer com 100% de certeza que não é um sorriso amigável.

Charlotte se vira para mim.

— Molly — diz ela —, marquei uma audiência de fiança para você ainda nesta manhã. Não posso representar você lá, mas já coloquei algumas cartas no arquivo em seu nome.

— Cartas? — pergunto.

— É, uma do meu pai, que fez uma declaração de caráter, e uma minha, dizendo que vou pagar sua fiança. Se tudo correr bem, você vai ser liberada esta tarde.

— É mesmo? — indago. — Simples assim? Vou ser liberada e tudo isso vai estar terminado?

Olho dela para o Sr. Preston.

— Não mesmo — responde a detetive Stark. — Mesmo que consigam tirar você daqui agora, ainda vai ter que ser julgada. Não é como se a gente fosse retirar as acusações.

— Esse é o seu telefone? — pergunta Charlotte para mim.

— É — digo.

— Vai garantir que ele fique trancado em segurança em algum lugar, não é, detetive? Não vai usar como evidência.

A detetive Stark faz uma pausa com a mão no quadril.

— Não é minha primeira vez, mocinha. Estou com a chave da casa dela também, aliás, porque ela insistiu que eu pegasse depois que desmaiou.

A detetive pega meu chaveiro no bolso e joga na mesa. Se eu tivesse um lencinho antisséptico, pegaria imediatamente minha chave para desinfetá-la.

— Ótimo — diz Charlotte, pegando o chaveiro e o telefone. — Vou falar com a escrivã na entrada para que ela registre isso tudo como pertences pessoais, não evidências.

— Ok — responde a detetive Stark.

O Sr. Preston está me olhando de um jeito firme, com as sobrancelhas unidas. Pode ser que esteja muito concentrado, mas acho mais provável que seja preocupação.

— Não se preocupe — diz ele. — Vamos esperar por você depois da audiência.

— Vemos você lá fora — acrescenta Charlotte.

E, com isso, os dois dão meia-volta e saem.

Depois que se vão, a detetive Stark fica parada, com os braços cruzados e me fuzilando com os olhos.

— O que faço agora? — pergunto, com a respiração pesada.

— Você e seus bules de chá voltam para a cela e esperam pacientemente até a audiência — responde a detetive.

Eu me levanto e endireito meu pijama. O jovem policial lá fora está pronto para me acompanhar de volta à repugnante cela.

— Muito obrigada — digo para a detetive antes de sair.

— Obrigada por quê?

— Pelo bolinho e o café. Espero que a sua manhã seja mais agradável do que a minha.

Capítulo 17

Eu já acho estranho estar de pijama à tarde, mas estar dentro de um tribunal com uma vestimenta tão completamente inadequada é particularmente aflitivo. Um dos policiais da detetive Stark teve a gentileza de me trazer de carro até o tribunal há cerca de uma hora, e agora estou aqui, sentada em uma salinha com um homem muito jovem que vai ser meu advogado durante a audiência de fiança. Ele perguntou meu nome, olhou as acusações contra mim, me disse que seríamos chamados para o tribunal quando o juiz estivesse pronto e então alegou que tinha alguns e-mails para ler. Pegou o celular e dedica sua total atenção a ele há pelo menos cinco minutos. Não tenho ideia do que devo fazer enquanto isso. Mas não importa. Me dá tempo de me recompor.

Sei pelo que vi na TV que, enquanto ré, eu deveria estar usando uma camisa limpa, abotoada até o pescoço, e calça social. Com toda a certeza não deveria estar de pijama.

— Com licença — digo para o jovem advogado. — Seria possível eu ir até a minha casa e trocar de roupa antes da audiência?

O rosto dele se contrai totalmente.

— Você não pode estar falando sério — responde. — Tem noção da sorte que tem de estar sendo atendida hoje?

— Estou falando sério — confirmo. — Bastante.

Ele enfia o celular no bolso do paletó.

— Uau. Tenho uma péssima notícia para você, então.

— Certo, me conte, por favor — peço.

Mas ele não diz uma palavra. Só me encara com a boca aberta, o que certamente quer dizer que eu cometi alguma gafe, mas não sei qual.

Instantes depois, ele começa a me fazer perguntas.

— Já foi para a cadeia antes?

— Antes de hoje de manhã, não — respondo.

— Aquilo não era uma cadeia — explica ele. — Cadeia é muito pior. Você tem ficha criminal?

— Minha ficha está limpíssima, ora essa.

— Pensa em deixar o país?

— Ah, sim. Eu adoraria visitar as Ilhas Cayman um dia. Ouvi dizer que é lindo lá. Você já foi?

— Diga ao juiz que não pensa em deixar o país — diz ele.

— Como quiser.

— A audiência não vai demorar. São sempre bem básicas, até mesmo nos casos criminais como o seu. Vou tentar fazer com que você saia sob fiança. Imagino que, como todo mundo que é acusado, você não seja culpada e queira sair sob fiança porque é a única cuidadora da sua pobre avó adoentada, certo?

— Eu era. Mas não sou mais — explico. — Ela morreu. E eu não sou culpada de nenhuma das acusações, é claro.

— Certo. É claro — repete o advogado.

Fico grata por aquele voto de confiança imediato.

Estou prestes a entrar em detalhes a respeito da minha completa inocência, mas o telefone dele vibra dentro do bolso.

— É nossa vez — informa ele. — Vamos.

Ele me guia para fora da salinha, por um corredor, e para dentro de um cômodo bem maior, com bancos de ambos os lados e um vasto corredor no meio. Caminho pelo corredor com ele até a parte dianteira do tribunal. Por um instante, eu me imagino em um corredor parecido, com a diferença de que, na minha imaginação, estou dentro de uma igreja vestida de noiva e o homem ao meu lado não é esse desconhecido, mas um homem que conheço bem.

Meu devaneio é grosseiramente interrompido quando meu jovem advogado diz para eu me sentar e indica uma cadeira diante de uma mesa, à direita do juiz.

Quando eu me sento, a detetive Stark entra no tribunal e se senta em uma cadeira idêntica diante de uma mesa idêntica do outro lado do abismo formado pelo corredor.

Sinto meu nervosismo voltar. Uno as mãos sobre as minhas coxas, as apertando na esperança de que uma contenha a tremedeira da outra.

Alguém diz "Todos de pé", e eu sinto a mão do jovem advogado no meu cotovelo fazendo eu me levantar.

O juiz entra por uma porta nos fundos do tribunal e se arrasta até o lugar mais alto do salão, sentando-se com um gemido audível. É sem qualquer maldade que digo que ele me lembra um sapo-untanha. Vovó e eu assistimos a um incrível documentário sobre a floresta amazônica e o sapo-untanha. É uma criatura peculiar. Tem uma longa boca voltada para baixo e sobrancelhas protuberantes, exatamente como o juiz à minha frente.

O processo começa imediatamente, com o juiz pedindo que a detetive Stark fale. Ela apresenta as acusações contra mim. Diz uma série de coisas sobre o caso Black e sobre meu envolvimento nele. Deixa a entender que não sou uma pessoa confiável. Mas é o último dos seus ataques que mais me magoa.

— Vossa Excelência — diz ela —, as acusações contra Molly Gray são muito sérias. E, embora eu esteja ciente de que a ré aqui presente passa uma imagem de perfeita inocência e não parece apresentar qualquer risco de fuga, ela se mostrou não confiável. Assim como o Hotel Regency Grand, onde ela trabalha, que segundo as aparências é um hotel ótimo e de boa reputação, mas, quanto mais investigamos a vida de Molly e seu local de trabalho, mais sujeira encontramos.

Se eu pudesse, bateria o martelo e diria "protesto!", exatamente como fazem na TV.

O juiz não se move, mas interrompe.

— Detetive Stark, quero lembrar que o hotel não é o alvo desta audiência, e que hotel nenhum pode ir ao tribunal. Pode, por favor, ir direto ao ponto?

A detetive pigarreia.

— O ponto é que estamos começando a questionar a natureza da ligação entre Molly e o Sr. Black. Temos indícios significativos de atividades ilegais entre o Sr. Black e a aparentemente inocente camareira que está vendo aqui. Estou profundamente preocupada com a integridade moral e a capacidade dela de seguir as regras e a lei. Em outras palavras, Vossa Excelência, isso aqui é um exemplo primoroso de que as aparências enganam.

Eu acho isso extremamente ofensivo. Tenho meus defeitos, mas é um disparate e uma tolice sugerir que eu não sigo regras. Dediquei minha vida inteira a fazer exatamente isso, até mesmo quando as regras não são adequadas para a minha constituição.

O juiz indica que o jovem advogado fale por mim. Ele fala rápido e agita os braços de forma bem dramática. Explica ao juiz que eu tenho uma ficha criminal limpíssima, que levo uma vida lamentavelmente pacata, que meu trabalho é subalterno e pouco remunerado, o que significa que não apresento qualquer risco de fuga, que nunca, em todos os meus anos de existência, deixei o país, e que ocupo o mesmo endereço há 25 anos, ou seja, minha vida inteira.

Ao encerrar, ele faz uma pergunta:

— Essa jovem se encaixa mesmo no perfil de uma criminosa perigosa ou de uma fugitiva? Digo, sinceramente... dê uma boa olhada no que está à frente dos nossos olhos, Vossa Excelência. Algo não se encaixa.

O maxilar de sapo do juiz está apoiado em suas mãos. Os olhos estão caídos e semicerrados.

— Quem vai pagar a fiança? — pergunta ele.

— Uma conhecida da ré — responde o jovem advogado.

O juiz olha o papel à sua frente.

— Charlotte Preston? — Ele arregala os olhos de leve, então os volta para mim para dizer: — Vejo que tem amigos importantes.

— Geralmente não, Vossa Excelência — respondo. — Mas ultimamente, sim. Também gostaria de pedir desculpas pela minha vestimenta totalmente inadequada. Fui presa na porta de casa num horário inoportuno da manhã e não tive a chance de me vestir da forma respeitosa que seria apropriada para o seu tribunal.

Não sei se era para eu falar, mas é tarde demais agora. Meu jovem advogado está boquiaberto, mas ele não me dá nenhum indício do que eu devo fazer ou dizer.

Após uma pausa considerável, o juiz fala:

— Não vamos julgá-la com base nos seus bules de chá, Srta. Gray, mas na sua propensão a seguir as regras e ficar em casa.

As sobrancelhas impressionantes dele ondulam para acentuar cada palavra dita.

— Isso é uma ótima notícia, Vossa Excelência. Na verdade, sou excelente quando se trata de obedecer a regras.

— Bom saber — responde ele.

O jovem advogado continua totalmente em silêncio. Como não está dizendo uma palavra sequer em minha defesa, eu continuo.

— Vossa Excelência, eu me considero uma pessoa de sorte por ter feito algumas amizades com pessoas de posição muito acima da minha, mas eu sou só uma camareira, entende? Uma camareira de hotel injustamente acusada.

— O seu julgamento não é hoje, Srta. Gray. Entenda que, se a deixarmos sair sob fiança, seus deslocamentos ficarão restritos. Casa, trabalho e cidade apenas.

— Isso resume muito bem minhas rotas até este momento da minha vida, Vossa Excelência. Fora isso, conheço apenas o que eu vejo nos documentários de viagem e natureza na TV, que, imagino, não contam, já que ocorrem no conforto relativo de uma poltrona. Não tenho intenção ou sequer possibilidade financeira de expandir meu raio geográfico, e nem saberia como viajar sozinha. Teria medo de não conhecer as regras em um lugar estrangeiro e bem... de fazer papel de boba.

Faço uma pausa, então percebo minha gafe.

— Vossa Excelência — acrescento rapidamente, com uma pequena reverência.

Um lado da longa boca anfíbia do juiz se curva para cima, formando algo que lembra um sorriso.

— Seria terrível que qualquer pessoa aqui presente fizesse papel de boba — diz o juiz. Então, ele olha para a detetive Stark, que, pela primeira vez, não devolve o olhar. Ele continua: — Srta. Gray, eu concedo sua liberdade condicional. Pode ir.

Capítulo 18

Finalmente, depois de muitos formulários e burocracias, eu me vejo afundando no assento de couro macio do carro luxuoso de Charlotte Preston. Ao sair do tribunal, passei por uma escrivã que disse que conhecia bem Charlotte e ia me levar até ela em segurança. Ela me acompanhou até uma porta nos fundos, onde o Sr. Preston e a filha me aguardavam, conforme tinham prometido. Então os dois me levaram embora neste carro. E estou livre, pelo menos por enquanto.

O painel do carro de Charlotte indica que é uma da tarde. Acredito que o veículo é um Mercedes, mas, como nunca tive um carro e só entro em um em raras ocasiões, não tenho muito conhecimento das marcas mais chiques. O Sr. Preston está sentado no banco do passageiro enquanto Charlotte dirige.

Estou tremendamente grata de estar dentro desse carro e não no tribunal, ou na cela imunda do porão da delegacia. Suponho que eu deva me concentrar no lado positivo em vez de no desagradável. Esse dia me proporcionou muitas experiências novas, e vovó costumava dizer que novas experiências abrem portas que levam ao crescimento pessoal. Não sei se gostei das portas que se abriram hoje, nem das experiências que tive, mas espero que levem ao meu crescimento pessoal a longo prazo.

— Pai, você está com a chave e o telefone da Molly, certo?

— Ah, sim — diz o Sr. Preston. — Obrigado por me lembrar.

Ele tira os itens do bolso e os passa para mim.

— Obrigada, Sr. Preston — digo.

Só então me ocorre.

— Posso perguntar aonde estamos indo?

— Para a sua casa, Molly — responde Charlotte. — Estamos levando você para casa.

O Sr. Preston se vira no assento do passageiro para me olhar nos olhos.

— Olha, não se preocupe, Molly — diz ele. — Charlotte vai te ajudar, *pro bono*, e não vamos parar até que tudo esteja nos trinques.

— Mas e a fiança? — pergunto. — Eu não tenho nem perto desse tanto de dinheiro.

— Tudo bem, Molly — responde Charlotte, sem tirar os olhos da rua. — Eu não preciso pagar de fato, só se você fugir.

— Bem, não vou fazer isso — afirmo, me inclinando para o espaço entre os dois assentos.

— Parece que o velho juiz Wight percebeu isso rapidinho, pelo que me disseram — comenta Charlotte.

— Como soube disso tão rápido? — indaga o Sr. Preston.

— Os escrivães, assistentes e repórteres do tribunal. As pessoas comentam. É só falar direitinho com eles e te dão informações privilegiadas. Só que a maioria dos advogados os trata muito mal.

— Esse é o mundo em que vivemos — comenta o Sr. Preston.

— Infelizmente. Também disseram que o juiz Wight não tem a menor pressa de revelar o nome da Molly à imprensa. Me parece que ele sabe que Stark está atrás da pessoa errada.

— Não sei como tudo isso pode ter acontecido — digo. — Sou só uma camareira, tentando fazer meu trabalho da melhor forma possível. Não sou... não sou culpada de nenhuma dessas acusações.

— Sabemos disso, Molly — me assegura o Sr. Preston.

— Às vezes a vida não é justa — acrescenta Charlotte. — E, se eu aprendi alguma coisa ao longo de anos nesse trabalho, Molly, é que não faltam criminosos por aí, prontos para tirar vantagem de alguém em benefício próprio.

O Sr. Preston se vira de novo em seu assento para me olhar. Rugas profundas surgiram na testa dele.

— A vida deve estar difícil sem a sua avó — diz ele. — Sei que você contava muito com ela. Sabia que ela me pediu para ficar de olho em você, antes de morrer?

— Pediu? — pergunto.

Como eu gostaria que ela estivesse aqui. Olho a paisagem, para além da janela e das lágrimas que se formaram nos meus olhos.

— Obrigada. Por ficar de olho em mim.

— Disponha — responde o Sr. Preston.

Quando meu prédio aparece, tenho quase certeza de que nunca fiquei tão feliz em vê-lo.

— Acha que seria apropriado eu ir trabalhar hoje, Sr. Preston?

Charlotte vira a cabeça para o pai, então olha para a rua outra vez.

— Infelizmente não, Molly. É esperado que você tire um tempo de folga — afirma o Sr. Preston.

— Não seria melhor telefonar para o Sr. Snow para confirmar?

— Não, nesse caso não. O melhor agora é você não entrar em contato com ninguém do hotel.

— Tem vaga para visitantes nos fundos do prédio — digo. — Eu nunca usei, já que as visitas que vovó e eu recebíamos normalmente eram amigas dela e nenhuma tinha carro.

— Você manteve contato com elas? — pergunta Charlotte, enquanto estaciona em uma vaga livre.

— Não — respondo. — Não depois que vovó morreu.

Assim que estacionamos, saímos do carro e vou na frente, em direção ao prédio.

— Por aqui — digo, apontando a escada.

— Não tem elevador? — indaga Charlotte.

— Infelizmente, não — respondo.

Subimos em silêncio até o meu andar e estamos percorrendo o corredor em direção ao meu apartamento quando o Sr. Rosso sai de dentro do dele.

— Você! — diz ele, apontando um dedo indicador rechonchudo para mim. — Você trouxe a polícia para o prédio! Prenderam você! Molly, você não presta, não pode mais morar aqui. Estou despejando você, está me ouvindo?

Antes que eu possa responder, sinto uma mão no meu braço. Charlotte passa na minha frente e fica a muito menos que um carrinho de distância do rosto do Sr. Rosso.

— Você é o proprietário, imagino?

O Sr. Rosso faz uma careta igual à que sempre faz quando digo que vou atrasar um pouco no pagamento do aluguel.

— Sou o proprietário — confirma. — Quem diabo é você?

— Sou a advogada da Molly — responde Charlotte. — Você tem noção de que este prédio está em violação de diversos códigos e estatutos, certo? Porta de incêndio com rachaduras, estacionamento estreito demais. E qualquer edifício residencial com mais de cinco andares tem que ter um elevador funcionando.

— É caro demais — diz o Sr. Rosso.

— Tenho certeza de que os inspetores da prefeitura já ouviram essa desculpa antes. Deixe-me te oferecer um conselho legal gratuito. Como é seu nome mesmo?

— É Sr. Rosso — digo, para ajudar.

— Obrigada, Molly — agradece ela. — Não vou esquecer.

Então ela se volta para ele.

— Então, o conselho gratuito é: não pense na minha cliente, não fale sobre a minha cliente, não perturbe ou ameace a minha cliente com uma ordem de despejo nem nada do tipo. Até que eu diga o contrário, ela tem o direito de estar aqui, como qualquer outra pessoa. Está entendido? Está claro?

O rosto do Sr. Rosso ficou vermelho-vivo. Imagino que ele vai falar algo, mas, para minha surpresa, ele permanece em silêncio. Limita-se assentir e depois entra no próprio apartamento, fechando a porta silenciosamente.

O Sr. Preston sorri para Charlotte.

— Essa é a minha garota — diz ele.

Pego minha chave e abro a porta do apartamento.

Uma das grandes virtudes do regime de limpeza diária da vovó é que o apartamento está sempre em estado adequado para receber visitas inesperadas. Não que eu costume receber alguma. À exceção da visita indesejada da polícia mais cedo e da chocante visita de Giselle na terça-feira, esta é uma das poucas vezes em que tenho a oportunidade de tirar proveito dessa vantagem.

— Por favor, entrem — digo, guiando Charlotte e o Sr. Preston para dentro do apartamento.

Ainda estou de pantufas, e elas têm uma sola esponjosa que não dá para limpar adequadamente com um pano. Então pego um saco plástico no armário e as enfio dentro, PHMT — Para Higienizar Mais Tarde. O Sr. Preston e Charlotte escolhem não tirar os sapatos, o que não me incomoda, dada a tamanha gratidão que sinto por eles neste momento exato.

— Posso guardar sua bolsa? — pergunto a Charlotte. — Os armários são pequenos, mas sou especialista em matéria de organização espacial.

— Na verdade, vou precisar da bolsa — diz ela. — Para fazer anotações.

— Claro — respondo, mas sinto o chão oscilar sob meus pés, pois me dou conta da razão pela qual ela está aqui e do que está por vir.

Até aqui, estive me concentrando no prazer de ter gente — pessoas amigáveis, prestativas — no meu entorno. Tentei ignorar o fato de que, muito em breve, vou ter que pensar mais a fundo sobre tudo o que aconteceu comigo hoje e nos últimos dias. Vou ter que compartilhar detalhes e relembrar coisas nas quais sequer quero pensar. Vou ter que explicar tudo o que deu errado. Vou ter que escolher o que dizer.

Assim que tenho esses pensamentos, começo a tremer.

— Molly — diz o Sr. Preston, levando uma das mãos ao meu ombro. — Tudo bem se eu for na cozinha e preparar um chá para nós? Charlotte pode confirmar que sou muito bom em fazer chá, pelo menos para um velho atrapalhado como eu.

Charlotte entra na sala.

— Ele é craque em fazer chá, esse meu pai. Deixe isso com ele e pode ir cuidar de você, Molly. Imagino que esteja louca para trocar de roupa.

— Com toda a certeza — digo, olhando para o meu pijama. — Não vou demorar.

— Sem pressa. Estaremos aqui quando você estiver pronta.

Do corredor, consigo ouvir o Sr. Preston cantarolando e mexendo aqui e ali na cozinha. Isto com certeza é uma transgressão das regras de etiqueta. Os hóspedes deveriam ficar sentados confortavelmente na sala de estar enquanto eu cuido deles, não o contrário. Mas não sou capaz de seguir protocolos neste momento. Mal consigo pensar direito. Estou nervosa demais. Estou de pé, paralisada no meu próprio corredor, e Charlotte se junta ao Sr. Preston na cozinha. Eles conversam um com o outro como dois passarinhos. É um som tão agradável quanto um raio de sol e esperança, e, por um instante, eu me pergunto o que fiz para merecer a sorte de tê-los aqui. Minhas pernas recuperam a mobilidade aos poucos. Vou até a cozinha e paro na soleira da porta.

— Obrigada — digo. — Não sei nem como agradecer por...

O Sr. Preston me interrompe.

— Pote de açúcar? Sei que deve estar em algum lugar por aqui.

— No armário ao lado do fogão. Primeira prateleira — respondo.

— Pode ir. Deixe o resto com a gente.

Eu me viro e sigo para o banheiro, onde tomo um banho rápido, grata que haja água quente de verdade hoje e aliviada por poder esfregar da minha pele a sujeira da delegacia e do tribunal. Entro na sala alguns minutos depois vestindo uma camisa branca de botão e uma calça preta. Estou me sentindo bem melhor.

O Sr. Preston está no sofá, e Charlotte, diante dele, em uma cadeira que trouxe da cozinha. Ele encontrou a linda bandeja de prata da vovó no armário, a que compramos em uma loja de artigos usados muito tempo atrás, por um preço bem em conta. É estranho ver a bandeja nas mãos grandes e masculinas do Sr. Preston. Todo o conjunto de chá está profissionalmente arrumado sobre a mesa em frente ao sofá.

— Onde aprendeu a servir chá tão bem, Sr. Preston?

— Eu nem sempre fui porteiro, sabia? Tive que trabalhar duro para chegar lá — diz ele. — E pensar que tenho uma filha advogada…

Seus olhos se enrugam enquanto ele admira a filha. É um olhar que me lembra tanto vovó que tenho vontade de chorar.

— Posso te servir uma xícara? — me pergunta o Sr. Preston.

Ele não espera minha resposta.

— Um cubo de açúcar ou dois?

— Acho que hoje é um dia que merece dois — respondo.

— Para mim, todo dia merece dois — afirma ele. — Preciso de toda a doçura que eu conseguir encontrar.

Na realidade, eu também. Preciso do açúcar porque estou me sentindo fraca de novo. Não como nada desde o bolinho de uva-passa da delegacia, hoje de manhã. Não tenho comida suficiente no armário para três pessoas, e comer sozinha seria o auge da deselegância.

— Pai, você precisa diminuir o açúcar — diz Charlotte, balançando a cabeça. — Sabe que não faz bem para você.

— Ah, você sabe. Papagaio velho não aprende a falar, não é, Molly?

Ele dá uns tapinhas na barriga e ri.

Charlotte coloca a xícara na mesa. Então pega o bloco de notas amarelo e uma elegante caneta dourada que tinha deixado no chão, ao lado da cadeira.

— Molly, sente-se. Está pronta para falar? Vou precisar que você me conte tudo sobre os Black e por que acha que está sendo acusada de… bem, de muitas coisas.

— Injustamente acusada — corrijo, enquanto me sento ao lado do Sr. Preston.

— Isso é evidente, Molly — responde Charlotte. — Desculpe por não ter deixado isso claro de imediato. Meu pai e eu não estaríamos aqui se não acreditássemos em você. Papai está convencido de que você não tem nada a ver com tudo isso. Há muito tempo ele desconfia de que alguma coisa nefasta acontece naquele hotel.

Ela faz uma pausa e observa o cômodo ao redor. Os olhos dela recaem sobre as cortinas floridas da vovó, depois na cristaleira e nas imagens de paisagens inglesas na parede.

— Entendo por que o papai está tão convicto a seu respeito, Molly. Mas, para te absolver, precisamos entender quem é de fato culpado por todos esses crimes. Nós dois achamos que você foi manipulada. Entende? Você foi um peão no assassinato do Sr. Black.

Lembro do revólver no meu aspirador de pó. As únicas pessoas que sabiam sobre o revólver e eu eram Giselle e Rodney. Pensar nisso faz com que uma onda de tristeza passe pelo meu corpo. Eu me curvo enquanto a onda leva embora toda a coragem da minha postura.

— Sou inocente — digo. — Não matei o Sr. Black.

Meus olhos ardem com as lágrimas que começam a brotar, e eu as contenho. Não quero fazer papel de boba, não mesmo.

— Está tudo bem — garante o Sr. Preston, dando um tapinha no meu braço. — Nós acreditamos em você. Tudo o que tem que fazer é dizer a verdade, a *sua* verdade, e Charlotte vai cuidar do resto.

— Minha verdade. Sim, eu posso fazer isso. Acho que está na hora.

Começo com uma descrição completa do que vi no dia em que entrei na suíte dos Black e o encontrei morto na cama. Charlotte anota energicamente cada palavra que digo. Descrevo as bebidas na mesa bagunçada da sala de estar, os comprimidos de Giselle caídos no quarto, o roupão jogado no chão, os três travesseiros na cama, em vez de quatro. Começo a tremer à medida que a lembrança volta.

— Não sei se o que Charlotte quer é saber sobre os travesseiros e a bagunça, Molly — diz o Sr. Preston. — Acho que ela está atrás de detalhes que indiquem algo suspeito.

— Isso mesmo — concorda Charlotte. — Como os comprimidos. Você disse que eram de Giselle. Você encostou neles? Tinham rótulo?

— Não, não encostei neles. Não naquele dia, pelo menos. E o frasco não tinha rótulo. Eu sabia que eram de Giselle porque ela os tomava com frequência na minha frente enquanto eu limpava a suíte. Além disso, vi o frasco vazio no banheiro várias vezes. Ela chamava os comprimidos de seus "amigos benzo" ou "pílulas da paz". Acho que "benzo" era um apelido para algum medicamento ou algo do tipo? Ela não parecia doente... bem, não fisicamente. Mas algumas doenças são como camareiras: onipresentes e quase imperceptíveis.

Charlotte tira os olhos do bloco de anotação.

— Isso é verdade — diz. — Benzo é o apelido de benzodiazepina. É um remédio para ansiedade e depressão. Comprimidos brancos pequenos?

— Na verdade, eram de um tom lindo de azul, que nem os ovos de um tordo-americano.

— Hum. Então era uma droga ilegal, não receitada — afirma Charlotte. — Pai, você já falou com a Giselle alguma vez? Já viu algum comportamento estranho dela?

— Comportamento estranho? — pergunta ele, bebendo um gole de chá. — Comportamento estranho faz parte do dia a dia de um porteiro do Regency Grand. Estava claro que ela e o Sr. Black brigavam muito. No dia em que o Sr. Black morreu, ela saiu do hotel com pressa, chorando. Uma semana antes, aconteceu a mesma coisa, mas isso foi depois de uma visita da Victoria, a filha do Sr. Black, e da ex-esposa, a primeira Sra. Black.

— Eu me lembro desse dia — digo. — A Sra. Black, a primeira, segurou a porta do elevador para mim, mas a filha dela me disse para pegar o elevador de serviço. Giselle me disse que Victoria não gostava dela. Talvez fosse por isso que Giselle estava chorando naquele dia, Sr. Preston.

— Lágrimas e drama eram coisas corriqueiras para a Giselle — conta o Sr. Preston. — Imagino que isso não seja surpreendente, se pensarmos no homem com quem ela se casou. Longe de mim desejar mal a alguém, mas não fiquei triste ao ver a vida do sujeito terminar cedo.

— Por que você diz isso? — indaga Charlotte.

— Quando você trabalha na porta de um lugar como o Regency Grand por tanto tempo quanto eu, aprende a ler as pessoas só de bater o olho. Ele não era nenhum cavalheiro, nem com a nova Sra. Black, nem com a anterior. Escreva as minhas palavras, o sujeito era mau.

— Um mau partido? — pergunto.

— Um péssimo partido — confirma o Sr. Preston.

— Ele tinha inimigos óbvios, pai? Alguém que ficaria feliz se ele fosse convenientemente eliminado?

— Ah, imagino que sim. Eu era uma dessas pessoas. Mas havia outras. Primeiro, as mulheres... as *outras* mulheres. Quando as Sras. Black, a nova e a antiga, não estavam, ele levava... como devo chamá-las? Jovens atendentes?

— Pai, pode dizer "profissionais do sexo".

— Eu diria, se tivesse certeza de que eram, mas eu nunca cheguei a ver qualquer troca de dinheiro. Nem a outra parte. — O Sr. Preston tosse e olha para mim. — Desculpe, Molly. Isso tudo é horrível.

— É mesmo — concordo. — Mas posso confirmar o que está dizendo. Giselle me disse que o Sr. Black tinha relações extraconjugais. Com mais de uma mulher, inclusive. Isso magoava Giselle, o que é compreensível.

— Ela te contou isso? — pergunta Charlotte. — Você contou para mais alguém?

— De forma alguma — respondo, ajustando o primeiro botão da minha camisa. — Discrição é o nosso lema. Atendimento invisível ao cliente é o nosso objetivo.

Charlotte olha para o pai.

— É o discurso do Sr. Snow para os funcionários do hotel — explica ele. — Ele é o gerente e autoproclamado Grão-Vizir da hospitalidade e da higiene no hotel. Mas estou começando a me perguntar se essa postura de Sr. Certinho não é só uma fachada conveniente.

— Molly — diz Charlotte. — Pode me contar qualquer coisa que me ajude a entender as acusações de drogas e armas contra você?

— Posso esclarecer um pouco, espero. Giselle e eu éramos mais do que camareira e hóspede. Ela confiava em mim, me contava segredos dela. Era minha amiga.

Olho para o Sr. Preston, com medo de o estar decepcionando, já que desrespeitei uma regra entre funcionário e hóspede. Mas ele não parece bravo, apenas preocupado.

— Giselle veio até a minha casa no dia seguinte à morte do Sr. Black. Eu não contei isso para a polícia. Pensei que, sendo uma visita pessoal na minha própria casa, não era da conta deles. Ela estava muito perturbada. E precisava de um favor meu. Eu me dispus a fazer.

— Ai, meu Deus — diz o Sr. Preston.

— Pai — replica Charlotte. Depois, ela se dirige a mim: — O que ela te pediu?

— Para pegar o revólver que tinha escondido na suíte. No exaustor do banheiro.

Charlotte e o Sr. Preston trocam mais um olhar, um que conheço bem: eles entenderam algo que eu não entendi.

— Mas ninguém ouviu nenhum tiro, nem falaram sobre feridas no corpo do Sr. Black — lembra o Sr. Preston.

— Não, também não vi nada disso nas notícias que acompanhei — concorda Charlotte.

— Ele foi asfixiado — digo. — Foi isso que a detetive Stark falou.

A boca de Charlotte se abre.

— Bom saber — comenta ela, e anota algo no caderno. — Então o revólver não foi a arma do crime. Você o devolveu para Giselle?

— Não tive a oportunidade. Escondi no meu aspirador, esperando entregar a ela mais tarde. Então, no almoço, saí do hotel.

— Exato — diz o Sr. Preston. — Eu te vi sair correndo e fiquei me perguntando aonde ia com tanta pressa.

Eu baixo os olhos em direção à xícara na minha mão. Sinto uma pontada na minha consciência; o dragão na minha barriga se agita.

— Eu achei a aliança de casamento do Sr. Black — conto. — E a penhorei. Sei que foi errado. É que tem sido muito difícil pagar as contas sozinha ultimamente. Vovó teria vergonha de mim.

Não consigo olhar para nenhum dos dois. Apenas encaro o buraco negro da minha xícara.

— Minha querida — diz o Sr. Preston —, sua avó entendia de problemas financeiros melhor do que a maioria das pessoas. Acredite em mim, sei isso a respeito dela e muito mais. Imagino que ela deixou dinheiro guardado para você quando se foi, não?

— Esse dinheiro não existe mais.

Não posso contar sobre Wilbur e o pé-de-meia. Só sou capaz de confessar uma vergonha de cada vez.

— Então você penhorou o anel e depois voltou ao hotel? — pergunta Charlotte.

— Sim.

— E a polícia estava esperando você quando chegou lá?

O Sr. Preston intervém.

— Correto, Charlotte. Eu estava lá. Não pude fazer nada para impedir, por mais que eu tenha tentado.

Charlotte se remexe na cadeira, cruza as pernas.

— E as drogas? Entende por que foi acusada de posse de drogas?

— Havia resquícios de cocaína no meu carrinho de limpeza. Não tenho a menor ideia de como isso é possível. Prometi a vovó muito tempo atrás que eu jamais, na minha vida toda, encostaria em drogas. Agora, acho que quebrei essa promessa.

— Minha querida — diz o Sr. Preston. — Tenho certeza de que ela não estava falando de forma literal.

— Vamos voltar ao revólver — retoma Charlotte. — Como foi que a polícia o encontrou no seu aspirador de pó?

É aqui que devo colocar as peças que eu mesma venho juntando desde que fui detida.

— Rodney — respondo, engasgando nas duas sílabas, quase sem conseguir tirá-las da minha boca.

— Eu bem que estava me perguntando quando o nome dele ia aparecer — comenta o Sr. Preston.

— Quando a polícia falou comigo ontem, eu fiquei com medo. Muito medo. Vim direto para casa e liguei para o Rodney.

— Ele é o bartender do Social — explica o Sr. Preston a Charlotte. — Um cretino bajulador. Escreva isso.

Dói ouvir o Sr. Preston dizer isso.

— Eu liguei para o Rodney — continuo. — Não sabia o que mais eu podia fazer. Ele tem sido um amigo leal, talvez até mais do que um amigo. Contei a ele sobre o interrogatório da polícia, sobre Giselle e a arma no meu aspirador, além do anel que achei e penhorei.

— Deixe eu adivinhar: Rodney disse que seria um prazer ajudar uma boa moça como você — interrompe o Sr. Preston.

— Algo parecido — confirmo. — Mas a detetive Stark disse que foi a Cheryl, minha supervisora, que me seguiu até a casa de penhores. Talvez seja ela a culpada nisso tudo. Com certeza é alguém que não merece confiança. Não imaginam as histórias que eu sei sobre ela.

— Molly, querida — diz o Sr. Preston com um suspiro. — Rodney usou a Cheryl para informar a polícia. Percebe? Ele provavelmente usou o revólver e o anel em sua posse para desviar qualquer suspeita sobre ele para você. É bem possível que ele esteja ligado à cocaína que encontraram no seu carrinho de limpeza. E também ao assassinato do Sr. Black.

Sei que a vovó ficaria indignada, mas meus ombros se curvam ainda mais. Mal consigo me manter sentada.

— Acha que talvez o Rodney e a Giselle estejam de conchavo? — pergunto.

O Sr. Preston assente lentamente.

— Entendi — digo.

— Sinto muito, Molly. Tentei avisar você a respeito do Rodney — lembra ele.

— Tentou mesmo, Sr. Preston. Pode acrescentar um "eu avisei". Eu mereço.

— Você não merece — retorque ele. — Todos temos nossas fraquezas.

Ele se levanta e anda até a cristaleira da vovó. Pega a foto da minha mãe, depois a devolve ao lugar. Então segura minha foto com a vovó no Olive Garden. Ele sorri e volta a se sentar no sofá.

— Pai, o que exatamente você viu no hotel que fez você suspeitar de atividades ilegais? Acha que estão de fato traficando drogas no Regency?

— Não — digo com assertividade antes que ele possa responder. — O Regency Grand é um estabelecimento limpo. O Sr. Snow não permitiria nada do tipo. A única questão é o Juan Manuel.

— Juan Manuel Morales, o lavador de pratos? — pergunta o Sr. Preston.

— Sim — confirmo. — Eu com certeza não contaria isso em circunstâncias normais, mas as circunstâncias estão longe da normalidade.

— Continue — pede Charlotte.

O Sr. Preston se inclina para a frente, ajustando o corpo para evitar as molas mais pontudas do sofá.

Eu explico tudo: que o visto de trabalho de Juan Manuel expirou há algum tempo, que ele não tem onde morar e que Rodney deixa secretamente que ele passe a noite em quartos vazios do hotel. Explico sobre as bolsas que levo toda noite e conto que limpo os quartos todas as manhãs, assim que Juan Manuel e os amigos saem de lá.

— Devo admitir que não entendo como tanta poeira consegue ir parar dentro de um quarto em uma só noite — desabafo.

Charlotte pousa a caneta sobre o bloco e se dirige ao pai.

— Uau, pai. Que estabelecimento digno esse onde você trabalha.

— *Par excellence*, como dizem na França — acrescento.

O Sr. Preston levou as mãos à cabeça e a balança agora de um lado para o outro.

— Eu deveria ter imaginado — diz ele. — As queimaduras nos braços do Juan, o jeito como me evitava sempre que eu perguntava como ele estava.

Só então as peças do quebra-cabeça se juntam na minha mente: os amigos gigantes de Rodney, a poeira, os pacotes e as bolsas. Os rastros de cocaína no meu carrinho.

— Ah, meu Deus — digo. — Juan Manuel. Ele está sendo maltratado e coagido.

— Está sendo obrigado a diluir drogas toda noite no hotel — explica o Sr. Preston. — E não é a única vítima. Eles estavam te usando também, Molly.

Tento engolir o nó enorme que se formou na minha garganta.

Vejo tudo com clareza, tudo.

— Eu não venho trabalhando só como camareira, né? — pergunto.

— Infelizmente não — responde Charlotte. — Sinto dizer, Molly, mas você está sendo usada como mula.

Capítulo 19

Charlotte está ao telefone, conversando em voz baixa com alguém do escritório dela. O Sr. Preston foi ao banheiro. Eu ando de um lado para outro da sala. Paro na janela e abro uma fresta em uma tentativa vã de respirar um pouco de ar fresco. Preso na parede externa, um comedouro para pássaros vazio balança com a brisa. Vovó e eu costumávamos assistir aos pássaros desta janela. Nós os admirávamos durante horas enquanto comiam as migalhas de pão que deixávamos lá fora. Demos nome para cada um dos passarinhos: Lorde Pianoite, Dama Asaverde e Conde de Bico. Mas quando o Sr. Rosso reclamou do barulho, paramos de alimentá-los. Os pássaros saíram voando e nunca mais voltaram. Quem dera ser um pássaro.

Enquanto olho pela janela, ouço pedaços da conversa de Charlotte: "antecedentes de Rodney Stiles", "registro de arma de fogo no nome de Giselle Black", "registros de inspeção do Hotel Regency Grand".

O Sr. Preston sai do banheiro.

— Nada do Juan Manuel? — pergunta ele.

— Ainda não — respondo.

Há cerca de uma hora, Charlotte e o Sr. Preston decidiram entrar em contato com Juan Manuel. Eu fiquei muito reticente quanto a arrastá-lo para a minha bagunça.

— É a coisa certa a fazer — disse Charlotte. — Por muitas razões.

— Ele tem as peças que estão faltando — acrescentou o Sr. Preston. — É o único que talvez consiga elucidar essa situação... se nós o convencermos a falar.

— Ele não vai ficar com medo? — perguntei. — Tenho motivos para acreditar que a família dele foi ameaçada. E ele também.

Não consigo sequer mencionar a outra parte: as marcas de queimadura.

— Sim — disse Charlotte. — Quem não ficaria com medo? Mas ele vai ter uma escolha nova hoje, que não tinha antes.

— Qual? — indaguei.

— Entre nós e eles — respondeu o Sr. Preston.

O Sr. Preston não perdeu tempo depois disso. Telefonou para alguém na cozinha do hotel, que ligou para outra pessoa, que verificou discretamente a lista de funcionários e passou o número do celular de Juan Manuel, que nós todos salvamos apressadamente nos nossos celulares.

Eu esperei ansiosa conforme o Sr. Preston discava o número. E se aquilo acabasse sendo mais uma decepção, outra pessoa que não era quem eu achava?

— Juan Manuel? — disse o Sr. Preston. — Sim, isso mesmo...

Eu não conseguia ouvir as respostas de Juan Manuel, mas imaginei a expressão perplexa que deve ter surgido no rosto dele, tentando compreender o motivo da ligação do Sr. Preston.

— Acho que você está correndo perigo — afirmou o Sr. Preston.

Em seguida, explicou que a filha dele era advogada e que ele sabia que Juan Manuel tinha sido coagido no hotel.

Houve uma pequena pausa enquanto Juan Manuel falava.

— Entendo — disse o Sr. Preston. — Não queremos que machuquem você, nem sua família. Você precisa saber que Molly também está em apuros... Isso, exatamente... Ela está sendo incriminada pelo assassinato do Sr. Black — explicou o Sr. Preston.

Outra pausa curta, um pouco mais de vaivém, então:

— Obrigado... Sim... Claro, podemos explicar tudo em detalhes. E, por favor, saiba que nós nunca faríamos nada que... Sim, é claro. E qualquer decisão vai ser sua... Eu envio o endereço por mensagem. Vemos você daqui a pouco.

Já faz mais de uma hora, e Juan Manuel ainda não chegou. Toda essa espera aflitiva está tendo um efeito extremamente danoso nos meus nervos. Para me acalmar, penso na diferença que faz ter Charlotte e o Sr. Preston do meu lado. Ontem, eu estava sozinha. Este apartamento parecia sombrio e vazio. Toda a cor e a vitalidade se esvaíram no dia em que vovó morreu. Mas agora ele está vivo outra vez, revitalizado. Olho para o comedouro do lado de fora da janela. Talvez mais tarde eu procure algumas migalhas e o encha, não importa o que o Sr. Rosso diga.

Eu me sinto com tanta energia que não consigo ficar parada. Por isso estou de lá para cá no cômodo. Se estivesse sozinha, provavelmente limparia o chão ou esfregaria os azulejos do banheiro. Mas não estou sozinha, não mais.

É ao mesmo tempo novo e estranho ter companhia. E também um grande alívio.

O Sr. Preston se senta no sofá.

Charlotte encerra sua ligação.

Algo está me incomodando, e decido externalizar.

— Não acham que eu devo ligar para o R-Rodney? — Engasgo no nome dele outra vez, mas consigo colocar para fora. — Talvez ele consiga dar uma explicação. Talvez ele não tenha nada a ver com a cocaína que foi achada no meu carrinho. Pode ter sido a Cheryl, não? Ou outra pessoa? E se o Rodney for a pessoa que pode explicar tudo isso de verdade?

— De jeito nenhum — afirma Charlotte. — Acabo de verificar os antecedentes criminais do Rodney. Família rica, expulsou ele de casa aos quinze anos. Ele ficou num abrigo para jovens. Depois tem registros de furtos, agressão e várias acusações relacionadas a drogas que nunca deram em nada, e uma lista quilométrica de endereços diferentes antes de chegar à cidade.

— Está vendo, Molly? Ligar para esse cretino é uma péssima ideia — diz o Sr. Preston enquanto alisa a colcha de crochê da vovó no sofá. — Ele só vai mentir.

— E depois vai desaparecer — acrescenta Charlotte.

— E a Giselle? Ela deve saber de algo que pode me ajudar. Ou o Sr. Snow?

Antes que qualquer um dos dois possa responder, alguém bate na porta. Perco o ar.

— E se for a polícia?

A sala começa a ondular, e fico com medo de não conseguir chegar até a porta do apartamento.

Charlotte se levanta.

— Você tem uma representante legal agora. A polícia teria telefonado para mim se quisesse entrar em contato com você.

Ela se aproxima de mim.

— Está tudo bem — diz, levando uma mão reconfortante ao meu pulso.

Funciona. Eu me sinto imediatamente mais calma, e as ondulações no chão se solidificam.

O Sr. Preston aparece do meu outro lado.

— Você consegue, Molly — afirma. — Vamos abrir a porta juntos.

Puxo o ar profundamente e caminho até a entrada. Abro a porta.

Juan Manuel está de pé na minha frente. Ele usa uma camisa polo bem passada para dentro da calça jeans limpa. Tem uma sacola plástica de comida em uma das mãos. Seus olhos estão arregalados, e a respiração, arfante, como se tivesse subido a escada dois degraus por vez.

— Olá, Molly — cumprimenta ele. — Não consigo acreditar. Eu nunca, nunca quis te colocar em qualquer confusão. Se eu pudesse... — Ele para no meio da frase ao ver Charlotte. — Quem é você?

Ela dá um passo à frente.

— Charlotte, advogada da Molly e filha do Sr. Preston. Por favor, não tenha medo. Não temos nenhuma intenção de te entregar à polícia. E sabemos que está correndo perigo.

— Estou envolvido demais — diz ele. — Demais. Eu nunca quis fazer parte de nada disso, mas eles me obrigaram. Obrigaram a Molly também. É igual, mas diferente.

— Nós dois estamos em apuros, Juan Manuel — digo. — É muito sério.

— É, eu sei — declara ele.

O Sr. Preston fala atrás de mim:

— O que tem na sacola?

— Restos de comida do hotel — responde Juan Manuel. — Tive que fingir que estava fazendo um intervalo mais cedo para jantar. Tem aqueles sanduíches que acompanham o chá da tarde aqui dentro. Sei que gosta deles, Sr. Preston.

— Gosto mesmo. Obrigado — diz o Sr. Preston. — Vou servir os sanduíches. Todos nós precisamos ficar alimentados.

Ele pega a sacola e leva até a cozinha.

Juan Manuel continua de pé na entrada, sem se mexer. Sem a sacola agora, é fácil perceber que as mãos dele estão tremendo. As minhas também.

— Não quer entrar? — pergunto.

Ele dá dois passos incertos adiante.

— Fico grata que você tenha vindo, sobretudo considerando as circunstâncias atuais. Espero que fale comigo. E com eles. Preciso... de ajuda — digo.

— Eu sei, Molly. Nós dois estamos muito envolvidos nisso tudo.

— Sim. Tem coisas que aconteceram que eu não...

— Que você não estava entendendo... até agora.

— Isso.

Olho para as cicatrizes nos antebraços dele, então desvio o rosto. Ele entra e dá uma olhada no apartamento.

— Uau — diz. — Esse lugar me lembra a casa da minha mãe.

Juan Manuel tira os sapatos.

— Onde posso colocar meus sapatos? Não estão muito limpos.

— Ah, que atencioso da sua parte — declaro.

Dou a volta nele e abro o armário. Pego um pano. Estou prestes a limpar a sola dos sapatos quando ele pega o pano da minha mão.

— Não, não. São meus sapatos. Eu limpo.

Fico parada, sem saber o que fazer, enquanto ele limpa cuidadosamente a sola, coloca os sapatos na prateleira, então dobra o pano perfeitamente e guarda em um cantinho antes de fechar a porta do armário.

— Devo avisar que não estou no meu estado normal. Tudo tem sido muito... chocante. E eu não costumo receber visitas, então também não estou acostumada com isso. Não tenho muita experiência em ser anfitriã.

— Pelo amor de Deus, Molly — diz o Sr. Preston de dentro da cozinha. — Só relaxe e aceite um pouco de auxílio. Juan Manuel, será que pode me ajudar na cozinha?

Juan Manuel se junta a ele, e eu peço licença para ir ao banheiro. A verdade é que preciso de um momento para me recompor. Encaro o espelho e respiro profundamente. Juan Manuel está aqui e nós dois corremos perigo. Parece que eu estou desmoronando. Tenho grandes olheiras e meus olhos estão vermelhos e inchados. Me sinto tensa e esgotada. Assim como os azulejos do banheiro que me cercam, minhas falhas estão começando a ficar visíveis. Jogo um pouco de água no rosto, seco, então saio do banheiro, me juntando aos meus visitantes na sala de estar.

O Sr. Preston traz a bandeja da vovó repleta de pequenos sanduíches de pepino sem a casca, miniquiches e outros restinhos deliciosos. Sinto o cheiro da comida, e minha barriga começa a roncar imediatamente. O Sr. Preston põe a bandeja na mesa de centro, então traz mais uma cadeira da cozinha para Juan Manuel. Todo mundo se senta.

Não consigo acreditar nisso. Aqui estamos, na sala de estar da vovó, nós quatro. O Sr. Preston e eu no sofá, e, na minha frente, Charlotte e Juan Manuel. Trocamos algumas cordialidades, como se fosse de fato um chá da tarde entre amigos, mas sabemos que não é. Charlotte está perguntando sobre a família de Juan Manuel e há quanto tempo trabalha no Regency Grand. O Sr. Preston comenta que ele é um funcionário confiável e esforçado. Juan Manuel abaixa o olhar.

— Eu trabalho duro, sim — diz. — Demais. Mas ainda assim tenho grandes problemas.

Temos pratinhos de sobremesa no colo e comemos os sanduichinhos; eu, mais rápido do que todo mundo.

— Comam, vocês dois. Isso não vai ser fácil. Preciso que estejam firmes e fortes — diz Charlotte.

Juan Manuel se debruça para a frente.

— Tome. Experimente estes. — Ele coloca dois lindos sanduichinhos no meu prato. — Eu que fiz.

Pego um e dou uma mordida. É um sabor divino de queijo cremoso e salmão defumado, com uma explosão de salsa e raspas de limão no fim. Nunca provei um sanduíche tão delicioso em toda a minha vida, tanto que talvez seja impossível seguir a regra de mastigação da vovó. O sanduíche some antes que eu perceba.

— Fantástico — digo. — Obrigada.

Ficamos todos em silêncio por um instante, mas, se os outros estão incomodados, não sei afirmar. Por um breve momento, apesar das circunstâncias, percebo que estou sentindo algo que não sentia havia muito tempo, desde quando a vovó morreu. Sinto… companheirismo. Sinto que… não estou totalmente sozinha. Aí lembro o que trouxe todos eles aqui para começo de conversa, e a ansiedade desperta outra vez. Coloco meu prato de lado.

Charlotte faz o mesmo. Então pega o bloco e a caneta perto da cadeira dela.

— Bem, estamos todos presentes pelo mesmo motivo, então é melhor começarmos. Juan Manuel, meu pai contou a situação da Molly, não foi? E acredito que você mesmo esteja em uma situação complicada também.

Juan Manuel se remexe na cadeira.

— Sim. Estou — confirma ele. Seus grandes olhos castanhos encontram os meus. — Molly, eu nunca quis que você se envolvesse nisso tudo, mas, quando trouxeram você para dentro da história, eu não soube o que fazer. Espero que acredite em mim.

Engulo em seco e pondero as palavras dele. Demoro um instante para notar a diferença entre uma mentira descarada e a verdade. Mas logo fica mais nítido, e vejo claramente no rosto dele que está dizendo a verdade.

— Obrigada, Juan Manuel. Eu acredito em você.

— Diga a ela o que me contou na cozinha — sugere o Sr. Preston.

— Lembra como toda noite eu ficava num quarto diferente do hotel? Que você me dava uma chave diferente a cada noite?

— Sim — digo.

— O Sr. Rodney não estava te contando a história toda. É verdade, eu não tenho mais apartamento. E também não tenho mais visto de trabalho. Quando eu tinha, tudo estava ótimo. Eu mandava dinheiro para a minha família. Eles precisavam, porque depois que meu pai morreu não tinham o suficiente. Estavam tão orgulhosos de mim... "Você é um bom filho", minha mãe dizia. "Trabalha duro por nós." Eu estava muito feliz. Estava fazendo as coisas do jeito certo.

Juan Manuel faz uma pausa, engole, depois continua.

— Mas então, quando precisei prolongar meu visto de trabalho, o Sr. Rodney falou "sem problemas" e me apresentou para um amigo advogado. Esse amigo advogado pegou muito dinheiro meu, mas, no fim das contas, nada de visto. Reclamei com o Rodney, e ele disse: "Meu advogado consegue resolver tudo. Você vai ter um visto novo daqui a poucos dias." Ele garantiu que o Sr. Snow não descobriria nada. Mas aí disse: "Você tem que me ajudar, sabe? Uma mão lava a outra." Eu não queria lavar a mão dele. Queria voltar para casa, achar um outro jeito. Mas não podia voltar. Não tinha mais nenhuma economia.

Juan Manuel fica em silêncio.

— O que o Rodney te obrigou a fazer, exatamente? — indaga Charlotte.

— De noite, depois do meu expediente na cozinha, eu entrava em um dos quartos do hotel com a chave que Molly me dava. Molly deixava minha mala lá pra mim, não é?

— Sim — respondo. — Toda noite.

— Essa mala nunca foi minha. Era do Sr. Rodney. As drogas dele estavam lá dentro. Cocaína. E algumas outras coisas também. Ele costumava levar mais drogas tarde da noite, quando não havia mais ninguém por perto. E então ia embora. Ele me obrigava a trabalhar a noite inteira, às vezes sozinho, às vezes com os amigos dele… e a gente preparava a cocaína para ser vendida. Eu não sabia nada sobre essas coisas antes, juro. Mas aprendi. Tive que aprender, e rápido.

— O que quer dizer exatamente quando fala que ele obrigava você a fazer essas coisas? — pergunta Charlotte.

Juan Manuel aperta as mãos enquanto fala.

— Eu falei para o Sr. Rodney: "Não vou fazer isso. Não posso. Prefiro ser deportado do que fazer isso. É errado." Mas as coisas pioraram quando eu disse isso. Ele falou que ia me matar. Eu disse: "Não ligo. Pode me matar. Isso não é vida." — Juan Manuel faz uma pausa e baixa os olhos antes de continuar. — Mas, no fim das contas, o Sr. Rodney encontrou um jeito de me obrigar a fazer o trabalho sujo dele.

O rosto dele fica tenso. Percebo as olheiras e os olhos avermelhados. Estamos iguais, eu e ele: todas as nossas angústias totalmente expostas.

— O que o Rodney fez? — indaga Charlotte.

— Ele disse que, se eu não ficasse quieto e fizesse o trabalho sujo dele, mataria minha família no México. Você não entende. Ele tem amigos ruins. Sabia meu endereço em Mazatlán. É um homem ruim. Às vezes, quando trabalhava até tarde, eu ficava tão cansado que acabava dormindo na cadeira. Eu acordava, esquecia onde estava. Os capangas do Sr. Rodney me batiam, jogavam água em mim pra me deixar acordado. Às vezes me queimavam com charutos pra me castigar. — Ele estende os braços. — Eu menti sobre a máquina de lavar louça e as queimaduras, Molly. Me desculpe. Não era a verdade.

Ele engasga nas palavras e se desmancha em lágrimas.

— É errado — diz. — Eu sei que um homem do meu tamanho não deveria chorar que nem um bebê. — Juan Manuel olha para mim. — Molly, quando você entrou no quarto do hotel aquele dia e me viu com o Rodney e aqueles homens, eu tentei dizer para você fugir, contar para alguém. Eu não queria que pegassem você como me pegaram. Mas conseguiram, encontraram um jeito de te envolver nisso também.

O Sr. Preston balança a cabeça enquanto Juan Manuel continua aos soluços, chorando. Minhas próprias lágrimas começam a cair.

De repente, me sinto muito cansada, mais cansada do que jamais estive em toda a minha vida. Tudo o que eu quero é levantar, ir até o meu quarto, me enrolar na colcha de estrela da vovó e dormir para sempre.

Eu me lembro da vovó nos últimos dias de vida. Será que foi assim que se sentiu, esvaziada de qualquer vontade de seguir em frente?

— Parece que encontramos nosso rato — diz o Sr. Preston.

— Onde há um, há outros — acrescenta Charlotte, e volta-se para Juan Manuel. — Rodney trabalhava para o Sr. Black? Você já viu ou ouviu alguma coisa, qualquer coisa, que sugerisse que o Sr. Black estava por trás da operação com as drogas?

Juan Manuel limpa as lágrimas do rosto.

— O Sr. Rodney nunca disse muita coisa sobre o Sr. Black, mas às vezes recebia ligações. Ele acha que eu sou tão burro que não entendo inglês. Mas eu ouvia tudo. O Sr. Rodney às vezes entrava no quarto tarde da noite com muito, muito dinheiro. Marcava horários para entregar o dinheiro ao Sr. Black. Mais dinheiro do que eu já tinha visto em toda a minha vida. Tipo...

Ele faz um gesto com as mãos.

— Maços de dinheiro — completa Charlotte.

— Sim, notas novas, fresquinhas.

— Tinha uns montes de dinheiro assim no cofre do Sr. Black no dia em que o encontrei morto — conto. — Pilhas perfeitas.

Juan Manuel continua.

— Uma vez, Rodney estava bem bravo porque não tinha muito dinheiro entrando naquela noite. Ele foi encontrar o Sr. Black e, quando voltou, tinha uma cicatriz igual às minhas. Mas não no braço, no peito. Foi assim que eu soube que não era o único sendo castigado.

As peças se encaixam. Lembro do V na camisa branca bem passada de Rodney e da estranha marca redonda manchando o peito liso dele.

— Eu já vi essa cicatriz — digo.

— Tem outra coisa — continua Juan Manuel. — O Sr. Rodney nunca falava comigo diretamente sobre o Sr. Black. Mas sei que conhece a esposa. A nova esposa, a Sra. Giselle.

— Não é possível — interrompo. — Rodney me garantiu que nunca nem falou com ela direito.

Mas no segundo em que digo aquilo, percebo que sou uma tola.

— Como você sabe que o Rodney conhece a Giselle? — pergunta Charlotte.

Juan Manuel pega o celular no bolso e passa algumas fotos até chegar na que está procurando.

— Porque eu peguei ele... como se diz...? *En flagrante delito?*

— No flagra? — sugere o Sr. Preston.

— Isso — diz ele, e vira o telefone para nos mostrar uma foto.

Rodney e Giselle. Estão se beijando de um jeito tão apaixonado em um corredor escuro do hotel que certamente não viram Juan Manuel tirando a foto. Sinto uma pontada no coração quando assimilo cada detalhe: o cabelo dela sobre o ombro dele, a mão dele na base arqueada das costas dela. Sinto que talvez meu coração pare de vez.

— Uau — diz Charlotte. — Pode me mandar essa foto?

— Sim — responde Juan Manuel.

Ela passa seu número para ele, que então lhe envia a foto. Em poucos segundos, a prova vil se materializa no celular de Charlotte.

Ela fica de pé e anda pela sala.

— Está ficando cada vez mais claro que Giselle e Rodney tinham vários motivos para querer o Sr. Black morto. Mas o único jeito de provarmos que Molly é inocente é encontrar uma prova irrefutável de que um deles matou o Sr. Black. Ou que ambos mataram.

— Não foi a Giselle — afirmo. — Não foi ela.

Muitos olhares céticos se voltam para mim.

— Ai, Molly. Como você sabe disso? — pergunta Charlotte.

— Eu sei. Só isso.

Charlotte e o Sr. Preston trocam aquele olhar de novo, o de dúvida.

O Sr. Preston se levanta.

— Tenho uma ideia — anuncia.

— Ô-ou — faz Charlotte.

— Só me escutem — pede ele. — Não vai ser fácil, e vamos ter que trabalhar em equipe...

— Isso é óbvio — declara Charlotte.

— Gosto dessa ideia da equipe — diz Juan Manuel. — Não é certo, o jeito como nos tratam.

— Vamos ter que conspirar, fazer um plano perfeito — explica o Sr. Preston.

— Um plano? — questiona Charlotte.

— Sim — confirma o Sr. Preston. — Um plano. Para enganar o espertinho.

Capítulo 20

Demoramos mais de uma hora para discutir os detalhes. Durante esse tempo eu disse "não" e "não consigo" tantas vezes que parecia um disco arranhado, como vovó costumava dizer.

— Consegue, sim — repetiu o Sr. Preston várias vezes. — Columbo desistiria, por acaso?

— Você vai dar conta, Srta. Molly — interveio Juan Manuel.

— Se eu achasse que você é incapaz de fazer isso, não estaria sugerindo — argumentou Charlotte.

Nós treinamos diversas vezes. Experimentamos várias possibilidades, e eu aperfeiçoei minhas respostas a todas as perguntas que eles conseguiram imaginar. Pensamos nas coisas que poderiam dar errado. Tive que ignorar o fato de estar sendo dissimulada, de não estar expressando meus pensamentos reais, mas Juan Manuel disse algo que apaziguou minha consciência: "Às vezes, a gente tem que fazer uma coisa ruim para poder fazer uma boa mais importante." Ele tem razão em tantos sentidos, e sei disso por experiência.

Ensaiamos, eu com Juan Manuel, depois eu com o Sr. Preston. Tive que esquecer que eram meus amigos. Tive que pensar neles como péssimos partidos, quando na verdade não são nada disso. Resolvemos os detalhes, anotamos as falas mais importantes e pensamos em planos de contingência para lidar com qualquer acontecimento inesperado.

Agora que terminamos, Charlotte, o Sr. Preston e Juan Manuel estão com a postura mais aprumada, sorrindo para mim. Não posso ter certeza, mas acho que entendo o que vejo no rosto deles: orgulho. Eles acham que vou conseguir. Se a vovó estivesse aqui, diria: *Está vendo, Molly? Você consegue fazer qualquer coisa se levar a sério.*

Estou me sentindo bem melhor depois de ter ensaiado tanto, mais calma em relação ao plano como um todo. Devo dizer que me sinto um pouco como o próprio Columbo, com uma equipe de investigadores ao meu redor. Juntos, bolamos uma armadilha que, assim esperamos, vai fazer com que Rodney seja pego no flagra de novo — só que, desta vez, de um jeito totalmente diferente.

O primeiro passo começa imediatamente, com uma mensagem minha para ele. Combinamos direitinho o que eu devo escrever.

— Estou nervosa demais — digo, depois de digitar a mensagem no meu celular. — Alguém pode dar uma olhada antes que eu aperte "Enviar"?

Juan Manuel, o Sr. Preston e Charlotte se reúnem em torno de mim, no sofá, lendo por cima do meu ombro.

— Está bom — afirma Juan Manuel. — O jeito como você fala é sempre tão agradável. Mais pessoas deviam falar como você, Molly.

Ele sorri, e eu sinto um calor por dentro.

— Obrigada. É muito gentil da sua parte.

— Eu acrescentaria "é urgente" à sua mensagem — sugere o Sr. Preston.

— Sim, é uma boa — concorda Charlotte. — "É urgente."

Eu ajusto a mensagem: *Rodney, precisamos nos ver. É urgente! O Sr. Black foi ASSASSINADO. Fiz revelações à polícia sobre as quais acho que você precisa saber. Minhas sinceras desculpas!*

— Posso? — pergunto, buscando a aprovação de todos.

— Vá em frente, Molly. Aperte "Enviar" — diz Charlotte.

Fecho os olhos com força e envio. Ouço o som de sopro da mensagem deixando meu aparelho.

Quando abro os olhos alguns segundos depois, três pequenos círculos aparecem numa nova bolha de texto abaixo da minha mensagem enviada.

— Ora, ora, ora — diz o Sr. Preston. — Parece que nosso cretino está com pressa para responder.

Meu celular assobia quando a mensagem de Rodney aparece: *PQP, Molly. Me encontra no OG em 20min.*

— OG? — indaga o Sr. Preston. — O que é isso?

— Original Gangster? — sugere Juan Manuel.

— O quê? — pergunta Charlotte.

A resposta vem em um estalo.

— No Olive Garden — digo. — É lá onde tenho que me encontrar com ele. Devo responder?

— Pode dizer que você está indo — instrui Charlotte.

Eu tento digitar uma resposta, mas minhas mãos estão trêmulas demais.

— Quer que eu faça isso? — pergunta ela.

— Sim, por favor.

Entrego o celular para ela e olho enquanto ela digita: *Blz. Vejo vc lá.*

Charlotte está prestes a apertar "Enviar" quando Juan Manuel a interrompe.

— Essa resposta não parece nem um pouco com a Molly. Ela nunca escreveria isso.

— Jura? Qual é o problema? — pergunta Charlotte.

— Você tem que deixar mais bonito — sugere Juan Manuel. — Usar linguagem respeitável. De repente, use a palavra "fantástico". Molly usa muito essa palavra. Tão agradável.

Charlotte apaga o que escreveu e tenta outra vez: *Esse plano parece fantástico, mesmo se as circunstâncias que nos unem não são. Vejo você em breve.*

— Isso — concordo. — É isso que eu diria. Muito bom.

— Essa é a minha Srta. Molly — comenta Juan Manuel.

Fiuuun. Charlotte envia a mensagem e me devolve o celular.

— Molly — diz o Sr. Preston, levando sua mão reconfortante ao meu ombro. — Está pronta? Sabe o que tem que dizer pra ele? O que fazer?

Três rostos preocupados aguardam minha resposta.

— Estou pronta — confirmo.

— Você consegue, Molly — diz Charlotte.

— Temos fé em você — acrescenta o Sr. Preston.

Juan Manuel ergue um polegar na minha direção.

Os três depositaram sua fé em mim. Acreditam em mim. A única que está insegura sou eu.

Você consegue se levar a sério.

Respiro fundo, enfio o celular no bolso e saio pela porta.

Capítulo 21

Chego ao Olive Garden dezoito minutos depois. Ou seja, dois minutos antes do esperado, basicamente porque estou tão nervosa que vim andando a toda velocidade. Sento na nossa mesa, sob o brilho do lustre, só que desta vez não parece ser a nossa mesa. Nunca mais vai ser a nossa mesa.

Rodney ainda não chegou. Enquanto espero, imagens horripilantes giram na minha mente: a pele retesada e cinza do Sr. Black; a foto de Rodney e Giselle, como duas serpentes escorregadias entrelaçadas; os últimos minutos de vida da vovó. Não sei por que essas coisas ficam se repetindo na minha mente, mas não ajudam em nada a acalmar o meu nervosismo extremo. Não sei como vou sair dessa. Como vou agir normalmente quando a tensão já está abalando a essência do meu ser?

Quando ergo a cabeça, ali está ele, entrando com pressa no restaurante, procurando por mim. Seu cabelo está bagunçado, e os dois primeiros botões da camisa estão abertos, revelando o peitoral exasperantemente liso. Eu me imagino pegando um garfo na mesa e o apunhalando bem ali, onde o V da camisa emoldura a pele nua. Mas então vejo a cicatriz dele, e o meu desejo sombrio se esvai.

— Molly — diz ele ao se sentar no banco à minha frente. — Arranjei uma desculpa para sair do trabalho, mas não tenho muito tempo. Vamos ser rápidos, ok? Me conte tudo.

Uma garçonete vem até a nossa mesa.

— Bem-vindos ao Olive Garden. Posso começar trazendo salada e pão de cortesia?

— Só vamos tomar uma bebida rápida — responde Rodney. — Uma cerveja para mim.

Eu ergo um dedo no ar.

— Na verdade, salada e pão seria ótimo. E também quero um prato de entradinhas e uma pizza de calabresa grande, por favor. Ah, e água. Bem, bem gelada. Com gelo.

Nada de Chardonnay para mim hoje, tenho que manter minha mente lúcida. Além disso, isso aqui não é uma comemoração, de forma alguma.

— Obrigada — digo para a garçonete.

Rodney corre os dedos pelo cabelo e suspira.

— Obrigada por ter vindo — começo depois que a garçonete se afasta. — É muito importante para mim saber que você está sempre por perto quando preciso. É um amigo muito confiável.

Sinto minha expressão rígida e forçada enquanto digo isso, mas Rodney não parece notar.

— Estou aqui por você, Molly. Só me conte o que aconteceu, está bem?

— Bem... — digo, escondendo minhas mãos trêmulas debaixo da mesa. — Depois que a detetive me levou até a delegacia, ela me contou que o Sr. Black não morreu de causas naturais. Disse que foi asfixiado.

Eu espero aquilo ser assimilado.

— Nossa — diz Rodney. — E você é a maior suspeita.

— Na verdade, não. Estão atrás de outra pessoa.

São exatamente as palavras que Charlotte me orientou a dizer.

Eu o observo com atenção. O pomo de adão dele sobe e desce. A garçonete volta com pão, salada e nossas bebidas. Bebo um longo gole de água e saboreio o desconforto cada vez maior de Rodney. Não encosto na comida. Estou nervosa demais. Além disso, é para depois.

— A detetive Stark disse que os possíveis culpados provavelmente foram motivados pelo testamento do Sr. Black. Ela acha que talvez tenham até conversado sobre o testamento com ele antes de matá-lo. Coitada da Giselle. Sabia que o Sr. Black não deixou nada para ela? Nem um centavo. Pobre mulher.

— O quê? A detetive te falou isso? Mas não pode ser. Eu tenho certeza de que isso não é verdade.

— Tem? Achei que você não conhecia a Giselle direito — falo.

— Não conheço — afirma ele. Rodney parece estar suando, embora não esteja particularmente quente aqui dentro. — Mas conheço pessoas que conhecem ela. Enfim, não foi isso que me disseram. Então, é... bem, é uma certa surpresa.

Ele bebe um gole de cerveja e põe os cotovelos na mesa.

— É falta de educação — digo.

— O quê?

— Seus cotovelos na mesa. Isto é um restaurante. E isto é uma mesa de jantar. As regras de etiqueta exigem que você deixe os cotovelos fora dela.

Ele balança a cabeça, mas tira os cotovelos ofensivos da mesa. Vitória.

— Salada? Pão? — ofereço.

— Não — responde ele. — Vamos direto ao assunto. O Sr. Black não deixou o casarão das Ilhas Cayman para a Giselle? A detetive comentou isso?

— Hum... — digo, pegando o guardanapo e o apertando com força entre minhas mãos suadas. — Não me lembro de nada a respeito de um casarão. Acho que a detetive disse que quase tudo vai para a primeira Sra. Black e os filhos.

Mais uma fala entregue conforme planejado.

— Você está me dizendo que a polícia deu todas essas informações para você sem motivo nenhum?

— O quê? Claro que não — respondo. — Quem me contaria qualquer coisa? Sou só a camareira. A detetive Stark me deixou sozinha numa sala, e você sabe como é. As pessoas esquecem que eu estou lá. Ou talvez achem que sou muito estúpida para entender. Enfim, eu ouvi tudo isso por acaso na delegacia.

— E os detetives não ficaram intrigados com o revólver no seu aspirador? Quer dizer, suponho que foi por isso que te levaram até a delegacia, não foi?

— Sim — confirmo. — Parece que Cheryl encontrou o revólver e alertou a polícia. Curioso como ela soube onde procurar. É difícil imaginar uma pessoa tão preguiçosa procurando dentro de um saco de aspirador empoeirado.

A expressão de Rodney muda.

— Você não está insinuando que eu contei pra ela, está? Molly, você sabe que eu nunca...

— Eu jamais insinuaria isso, Rodney. Você não tem culpa. É inocente. Exatamente como eu.

Ele concorda com a cabeça.

— Que bom. Fico feliz que não haja nenhum desentendimento entre nós. Ele balança a cabeça como um cachorro molhado ao sair da água.

— Então o que você disse para a polícia quando eles perguntaram sobre a arma?

— Eu simplesmente expliquei de quem era a arma e onde a encontrei — respondo. — Isso fez a detetive Stark arregalar os olhos, acho que ela ficou surpresa.

— Então você entregou a Giselle, sua *amiga*? — pergunta ele.

Os cotovelos dele fazem uma nova aparição desagradável sobre a mesa.

— Eu nunca trairia uma amiga de verdade — afirmo. — Mas tenho que te contar uma coisa horrível. Foi para isso que chamei você aqui.

Lá vai, o momento para o qual me preparei.

— Fala logo, o que é? — diz ele, mal conseguindo conter a raiva na voz.

— Ai, Rodney. Você sabe como eu fico nervosa em situações sociais, e devo dizer que ser interrogada por detetives me causou uma grande consternação, já que tenho pouquíssima experiência nesses assuntos. Não sei se você está mais acostumado com esse tipo de tormento...

— Molly, vá direto ao assunto.

— Certo — digo, torcendo o guardanapo nas minhas mãos. — Quando a questão do revólver da Giselle foi revelada, a detetive disse que eles iriam vasculhar toda a suíte dos Black outra vez.

Eu levo meu guardanapo para perto dos olhos enquanto tento avaliar a reação dele.

— Continue — diz ele.

— Eu falei: "Ah, vocês não podem fazer isso! Juan Manuel está ficando na suíte." E a detetive perguntou: "Quem é Juan Manuel?" Então eu contei a eles. Ai, Rodney, eu provavelmente não deveria ter feito isso. Disse que o Juan Manuel é seu amigo e que você vem o ajudando porque ele está sem visto de trabalho e...

— Você mencionou meu nome para a detetive?

— Sim. E contei sobre as malas que levo e a faxina que faço depois que Juan Manuel e os seus amigos ficam no quarto, e como vocês têm sido tão bons e gentis...

— São amigos dele, não meus.

— Bem, quem quer que sejam, eles com certeza fazem muita sujeira dentro dos quartos. Mas não se preocupe, eu falei para a detetive que você é um homem bom, mesmo se seus amigos deixam tanta... poeira.

Ele leva a cabeça às mãos.

— Ah, Molly. O que foi que você fez?

— Eu disse a verdade — afirmo. — Mas percebo que causei um problema para o Juan Manuel. E se ele estiver na suíte dos Black quando forem vasculhar tudo de novo? Não quero que ele se meta em confusão. Você também não quer isso, não é, Rodney?

Ele meneia a cabeça vigorosamente.

— Não. Não mesmo. Ou seja, a gente tem que garantir que ele não esteja lá quando eles forem olhar. E temos que limpar o quarto, rápido, antes que a polícia chegue. Pra que não tenha rastros do Juan Manuel, entende?

— Claro — digo. — Era exatamente o que eu estava pensando.

Eu sorrio para Rodney, mas por dentro estou jogando uma chaleira inteira de água fervente no rosto imundo e mentiroso dele.

— Então, você vai fazer isso? — pergunta ele.

— Fazer o quê?

— Entrar discretamente e limpar a suíte. Agora. Antes que a polícia chegue lá. Você é a única que tem acesso, além da Chernobyl e do Snow. Se o Sr. Snow encontrar o Juan lá dentro, ou, pior, se a polícia encontrar, ele vai ser deportado.

— Mas eu não posso ir trabalhar hoje. O Sr. Snow disse que sou "uma pessoa do interesse da polícia", então...

— Por favor, Molly! É importante.

Ele estende o braço e segura minha mão. Quero arrancar minha mão da dele, mas sei que não posso me mover.

Temos fé em você.

Ouço a frase na minha mente, mas não na voz da vovó desta vez; é a voz do Sr. Preston. Depois de Charlotte, depois de Juan Manuel.

Mantenho minha mão dentro da dele, meu olhar neutro.

— Sabe, eu não posso entrar no hotel, mas isso não quer dizer que *você* não possa. E se eu entrar escondida, rapidinho, pegar a chave do quarto e der para você? Pode usar meu carrinho e limpar o quarto você mesmo! Não seria incrível, você limpando a própria bagunça? Digo, a bagunça do Juan Manuel.

Os olhos de Rodney não sabem onde se fixar. O brilho na sua testa se condensa em gotículas de suor.

— Certo — solta ele após alguns instantes. — Tudo bem. Você pega a chave da suíte pra mim, eu limpo o quarto.

— A chave da suíte, *tout de suite* — digo, mas ele não percebe minha sagacidade.

A garçonete chega com a pizza de calabresa e o prato de aperitivos.

— Pode colocar para viagem, por favor? — peço.

— Claro — diz ela. — Tinha algo de errado com o pão e a salada? Vocês nem encostaram na comida.

— Ah, não — respondo. — Está tudo ótimo. É só que estamos com um pouco de pressa.

— Certo. Vou embrulhar tudo para viagem.

Ela faz um gesto para uma colega, e as duas se ocupam com a comida.

— A conta é para ele, por favor — digo, apontando para Rodney.

Rodney fica boquiaberto, mas não diz nada, nem uma palavra.

Nossa garçonete pega a conta no seu avental e entrega para ele. Ele tira uma nota de cem dólares novinha da carteira e dá para ela.

— Fique com o troco — diz, então se levanta abruptamente. — Tenho que ir, Molly. É melhor eu voltar pro hotel e resolver isso de uma vez.

— Claro — concordo. — Vou levar essa comida toda para casa. Mando uma mensagem para você assim que eu chegar no hotel. Ah, e Rodney?

— Quê? — pergunta ele.

— É realmente uma pena que você não goste de quebra-cabeças.

— Por quê?

— Porque acho que você não conhece o prazer de ver, de repente, todas as peças se encaixando.

Ele me olha com o lábio crispado. É tão nítido o significado da expressão dele: que eu sou uma idiota. Uma boba. E estúpida demais para perceber isso.

É essa a expressão que cobre aquele rosto vulgar e mentiroso.

Capítulo 22

Caminho de volta para casa com pressa, carregando as sacolas de comida. Estou doida para contar como foi para o Sr. Preston, para Charlotte e, principalmente, para Juan Manuel.

Quando chego no prédio, subo os degraus de dois em dois. Estou virando a curva do corredor quando vejo a porta do Sr. Rosso se abrir de leve.

Ele espia ali fora, me vê e entra de novo, fechando a porta.

Eu largo as sacolas e viro a chave na fechadura, depois entro.

— Cheguei! — anuncio.

O Sr. Preston fica de pé em um salto.

— Ah, minha querida, você voltou. Graças a Deus.

Charlotte e Juan Manuel estão sentados na sala de estar. Eles também se levantam de um pulo quando me veem.

— Como foi? — pergunta Charlotte.

Antes que eu possa responder à pergunta, Juan Manuel está do meu lado. Ele se apressou para pegar as sacolas e agora está indo buscar o pano de limpeza no armário. No instante em que tiro meus sapatos, ele os segura, limpa a sola e guarda.

— Você não precisa fazer isso — digo.

— Não tem problema. Você precisa de alguma coisa? Está bem? — pergunta ele.

— Estou ótima — respondo. — Trouxe comida. Espero que todos gostem do Olive Garden.

— Gostar? Eu amo — responde Juan Manuel.

Ele pega as sacolas e as leva à cozinha.

— Você tem que contar como foi — diz Charlotte. — Papai e Juan Manuel estão uma pilha de nervos desde que você pisou fora daqui.

— Tudo ocorreu conforme planejamos — conto. — Rodney está voltando para o hotel agora. Ele não sabe que eu é que fui presa e acha que a polícia vai voltar para vasculhar a suíte de novo. Eu disse a ele que estaria lá daqui a pouco para dar a chave a ele.

Não dá pra evitar um sorriso quando digo isso, porque fiz algo que não achava que conseguiria.

— Perfeito. Muito bem! — responde Charlotte.

— Eu sabia que você ia conseguir! — diz Juan Manuel da cozinha.

— Pai, você começa o trabalho às seis hoje, não é? Tem certeza de que consegue pegar a chave da suíte dos Black? — pergunta Charlotte.

— Tenho alguns truques na manga — responde o Sr. Preston.

— Acho bom serem bons truques, pai, porque a última coisa que a gente precisa agora é que você também se meta em confusão.

— Não se preocupe. Vai ser mamão com açúcar. Confie no seu velho.

Juan Manuel sai da cozinha trazendo a bandeja de chá da vovó preenchida com aperitivos e fatias de pizza do Olive Garden.

— Eu tinha que ter voltado para o trabalho há um tempo — diz ele. — Não param de me ligar.

Ele pousa a bandeja na mesa de centro e se senta.

Charlotte aproxima a cadeira dele.

— A decisão é sua, Juan Manuel, mas eu fico preocupada de você voltar ao trabalho hoje. Aliás, de voltar pro hotel qualquer dia que seja. Rodney vai dar um jeito de usar você como sempre faz e aí *você* vai ser pego na armadilha, não ele.

Juan Manuel olha para os próprios pés.

— É, eu sei. Vou ligar para a cozinha e dizer que estou passando mal e não posso voltar.

— Ótimo — diz Charlotte.

— O resto eu resolvo depois — acrescenta Juan Manuel.

— O resto? — indaga o Sr. Preston.

— Onde dormir hoje — responde ele. — Primeiro, temos que focar em pegar o rato.

Ele assente e sorri, mas não é um sorriso verdadeiro, do tipo que alcança os olhos.

Charlotte olha para o Sr. Preston.

— Ah, Juan Manuel — diz o Sr. Preston. — Não pensamos direito. Se você não voltar para o hotel, não tem onde dormir esta noite.

— Esse é um problema meu, não de vocês — comenta ele sem erguer os olhos. — Não se preocupem.

Me ocorre então que há uma solução óbvia, embora um pouco incômoda para mim. Eu nunca tive um visitante que passasse a noite, mas acho que nesse caso específico vovó gostaria que eu fizesse a coisa certa.

— Pode ficar aqui hoje — digo. — Tem espaço de sobra. Pode ficar no meu quarto, e eu uso o quarto da vovó. Assim você tem tempo para pensar em alguma solução alternativa.

Ele está me olhando como se não acreditasse no que acabei de dizer.

— Está falando sério? De verdade? Você me deixaria ficar aqui?

— Não é para isso que servem os amigos? Para ajudar quando estamos com dificuldades?

Ele está balançando a cabeça de um lado para o outro, lentamente.

— Não acredito que você faria isso por mim, depois de tudo que aconteceu. Obrigado. E não se preocupe... sou muito silencioso. Sou como um bom forno: autolimpante.

O Sr. Preston ri e pega um pratinho na bandeja, enchendo-o de bruschetta, pizza e queijo muçarela empanado.

Eu sigo o exemplo e preparo primeiro um pratinho para Juan Manuel, depois um para mim.

— Presente do Rodney — digo. — Ele nos deve muito mais do que isso.

— É mesmo — concorda Juan.

Charlotte se levanta e pega o controle remoto da televisão, então liga no canal de notícias 24 horas.

Estou prestes a dar a primeira mordida no queijo empanado quando o que ouço me interrompe.

— ... e a polícia vai fazer uma coletiva de imprensa especial dentro de uma hora para dar atualizações importantes sobre a busca do assassino do magnata do mercado imobiliário Charles Black. Não sabemos ao certo, mas é provável que deem detalhes sobre as acusações e possivelmente revelarão a identidade do acusado, assim como...

Todos os olhos se voltam para mim. Toda a minha confiança se esvai em segundos.

— E agora? — pergunto.

Charlotte suspira.

— Eu estava com medo disso. A polícia está doida para acalmar o público e levar o crédito por ter encontrado o assassino.

— Isso não é nada bom — acrescenta Juan Manuel, colocando o prato na mesa.

— E se disserem meu nome? E se o Rodney descobrir antes mesmo de chegar ao hotel?

— São cinco da tarde agora. Ainda temos uma hora — diz o Sr. Preston.

— Isso — concorda Charlotte. — Não vamos entrar em pânico. Acho que devemos continuar com o plano. Mas não temos muito tempo.

A repórter está falando sobre os detalhes da morte e as descobertas da autópsia: morte por asfixia. Nós assistimos em silêncio.

— ... e fontes internas afirmam que a esposa do Sr. Black, a socialite Giselle Black, pode *não* ser a acusada, e ainda continua hospedada no hotel. Mas saberemos mais dentro de uma hora, quando...

Charlotte desliga a TV.

— Vamos torcer pra que o Rodney não veja isso e desapareça. E para que Giselle não saia do hotel tão cedo — diz.

— Não vai — afirmo. — Ela não tem para onde ir.

O Sr. Preston larga o prato e se levanta.

— Parece que vou chegar mais cedo no trabalho hoje — diz ele. — Molly, está pronta? Entende quais são os próximos passos?

Eu não consigo formar palavras. Sinto o mundo oscilar de leve, mas sei que devo seguir em frente.

— Estou pronta — respondo por fim.

— Charlotte, quando você receber minha mensagem, vai entrar em contato com a detetive Stark, certo?

— Sim, pai. Vou ficar esperando bem na frente da delegacia, na verdade.

— Juan Manuel, você pode atuar como o centro de controle daqui? Ligamos para você quando precisarmos da sua ajuda.

— Sim, claro — responde ele. — Estarei pronto quando ligarem. Não vou descansar até que a gente pegue o Sr. Rodney.

Não há nada mais a ser feito ou dito. Perdi o apetite, então deixo meu prato sobre a mesa.

O queijo empanado vai ter que esperar.

Capítulo 23

O Sr. Preston insiste que peguemos um táxi até o hotel para economizar tempo. Paramos na esquina para que eu saia. Fico envergonhada de deixar que ele pague, mas não tenho escolha senão aceitar sua generosidade.

— Molly, tem certeza de que quer ir a pé daqui? Sabe qual é o plano?

— Sim, Sr. Preston. Estou bem. Estou pronta.

Digo aquelas palavras na esperança de que o sentimento as acompanhe, mas a verdade é que estou tremendo e o mundo ao meu redor está girando rápido demais.

Quando estou prestes a sair do táxi, o Sr. Preston pousa uma das mãos no meu braço.

— Molly, sua avó estaria orgulhosa de você.

A menção da vovó faz com que minhas emoções fiquem à flor da pele, mas eu as contenho.

— Obrigada, Sr. Preston — consigo dizer, antes de deixar o veículo.

Observo o carro se afastar sem mim.

Percorro o último quarteirão a pé, sozinha, e aguardo por dez minutos, escondida no beco do outro lado do hotel. Fica estranhamente bonito aqui no fim da tarde. A luz dourada reflete no cobre e no vidro da entrada, banhando tudo em um brilho misterioso. Os Chen estão saindo para jantar cedo. Ele usa um terno de risca de giz, e ela está toda de preto, a não ser por um pequeno buquê de flores rosa-choque preso no corpete. Uma jovem família sai de um táxi após um longo dia de passeios turísticos, os pais letárgicos e lentos, as duas crianças subindo os degraus vermelhos correndo, mostrando aos manobristas as lembrancinhas que compraram. É sempre assim ao anoitecer: como se o dia estivesse lançando o que lhe resta de energia nos degraus, enquanto o próprio hotel aguarda a calmaria da noite.

O púlpito é o único espaço abandonado e vazio. O Sr. Preston ainda não tomou a posição. Sem dúvidas está lá embaixo, vestindo o casaco e o chapéu de porteiro, começando o expediente mais cedo.

O tempo passa insuportavelmente devagar. O nervosismo e a tensão fazem o meu corpo inteiro tremer. Não sei se vou conseguir. Não fui feita para esse nível de performance. A única coisa que me dá forças é que o Sr. Preston, Charlotte e Juan Manuel estão do meu lado.

Quando você confia em si mesma, nada pode te deter.

Estou dando o meu melhor, vovó. Estou mesmo.

Está na hora.

Fico onde estou, escondida no beco, camuflada na sombra da cafeteria, junto à parede. Finalmente, o Sr. Preston aparece, vestindo o elegante uniforme. Ele caminha calmamente, passando pela porta giratória, e vai até o púlpito na entrada do hotel. Pega seu celular e envia uma mensagem, então enfia o aparelho de volta no bolso. Eu me apoio na parede, mesmo sabendo que está suja. Se tudo correr como o planejado, vou ter tempo de me limpar mais tarde. Se não correr, nunca mais vou ficar limpa.

Mais alguns minutos passam. Quando estou prestes a entrar em pânico absoluto, eu o avisto na rua: Rodney, caminhando rapidamente em direção ao hotel. Devo admitir que sinto emoções contraditórias ao avistá-lo. Por um lado, sua presença ali significa que as coisas estão correndo de acordo com o plano; por outro, a mera visão do rosto cafajeste e mentiroso dele me enche de ira sanguinária.

Ele sobe os degraus da entrada às pressas e para diante do púlpito. Fala com o Sr. Preston. A conversa dura cerca de um minuto. Então, Rodney entra no hotel.

O Sr. Preston pega o celular e disca. Eu quase tenho um infarto quando sinto meu bolso vibrar. Então, pego o meu telefone e atendo.

— Alô? — sussurro. — Sim, eu vi tudo. O que ele queria?

— Ele ficou sabendo sobre a coletiva de imprensa — explica o Sr. Preston. — Estava perguntando se eu sabia quem tinha sido preso.

— O que disse a ele? — pergunto.

— Que vi Giselle falando com a polícia. E ela parecia chateada.

— Minha nossa. Isso não era parte do plano — digo.

— Tive que pensar rápido. Você vai fazer o mesmo se precisar. Você consegue. Tenho certeza.

Respiro fundo.

— Mais alguma coisa? — pergunto.

— A coletiva de imprensa começa daqui a menos de quarenta minutos. Temos que ser rápidos. Está na hora. Mande a mensagem para ele agora. Continue do jeito que planejamos.

— Certo, Sr. Preston. Câmbio, desligo.

Eu encerro a chamada e vejo o Sr. Preston guardar o celular.

Abro uma mensagem para Rodney.

Socorro. Estou na entrada do hotel e não estão me deixando entrar! Se eu não conseguir pegar o cartão-chave para você, o que vamos fazer?

A resposta de Rodney é imediata: JV NSD

O quê? O que isso quer dizer? Não faço a menor ideia. Pense, Molly, pense.

Enquanto tiver um amigo, você nunca vai estar sozinha.

A resposta está literalmente na minha mão. Encontro Juan Manuel nos meus contatos e ligo para ele. Ele atende antes do fim do primeiro toque.

— Molly? O que houve? Está tudo bem?

— Sim, está tudo bem. O plano está fluindo. Mas... Juan Manuel, tenho um problema e preciso de assistência imediata.

Leio a mensagem de Rodney para ele.

— Você acha que *eu* sei o que isso quer dizer? — pergunta ele. — Tenho a impressão de estar num daqueles programas de TV em que a pessoa liga para um amigo e ele dá a resposta e você ganha um dinheirão. Mas, Molly, você ligou pro amigo errado!

Ele faz uma pausa.

— Espera. Calma aí.

Ouço uns ruídos na linha.

— Certo. Molly? Ainda está aí?

— Sim.

— Procurei na internet. Rodney quis dizer: "Já Vou. Não Saia Daí." Faz sentido?

Faz. Totalmente. Posso voltar ao plano.

— Juan Manuel, eu poderia...

Eu poderia dar um beijo nele. É isso que quero dizer, estou tão grata que poderia dar um beijo nele. Mas é um pensamento tão ousado e ridículo, tão inusitado para mim, que as palavras ficam presas na minha garganta.

— Obrigada — digo por fim.

— Vá pegar o rato, Molly — responde ele. — Vou estar bem aqui quando você chegar em casa.

Sei que ele não está aqui comigo, mas é como se estivesse. Como se segurasse a minha mão pelo telefone.

— Sim. Obrigada, Juan Manuel.

Eu desligo e guardo meu celular.

Está na hora.

Puxo o ar, então saio da sombra para a calçada.

Sempre olhe para os dois lados...

Atravesso a rua tentando parecer natural, sem pressa, lembrando de agir como se aquilo fosse apenas mais um dia qualquer. Paro no começo da escada, segurando o corrimão de cobre com força. Então coloco um pé diante do outro e subo os degraus vermelhos felpudos.

O Sr. Preston me vê. Pega o telefone do hotel no púlpito e faz uma ligação. Ouço a voz dele, 100% plausível:

— Sim. É urgente. Ela está aqui na entrada e não quer ir embora.

Conforme planejado, o Sr. Preston está usando luvas brancas, que não fazem parte do uniforme comum dele. Ele costuma guardá-las para ocasiões especiais, mas vão ser úteis hoje.

— Molly — diz ele bem alto e bruscamente. — O que está fazendo aqui? Não pode entrar no hotel hoje. Tenho que pedir que se retire.

Ele olha ao redor para se assegurar de que as pessoas estão assistindo. Vários hóspedes entram e saem do hotel. Alguns manobristas na calçada interrompem o que estavam fazendo para olhar também. É como se eu fosse algum esporte envolvente.

Por mais que me pareça estranho fazer isso, é hora de desempenhar meu papel, de chamar ainda mais atenção para mim.

— Tenho todo o direito de estar aqui — digo num tom de voz confiante e bem alto. — Sou uma estimada funcionária deste hotel e...

Eu paro de repente quando o Sr. Snow sai pela porta giratória.

O Sr. Preston se aproxima dele rapidamente.

— Vou chamar a segurança — comunica ao Sr. Snow, então entra no hotel.

O Sr. Snow vem até mim com passos apressados.

— Molly — diz ele. — Sinto informar que você não é mais uma funcionária do Hotel Regency Grand. Precisa deixar a propriedade imediatamente.

Aquelas palavras me chocam, e devo dizer que me sinto profundamente triste ao ouvi-las. Ainda assim, inspiro fundo e sigo no papel, dizendo minhas falas seguintes ainda mais alto do que as anteriores.

— Mas eu sou uma funcionária modelo! Não pode me demitir sem justa causa!

— Como você bem sabe, eu *tenho* uma justa causa, Molly — afirma o Sr. Snow. — Preciso que se afaste destes degraus. Agora.

— Isso é inconcebível — digo. — Não vou sair.

O Sr. Snow endireita os óculos.

— Você está perturbando os hóspedes — sussurra ele entredentes.

Eu olho em torno e vejo que mais hóspedes se aproximaram. Parece que os manobristas avisaram ao pessoal da recepção. Vários funcionários do serviço de concierge estão junto com eles, sussurrando uns para os outros. Todos olham para mim.

Nos minutos seguintes, mantenho o Sr. Snow ocupado nos degraus, exigindo explicações, implorando que ele reconsidere, falando longamente sobre o valor que agrego, com minha devoção à higiene e o alto nível de qualidade que trago ao hotel a cada quarto que limpo. Eu canalizo a vovó como era de manhã, falando sem parar nem para respirar. Durante todo o tempo, estou ciente de que só tenho poucos minutos até que o plano todo desmorone. E o fato de não estar vestindo meu uniforme me deixa ainda mais nervosa e incomodada. *Volte, Sr. Preston. Rápido!*, penso comigo mesma.

Finalmente, ele passa com pressa pela porta giratória e para ao lado do Sr. Snow.

— Não estou encontrando os seguranças, senhor — anuncia ele.

— Não consigo fazer com que ela vá embora — responde o Sr. Snow.

— Deixe que eu cuido disso — diz o Sr. Preston.

O Sr. Snow assente e se afasta.

— Molly, uma palavrinha... — O Sr. Preston me puxa delicadamente para o lado, onde não podem nos ouvir.

Ficamos de costas para o grupo curioso de pessoas.

— Funcionou? — sussurro.

— Sim. Encontrei a Cheryl.

— E aí? — pergunto.

— Consegui o que eu queria.

— Como?

— Eu disse a ela que sabia que estava roubando dinheiro das outras camareiras. Ficou tão perturbada que nem percebeu quando eu tirei a chave mestra do carrinho dela. E não deixei nenhuma impressão digital em lugar algum — acrescenta ele, agitando os dedos enluvados. — Tome — diz, estendendo a mão. — Aperte.

Sigo sua deixa e aperto a mão dele. Ao fazer isso, sinto a chave mestra ser transferida discretamente para a minha palma.

— Se cuide, Molly — diz ele em voz alta o bastante para que a vizinhança toda escute. — Vá para casa agora. Não tem por que você estar aqui hoje.

Ele faz um sinal com a cabeça para o Sr. Snow, e o Sr. Snow acena de volta.

Mas é claro que o Sr. Preston sabe que eu não posso ir embora. Não ainda. Estou prestes a começar um novo monólogo sobre as abelhas operárias quando Rodney finalmente sai pela porta giratória e desce os degraus na minha direção.

— Não estou entendendo! — grito. — Sou uma boa camareira! Rodney, era você mesmo que eu queria ver. Dá pra acreditar nisso?

O Sr. Snow se aproxima.

— Rodney — diz ele —, estamos tentando explicar para a Srta. Molly que ela não é mais bem-vinda neste hotel. Mas estamos com dificuldades para passar o recado.

— Entendo — diz Rodney. — Deixem que eu falo com ela.

Sou puxada para longe mais uma vez. Quando estamos longe o bastante para que não nos ouçam, Rodney fala:

— Molly, não se preocupe. Vou falar com o Snow mais tarde e descobrir o que está acontecendo com o seu emprego. Está bem? Deve ter alguma confusão. Você pegou a chave da suíte dos Black? Não temos tempo a perder.

— Tem razão, não temos mesmo — concordo. — Aqui está a chave.

Passo o cartão discretamente para ele.

— Obrigado, Molly. Você é a melhor. Ah, a polícia anunciou uma coletiva de imprensa que vai acontecer daqui a pouco. Sabe do que eles vão falar?

— Infelizmente, não — digo.

Eu o observo com atenção, esperando que aquela resposta baste.

— Ok. Tudo bem. É melhor eu ir cuidar disso antes que o Olhos de Coruja ali deixe a polícia entrar.

— Sim. O mais rápido possível. Boa sorte.

Ele dá meia-volta e começa a subir os degraus.

— Ah, Rodney — digo.

Ele se vira e olha para mim.

— É incrível o que você é capaz de fazer pelos seus amigos.

— Você não sabe da metade — responde ele. — Não tem nada que eu não faria.

Antes que eu possa dizer mais alguma coisa, ele chega ao topo da escada.

— Não se preocupe — diz ao Sr. Snow. — Ela está indo embora.

Ele fala como se eu não estivesse ali ainda.

Depois disso, eu desço os degraus escarlates correndo, virando o rosto para trás uma vez só para ver Rodney entrando às pressas pela porta giratória, e o Sr. Preston atrás dele, com uma das mãos estendida à frente enquanto a outra guia o Sr. Snow para dentro do hotel.

Olho meu celular: 17h45.

Está na hora.

Capítulo 24

Estou sentada na cafeteria bem em frente ao hotel, perto da janela, de forma que tenho uma vista perfeita para a entrada do Regency. A luz está enfraquecendo. Sombras nítidas cobrem a entrada, deixando a escadaria vermelha em um tom diferente, mais próximo da cor de sangue seco. Não vai demorar para que as lâmpadas de ferro forjado se acendam. Suas luzes vão brilhar generosamente, enquanto o entardecer dá lugar à noite.

Há uma chaleira de metal na minha frente, do tipo que goteja e nunca derrama de forma corrente, e uma caneca pesada. Prefiro tomar chá na xícara de porcelana da vovó, mas não estou em condição de escolher. Também me dei ao luxo de pedir um bolinho de uva-passa, que dividi em quatro partes, mas estou nervosa demais para comer no momento.

Há alguns minutos, o Sr. Preston saiu pela porta giratória e voltou ao púlpito. Fez uma ligação. Foi muito rápida, muito mesmo. Eu o vejo erguer os olhos e olhar na direção da mesa onde me encontro. Talvez ele não consiga me ver na luz do fim da tarde, mas sabe que eu estou aqui. E eu sei que ele está ali. É reconfortante.

Meu celular vibra. É uma mensagem de Charlotte, um emoji de polegar para cima. Combinamos de antemão que seria nosso código para dizer: "As coisas estão saindo de acordo com o plano."

Outra mensagem dela chega: *Espere onde está.*

Envio um emoji de polegar erguido de volta para ela, mesmo que não me sinta nada positiva. Estou definitivamente um polegar para baixo e não vou ficar para cima até ver algum movimento naqueles degraus, até ver algum sinal — algum sinal que não seja um emoji — de que o plano está de fato funcionando. E, por enquanto, nada.

17h59.

Está na hora.

Coloco minhas mãos nervosas em torno da caneca, mesmo que esteja apenas morna agora e não seja muito reconfortante. Tenho uma boa visão da TV, à direita da minha mesa. Está sem som, mas ligada como sempre no canal de notícias 24 horas. Um jovem policial, o colega da detetive Stark, está prestes a falar na coletiva de imprensa. Ele lê os papéis diante dele. A legenda corre:

... *que uma prisão foi feita em conexão com o que a polícia confirmou ter sido o assassinato do Sr. Charles Black, na última segunda-feira, no Hotel Regency Grand. Nesta foto aqui está a acusada, Molly Gray, camareira do Regency. Ela foi presa por homicídio qualificado, posse de arma de fogo e posse de drogas.*

Bebo um gole de chá e quase engasgo ao ver meu rosto na tela da TV. A foto foi tirada para o RH do hotel no dia em que fui contratada. Não sorri para a foto, mas pelo menos pareço profissional. Estou usando meu uniforme. Está limpo, recém-passado. A legenda continua:

... *atualmente em liberdade sob fiança. Quem quiser mais informações pode...*

Eu me distraio porque ouço carros freando bruscamente. Do outro lado da rua, bem diante do hotel, há quatro carros escuros da polícia. Vários policiais armados saem dos veículos e sobem as escadas em um ritmo apressado. Observo o Sr. Preston guiá-los para dentro. A coisa toda dura apenas alguns segundos. O Sr. Preston sai novamente pela porta giratória, seguido pelo Sr. Snow. Trocam algumas palavras e depois se voltam para os diversos hóspedes na entrada, sem dúvida para garantir a eles que está tudo bem, quando absolutamente nada está bem. Eu me sinto totalmente desamparada, observando de longe. Não há nada a fazer a não ser torcer e esperar. E fazer uma ligação. A mais importante que já fiz.

Está na hora.

Esta é a única parte do plano que guardei para mim durante todo esse tempo. Não compartilhei com ninguém, nem com o Sr. Preston, Charlotte ou mesmo Juan Manuel. Ainda há algumas coisas que só eu sei, coisas que só eu posso compreender porque as vivi. Sei como é ficar sozinha, tão sozinha que você faz as escolhas erradas, que você confia nas pessoas erradas por puro desespero.

Abro a lista de contatos do meu celular. Ligo para Giselle.

Ouço chamar uma, duas, três vezes, e bem quando acho que ela não vai atender...

— Alô?

— Boa noite, Giselle. Aqui é a Molly, a camareira Molly. Sua amiga.

— Ah, meu Deus, Molly. Eu estava esperando você ligar. Não te vi mais no hotel. Senti muito a sua falta. Está tudo bem?

Eu não tenho tempo para cordialidade, e acredito que é uma das poucas ocasiões na vida em que pular as regras de etiqueta é totalmente apropriado.

— Você mentiu para mim — digo. — Rodney é seu namorado. Seu namorado secreto. Você nunca me contou isso.

Há uma pausa do outro lado da linha.

— Ah, Molly — diz ela, após um tempo. — Me desculpe.

Consigo ouvir aquele agudo na voz dela que me informa que ela está à beira das lágrimas.

— Achei que éramos amigas.

— Nós *somos* amigas — responde ela.

As palavras dela me atingem como farpas.

— Molly, eu estou perdida. Estou... estou tão perdida — declara.

Ela está chorando abertamente agora, com a voz frágil e assustada.

— Você me fez mudar seu revólver de lugar — lembro.

— Eu sei. Eu não deveria ter envolvido você na minha confusão. Estava assustada, com medo de que a polícia encontrasse minha arma e tudo apontasse para mim. E imaginei que nunca fossem suspeitar de você.

— A polícia encontrou o seu revólver no meu aspirador de pó. Tudo está apontando para mim agora, Giselle. Fui presa por várias acusações. Foi anunciado publicamente há poucos minutos.

— Meu Deus, isso não pode estar acontecendo — diz ela.

— Está acontecendo. Comigo. E eu não matei o Sr. Black.

— Eu sei disso — afirma Giselle. — Mas também não fui eu, Molly. Eu juro.

— Eu sei — digo. — Você sabia que o Rodney ia me incriminar?

— Molly, juro que não sabia. E as coisas que ele fez você fazer, limpar os quartos depois das entregas dele? Só descobri isso na segunda-feira de manhã. Até então, eu não fazia ideia. Você viu o olho roxo dele? Eu bati nele quando me contou. Tivemos uma briga enorme por causa disso. Eu disse que não estava certo, que você era inocente, uma pessoa boa, e que ele não podia usar as pessoas desse jeito. Joguei minha bolsa nele, Molly. Fiquei com tanta raiva. A corrente bateu bem no olho dele.

Era um mistério solucionado, mas só um.

— Você sabia que o Rodney e o Sr. Black eram sócios em uma atividade ilegal? — pergunto. — Sabia que estavam executando uma operação ilegal no hotel?

Eu a ouço se remexer do outro lado da linha.

— Sim — confessa ela. — Eu sei há um tempo. É por isso que a gente passava tanto tempo nessa merda de hotel. Mas a parte sobre você, sobre o Rodney ter te envolvido no trabalho sujo dele, eu só descobri essa semana. Se soubesse antes, eu juro que teria colocado um fim nisso. E, eu juro, não tive nada a ver com o assassinato do Charles. Rodney e eu fizemos piadas sobre o assunto, claro, sobre como a gente daria um jeito na nossa vida e finalmente poderia ficar junto abertamente. Era só matar o chefe dele e meu marido com a mesma bala. Chegamos a planejar nossa fuga juntos, para bem longe.

As peças se encaixam. O itinerário de voo, duas passagens só de ida.

— Para as Ilhas Cayman — digo.

— Isso, para as Ilhas Cayman. Foi por isso que eu pedi ao Charles para colocar a propriedade no meu nome. Eu ia largar ele e fugir, pedir o divórcio de longe. Rodney e eu iríamos começar uma vida nova, uma vida melhor. Só nós dois. Mas eu nunca achei... não sabia que o Rodney seria realmente capaz de...

A voz dela some.

— Você já se sentiu traída alguma vez, Giselle? — pergunto. — Já confiou muito em alguém que depois te decepcionou?

— Você sabe que já. Sabe muito bem — responde ela.

— O Sr. Black te decepcionou.

— Sim. Mas não foi o único. Rodney também. Parece que eu sou especialista em confiar em babacas.

— Talvez seja mais uma coisa que temos em comum — digo.

— É — concorda Giselle. — Mas eu não sou que nem eles, Molly. Charles e Rodney. Não sou nem um pouco que nem eles.

— Não? — pergunto. — Minha avó costumava dizer: *Se quer saber aonde uma pessoa está indo, olhe para os pés dela, não para a boca*. Só fui entender isso hoje. Ela também dizia: *Quem viver verá*.

— Verá o quê?

— Quer dizer que eu não vou mais confiar nas suas palavras. Não vou.

— Molly, eu errei, só isso. Cometi um maldito erro estúpido quando pedi para você entrar na suíte e fazer o trabalho sujo por mim. Por favor. Eu não vou te deixar ir presa por causa disso. Eles não podem se safar.

A voz dela parece franca e direta, mas posso confiar no que eu ouço?

— Giselle, você está no hotel agora? No seu quarto?

— Estou. Como uma princesa presa na torre. Molly, tem que me deixar te ajudar. Vou contar a verdade, está bem? Vou contar para a polícia que o revólver era meu e eu pedi a você que tirasse de lá. Vou contar até que o Rodney e o Charles vendiam drogas. Vou limpar seu nome, prometo. Você é a única amiga de verdade que eu já tive, Molly.

A torrente de lágrimas quebra a barragem dos meus olhos. Espero que isso seja verdade, espero mesmo. Espero que ela seja uma boa pessoa que se enfiou numa situação ruim. Chegou a hora de testá-la.

— Giselle, você precisa me ouvir. Tem que me ouvir com muita atenção, está bem?

— Sim — diz ela, fungando.

— Consegue ir para as Ilhas Cayman?

— Sim. Tenho passagens com data flexível. Posso ir a qualquer hora.

— Ainda está com o seu passaporte?

— Sim.

— Não entre em contato com o Rodney. Está entendendo?

— Mas não é melhor eu avisar a ele que...

— Ele não liga a mínima para você, Giselle. Você não vê? Ele vai te usar na primeira chance que tiver. Você é só mais um peão no jogo dele.

Ouço a respiração arfante do outro lado da linha.

— Ah, Molly, eu queria ser como você. Não sou. Você é forte, é honesta. É boa. Eu não sei se vou conseguir. Não sei se posso ficar sozinha.

— Você sempre esteve sozinha, Giselle. Companhia ruim é pior do que companhia nenhuma.

— Vou adivinhar: sua avó disse isso?

— Disse — respondo. — E ela estava com a razão.

— Como eu posso ter me apaixonado por um homem tão...

— Vil? — sugiro.

— Sim — concorda. — Tão vil.

— Vil e vilão começam com as mesmas letras. Um chama o outro.

— Rodney e Charles — diz ela.

— Vil e vilão — completo. — Giselle, nós não temos muito tempo. Preciso que faça o que eu mandar. E tem que ser rápido.

— Está bem. Faço o que você quiser, Molly.

— Quero que coloque seus pertences mais básicos numa única mala. Pegue seu passaporte e todo o dinheiro que tiver e coloque bem junto do seu coração. E quero que fuja. Não pela porta da frente do hotel, mas pela porta de trás. Agora. Está me ouvindo?

— Mas e você? Não posso deixar você...

— Se é minha amiga, vai fazer isso por mim. Não estou mais sozinha. Tenho amigos reais, amigos de verdade. Vou ficar bem. Estou pedindo que faça o que eu falei. Vá agora, Giselle. Fuja.

Ela continua a falar, mas eu não ouço porque já disse tudo o que preciso dizer. Sei que é uma grosseria e, se não fosse uma situação extraordinária, nunca me comportaria de maneira tão rude e seca. Desligo sem dizer mais nada.

Quando ergo a cabeça, uma funcionária da cafeteria está em pé ao meu lado. Ela está se remexendo, incomodada, colocando o peso do corpo ora em um pé, ora no outro. Reconheço esse comportamento: é o que eu faço quando estou aguardando minha vez de falar.

— Era você? — pergunta ela, apontando para a tela da televisão.

Como é que devo responder?

Honestidade é o melhor caminho.

— Era eu. Sim.

Há uma pausa enquanto ela assimila a informação.

— Ah, devo acrescentar que não fui eu. Que matei o Sr. Black, digo. Não sou assassina. Você não tem nada com que se preocupar.

Bebo um gole de chá. A funcionária da cafeteria fica com o corpo rígido e se afasta da minha mesa. Ela só vira as costas para mim depois de chegar atrás do balcão. Eu a observo correr para dentro da cozinha, onde deve estar falando com a supervisora, que em breve vai sair e olhar para mim com olhos arregalados. Vou reconhecer a expressão instantaneamente. Sei que significa medo, porque estou melhorando, entendendo os indícios mais sutis, a linguagem corporal que expressa estados emocionais.

Vivendo e aprendendo.

A mesma supervisora vai me olhar de cima a baixo e verificar que de fato sou a pessoa que apareceu no jornal. Vai telefonar para a polícia. A polícia vai dizer algo para tranquilizá-la, vai dizer que ela não precisa se preocupar ou que a coletiva de imprensa errou em alguns detalhes.

Tudo vai ficar bem no final.

Inspiro fundo. Saboreio mais um gole tranquilizador de chá. Espero e observo a entrada do hotel.

E então: ali está, finalmente, o que eu vinha aguardando...

Os policiais saem pela porta giratória com um homem à sua frente: Rodney, com as mangas da camisa branca arregaçadas, facilitando a visão dos lindos antebraços algemados. Atrás dele está a detetive Stark. Ela traz uma bolsa azul-marinho que reconheço na mesma hora. O zíper está semiaberto. Mesmo de onde estou consigo ver que a bolsa não contém roupas e itens pessoais de um lavador de pratos, mas sacolas com pó branco.

Pego um quarto bem cortado do meu bolinho de uva-passa. Que delícia. Está fresco. Não é interessante que esse estabelecimento prepare os bolos no fim da tarde? Não é de se esperar que muita gente escolha comer bolo no fim do dia, mas o fato é que comem. Talvez haja outras pessoas no mundo como eu.

As pessoas são um mistério que não tem solução.

É verdade, vovó. Totalmente verdade.

O bolinho está divino. Derrete na minha boca. É tão bom comer. É tão humano e prazeroso. Algo que todos precisamos fazer para viver, algo que todas as pessoas no planeta têm em comum. Como, logo existo.

A cabeça de Rodney é empurrada para dentro da parte de trás de um dos carros de polícia. Vários dos agentes que correram para dentro do hotel há alguns minutos estão de vigia ao pé da escada. Hóspedes nervosos se amontoam na entrada do hotel, buscando ser reconfortados e tranquilizados pelo porteiro.

A detetive Stark sobe a escada e diz algo para o Sr. Preston. Vejo os dois olharem na minha direção. Não é possível que estejam me vendo, não na luz do fim de tarde que bate na vitrine da cafeteria.

A detetive Stark acena com a cabeça em minha direção. É um movimento quase imperceptível, mas ainda assim. E é para mim, tenho certeza. Não sei ao certo o que significa aquele pequeno gesto ao longe. Eu com certeza já penei para interpretar a detetive Stark, então todas as minhas suposições são apenas isto: suposições, não certezas.

Nunca fui muito de apostas, ainda mais porque sempre tive muita dificuldade em ganhar dinheiro e facilidade em perder. Mas, se eu fosse apostar, diria que o aceno da detetive Stark tinha um significado específico. E o significado era: *eu estava errada*.

Capítulo 25

Eu caminho sem pressa de volta para o meu apartamento. Engraçado como é difícil apreciar as pequenas coisas inspiradoras à nossa volta quando o estresse nos permeia: os pássaros piando, cantando as últimas canções antes de se retirarem para uma noite de sono; o céu feito algodão-doce enquanto o sol se põe; o fato de estar a caminho de casa e, ao contrário de todos os outros dias nos últimos meses, quando eu abrir a porta, vai ter um amigo lá esperando por mim. Talvez seja a primeira vez desde a morte da vovó que me sinto tão esperançosa.

Tudo vai ficar bem no final. Se não está tudo bem, é porque ainda não chegou o fim.

Meu prédio está logo adiante. Eu apresso o passo. Sei que Juan Manuel vai estar desesperado, querendo notícias — notícias de verdade, não um emoji de polegar erguido.

Passo pela porta do prédio e subo os degraus de dois em dois até o meu andar. Viro no meu corredor, pego a chave e entro.

— Cheguei! — grito.

Juan Manuel vem correndo na minha direção até parar muito mais perto de mim do que a distância de um carrinho de limpeza. A proximidade dele não me incomoda. Eu nunca tive problema com ter pessoas perto de mim. Meu problema sempre foi o contrário: as pessoas mantêm distância.

— *Híjole*, você voltou — diz ele com as mãos unidas.

Então, abre a porta do armário, pega o pano de limpeza e espera eu tirar meus sapatos.

— Funcionou? — pergunta. — Eles pegaram o rato?

— Sim — respondo. — Vi com meus próprios olhos. Pegaram o Rodney.

— Ah, obrigado, obrigado. Você precisa me contar tudo. E você? Me diga: está tudo bem?

— Tudo bem, sim, Juan Manuel. Estou ótima, de verdade.

— Que bom. — Ele solta a respiração. — Que ótimo.

Ele pega meus sapatos e esfrega a sola como se um gênio fosse sair lá de dentro. Finalmente, ele termina a limpeza agressiva e guarda os sapatos e o pano no armário. Então me abraça. Fico tão surpresa com a demonstração de afeto repentina que meus braços amolecem e eu esqueço que a coisa correta a fazer é retribuir o abraço. Quando me dou conta disso, ele me solta.

— Por que fez isso? — pergunto.

— Porque você voltou para casa sã e salva — diz ele. — Vamos na cozinha. Preparei um pequeno jantar para nós dois. Tentei manter a esperança, Molly, mas eu estava preocupado. Achei que talvez a polícia fosse aparecer e me levar embora, ou que talvez você não voltasse nunca mais. Tive pensamentos muito ruins. E se eles...

A voz dele se esvai.

— Se eles o quê?

— Rodney e os capangas — responde. — E se eles... machucassem você do jeito que me machucaram?

Sinto o cômodo se inclinar trinta graus só de pensar naquilo, mas respiro fundo para me acalmar.

— Vamos — diz Juan Manuel.

Eu o sigo até a cozinha, onde ele preparou um banquete. São os restos da comida do Olive Garden dispostos belamente nos pratos, para nós dois. Ele até usou a toalha de mesa preta e branca quadriculada da vovó para criar uma atmosfera italiana. O resultado ficou charmoso. Nosso minúsculo cantinho da cozinha se transformou em uma cena de cartão-postal. Parece que estou sonhando, e levo um instante para recuperar minha voz.

— Está tudo lindo, Juan Manuel — consigo dizer. — Sabe que é a primeira vez em muito tempo que acho que vou conseguir comer uma refeição inteira?

— Vamos comer, e você me conta tudo.

Nós nos sentamos, mas, assim que ele toca a cadeira, dá um pulo e se levanta outra vez.

— Ah, esqueci — diz ele.

Juan Manuel corre até a sala e volta com um dos castiçais da vovó e uma caixa de fósforos.

— Podemos acender? — pergunta. — Sei que isso é especial, mas hoje é um dia especial, não? Já que eles pegaram o cara certo?

— Sim, e o levaram embora em um carro da polícia. E espero que isso signifique coisas boas para nós dois.

Enquanto as palavras deixam minha boca, a dúvida se instala. Uma coisa é ter esperança, outra é confiar que tudo vai terminar bem, tanto para Juan Manuel quanto para mim.

Ele coloca a vela entre nós dois. Quando estamos prestes a pegar nossos garfos, meu celular toca dentro do bolso e eu quase pulo da cadeira. É a Charlotte. Ainda bem.

— Charlotte? — atendo. — É a Molly. Molly Gray.

— Sim — responde ela. — Eu sei. Você está bem?

— Estou — digo. — Estou muito bem, obrigada por perguntar. Estou em casa com o Juan Manuel e estamos prestes a fazer um Tour da Itália.

— Como?

— Não importa. Pode me dizer como foi dentro do hotel? Eu vi tudo acontecer da cafeteria, mas o plano funcionou? Pegaram o Rodney em flagrante?

— Tudo correu muito bem, Molly. Olha, não posso falar muito agora. Estou na delegacia. A detetive Stark quer falar comigo na sala dela. Você e

Juan Manuel fiquem aí, está bem? Papai e eu vamos até a sua casa assim que pudermos. Deve demorar umas duas horas. E acho que você vai ficar muito satisfeita com o resultado.

— Certo, tudo bem. Obrigada, Charlotte — digo. — Transmita meus cumprimentos à detetive Stark.

— Quer que eu... tem certeza?

— Não há motivo para ser indelicada.

— Está bem, Molly. Vou dar "oi" por você.

— Por favor, diga a ela que sei ler acenos.

— Sabe o quê?

— Só diga isso, por favor, essas palavras. E obrigada.

— Está bem — diz Charlotte, e encerra a ligação.

Eu guardo meu celular.

— Peço mil desculpas pela interrupção. Quero que saiba que eu não costumo atender ligações durante o jantar. Não pretendo fazer disso um hábito.

— Molly, você se preocupa demais com "isso é certo" e "isso é errado". Só quero saber o que a Charlotte disse.

— Pegaram Rodney no ato.

— *En flagrante delito?*

— Em flagrante, sim.

Um sorriso se espalha pelo rosto de Juan Manuel até alcançar seus olhos castanho-escuros. Vovó me disse uma vez que um sorriso de verdade acontece nos olhos, algo que só entendo neste exato momento.

— Molly, eu ainda não tive a chance de falar com você a sós, de pedir desculpas. Nunca quis envolver você nisso tudo.

Estou com o garfo na mão, mas o solto na mesma hora.

— Juan Manuel — digo —, você tentou me manter fora disso. Tentou até me avisar.

— Talvez eu devesse ter tentado mais. Talvez eu devesse ter contado tudo para a polícia. O problema é que eu não confio na polícia. Quando olham para pessoas como eu, às vezes só veem coisa ruim. E nem todos os policiais são bons, Molly. Como vou saber quem é quem? Fiquei com medo de contar sobre as drogas e o hotel e as coisas piorarem... para mim e para você.

— Sim. Eu entendo. Eu mesma já tive dificuldade em saber quem é quem.

— E quanto ao Rodney e ao Sr. Black — continua ele —, eu não ligava mais se iam me matar ou não. Mas a minha mãe? Minha família? Eu estava com medo de que eles fossem machucados. E tinha medo de que machucassem você também. Pensei: se eu aguentar a dor e ficar quieto, talvez ninguém mais se machuque.

Os pulsos dele estão sobre a mesa, não os cotovelos. Tenho dificuldade em me concentrar no rosto de Juan Manuel porque, de repente, só consigo enxergar as cicatrizes nos antebraços dele, algumas mais antigas, uma ou duas recentes.

Aponto para seu braço.

— Foi ele? — pergunto. — Foi o Rodney que fez isso com você?

— Rodney, não — responde ele. — Os amigos dele. Os grandalhões. Mas foi o Rodney quem mandou. O Sr. Black queima o Rodney, então o Rodney me queima. É o meu castigo por reclamar, por dizer que não quero fazer o trabalho sujo do Rodney. E por ter uma família que eu amo, enquanto ele não tem.

— É muito errado o que eles fizeram com você.

— É. É, sim. E o que fizeram com você também.

— Seus braços. Devem estar doendo.

— Já doeram. Mas hoje estão bem. Hoje eu me sinto um pouquinho melhor. Nem sei o que vai acontecer comigo, mas me sinto bem agora que pegaram o Rodney. E temos uma vela para acender. Então há esperança.

Ele pega um fósforo na caixa e acende a vela.

— Não vamos deixar a comida esfriar — diz. — Vamos comer.

Pegamos nossos garfos e saboreamos a refeição. Tenho tempo de sobra, não só para fazer um número correto de mastigações, mas também para desfrutar de cada garfada. Entre uma e outra, conto cada detalhe da minha tarde: toda a espera e a preocupação na cafeteria, como me vi na TV, os carros freando de repente, a cabeça de Rodney sendo empurrada sem cerimônias para dentro da viatura. Quando falo da atendente da cafeteria, que me reconheceu depois de assistir ao noticiário, Juan Manuel dá uma gargalhada. Por um instante, fico paralisada. Não sei se está rindo de mim ou comigo.

— Qual é a graça? — pergunto.

— Ela achou que você era uma assassina! Na cafeteria. Tomando chá e comendo um bolo!

— Era só um bolinho. Um bolinho de uva-passa.

Ele ri ainda mais daquilo, e, não sei por quê, mas fica claro que está rindo comigo. De repente, me vejo rindo também, rindo de um bolinho de uva-passa sem sequer saber o motivo.

Depois do jantar, Juan Manuel começa a recolher os pratos.

— Não — interrompo. — Você teve a gentileza de servir o jantar. Eu limpo.

— Não é justo — responde ele. — Você acha que é a única que gosta de limpar as coisas? Por que vai tirar minha alegria?

Ele sorri mais uma vez daquele jeito dele e pega o avental da vovó atrás da porta da cozinha. É azul e rosa, com uma estampa de flores, mas ele não parece se importar. Veste o avental, cantarolando enquanto o amarra.

Faz tanto tempo que não vejo alguém usando aquele avental. Mesmo a vovó. Ela estava doente demais para usá-lo nos últimos meses de vida. Ver um corpo lhe dar forma outra vez... Não sei por quê, mas preciso desviar os olhos.

Eu me volto para a mesa e reúno o restante dos pratos enquanto Juan Manuel prepara a pia com água e detergente.

Juntos, nós avançamos rapidamente na arrumação, e, dentro de poucos minutos, a cozinha está impecável.

— Viu? — diz ele. — Trabalhei em cozinhas a vida inteira: grandes, pequenas e de família. Sei melhor do que ninguém que ver uma bancada limpa faz o coração pular por alegria.

— Pular *de* alegria — corrijo.

— Ah, sim. Pular de alegria.

Olho para ele sob o brilho da vela da vovó, e é como se nunca o tivesse olhado direito. Vejo este homem todos os dias no trabalho há meses, e agora, de repente, ele me parece mais bonito do que eu jamais havia percebido.

— Você se sente invisível? — pergunto. — Digo, no trabalho. Às vezes tem a impressão de que as pessoas não veem você?

Ele tira o avental da vovó e o pendura de volta no gancho perto da porta antes de responder.

— Sim, claro. Estou acostumado com essa sensação. Sei o que é ser totalmente invisível, me sentir sozinho num mundo desconhecido. Ter medo do futuro.

— Deve ter sido horrível para você — digo. — Ser forçado a ajudar o Rodney mesmo sabendo que era algo ruim.

— Às vezes a gente precisa fazer algo ruim pra poder fazer algo bom. Nem sempre é tão preto no branco quanto as pessoas acham. Ainda mais quando não se tem escolhas.

É. Ele tem toda a razão.

— Me diga uma coisa, Juan Manuel. Você gosta de quebra-cabeças?

— Se gosto? *Amo.*

Bem nesse instante, alguém bate na porta. Sinto meu estômago afundar e percebo que minhas pernas estão grudadas no chão.

— Molly, podemos abrir? Molly?

— Sim, claro — respondo.

Obrigo minhas pernas a avançarem. Nós dois chegamos à porta, e eu a destranco.

Quando abro, Charlotte e o Sr. Preston estão ali e, atrás deles, a detetive Stark.

Meus joelhos ficam fracos, e eu me seguro na soleira da porta.

— Está tudo bem, Molly — diz o Sr. Preston. — Tudo bem.

— A detetive veio trazer boas notícias — acrescenta Charlotte.

Ouço as palavras, mas sou incapaz de me mover. Juan Manuel está ao meu lado, me segurando. Ouço uma porta se abrir no fim do corredor e, em seguida, vejo o Sr. Rosso parado atrás da detetive Stark. Parece uma festa na porta da minha casa.

— Eu sabia! — grita ele. — Eu sabia que você não prestava, Molly Gray. Vi você no noticiário! Quero você fora do meu prédio, está me ouvindo? Delegada, leve ela embora daqui!

Sinto uma onda de vergonha que deixa minhas bochechas quentes e rouba minha voz.

A detetive Stark se volta para o Sr. Rosso.

— Na verdade, senhor, aquele boletim estava equivocado. Vão apresentar uma correção dentro de mais ou menos uma hora. Molly é totalmente inocente. Inclusive, ela tentou ajudar com o caso, e isso não foi compreendido de início. É por isso que estou aqui.

— Senhor — diz Charlotte para o Sr. Rosso —, imagino que esteja ciente de que não pode simplesmente despejar inquilinos sem razão. A Srta. Gray pagou o aluguel?

— Pagou, mas atrasado — responde ele.

— A Srta. Gray é uma inquilina-modelo que não merece sua importunação — declara Charlotte. — Além disso, detetive Stark, você viu algum elevador neste…?

— Sinto muito, tenho que ir — diz o Sr. Rosso, e se afasta correndo antes que Charlotte termine de falar.

— Adeus! — grita ela para as costas dele.

O corredor está em silêncio. Estamos parados na minha porta. Todos os olhos voltados para mim. Não sei o que fazer.

O Sr. Preston pigarreia.

— Molly, poderia fazer a gentileza de nos convidar para entrar?

Minhas pernas despertam do torpor. Quando recupero minha força, Juan Manuel me solta.

— Peço desculpas — digo. — Não estou acostumada a receber tantos convidados. Mas a companhia é bem-vinda. Entrem, por favor.

Juan Manuel fica feito uma sentinela ao lado da porta, cumprimentando cada visitante e pedindo que tirem os sapatos. Ele os limpa com as mãos trêmulas e guarda cuidadosamente no armário.

Meus convidados entram na sala de estar e ficam ali de pé, constrangidos. O que estão esperando?

— Por favor — digo. — Sentem-se.

O Sr. Preston vai até a cozinha e volta com duas cadeiras, que ele posiciona diante do sofá.

— Alguém gostaria de um chá? — pergunto.

— Nossa, eu mataria alguém por um chá agora — diz o Sr. Preston.

— Pai!

— Péssima escolha de palavras. Peço desculpas.

— Tudo bem, Sr. Preston — digo, então me volto para a detetive Stark. — Todos nós erramos de vez em quando, não é, detetive?

A detetive Stark parece subitamente muito interessada nos próprios pés dentro das meias-calças. Não deve estar acostumada a tirar os sapatos no meio de um dia de trabalho e ver os dedinhos do pé tão expostos.

— Então — retomo —, o que acham do chá?

— Eu faço — responde Juan Manuel.

Ele olha de esguelha para a detetive antes de se encaminhar às pressas para a cozinha.

O Sr. Preston oferece um assento à detetive Stark, e ela aceita. Charlotte ocupa a mesma cadeira da visita anterior. Eu me sento no sofá, com o Sr. Preston ao meu lado, no lugar que vovó sempre ocupava.

— Como podem imaginar — digo —, estou muito curiosa para saber o que aconteceu nas últimas horas. Eu gostaria, principalmente, de saber se continuo acusada de assassinato.

Ouço uma colher cair no chão de azulejo da cozinha.

— Desculpa! — grita Juan Manuel.

— Todas as acusações contra você foram retiradas — diz a detetive Stark.

— Todas elas — enfatiza Charlotte. — A detetive queria que você fosse até a delegacia pra contar isso pessoalmente, mas eu fiz questão de que ela viesse até aqui.

— Obrigada — digo a Charlotte.

Charlotte se debruça, me olhando bem nos olhos.

— Você é inocente, Molly. E eles sabem disso agora.

Eu ouço as palavras. Elas fazem sentido na minha mente, mas não consigo acreditar totalmente. Palavras sem ações podem iludir.

O Sr. Preston dá um tapinha no meu joelho.

— Pronto, pronto. Tudo acabou bem.

É exatamente o que a vovó teria dito se ainda estivesse viva.

— Molly — diz a detetive Stark —, eu estou aqui porque vamos precisar da sua ajuda. Recebemos uma ligação do Sr. Snow esta tarde pedindo que fôssemos até o hotel urgentemente. Ele tinha novas informações para nós.

Juan Manuel sai da cozinha com o rosto pálido e tenso, trazendo a bandeja de chá da vovó e a pousando sobre a mesa. Então ele se afasta, ficando a muitos carrinhos de distância da detetive.

Ela não parece notar. Apenas olha para a bandeja e escolhe a xícara da vovó, o que me incomoda imensamente, mas não faço alarde.

— Juan Manuel — chamo, me levantando. — Sente aqui.

Eu gostaria de poder oferecer outra cadeira a ele, mas infelizmente não tenho.

— Não, não — responde ele. — Por favor, sente, Molly. Eu fico em pé.

— Boa ideia — concorda a detetive Stark. — Assim é menos provável que ela desmaie de novo.

Eu me sento outra vez.

A detetive coloca um pouco de açúcar no chá, mexe e então continua:

— Quando entramos na suíte dos Black hoje, o atendente do Bar & Restaurante Social, Rodney Stiles, e dois colaboradores dele estavam lá dentro.

— Dois cavalheiros imponentes, com uma seleção interessante de tatuagens no rosto? — pergunto.

— Sim, você os conhece?

— Achei que eram hóspedes do hotel — respondo. — Me disseram que eram amigos do Juan Manuel.

Eu me arrependo das minhas palavras assim que as digo.

É como se o Sr. Preston conseguisse ler meus pensamentos, porque ele imediatamente fala:

— Não se preocupe, Molly. A detetive sabe a respeito do Rodney e da chantagem com o Juan Manuel. E dos... atos violentos contra ele também.

Juan Manuel está petrificado perto da entrada da cozinha. Eu sei como é essa sensação, quando falam de você como se não estivesse presente.

— Molly, pode contar para a detetive por que você limpava os quartos para o Rodney sempre que ele pedia? Só diga a verdade para a detetive — pede Charlotte.

Olho para Juan Manuel. Não vou dizer mais nenhuma palavra sem o consentimento dele.

— Tudo bem — diz ele. — Pode contar.

Eu começo a explicar tudo, então: que Rodney mentiu, que me disse que Juan Manuel era amigo dele e que não tinha onde morar, que me fez limpar quartos sem que eu soubesse o que eu estava limpando, como me enganou e como usou Juan Manuel.

— Eu não sabia o que estava acontecendo de verdade naqueles quartos todas as noites. Não me dei conta de que o Juan Manuel estava sendo machucado e chantageado. Achei que estava ajudando um amigo.

— Mas por que acreditou nele? — pergunta a detetive Stark. — Por que acreditou no Rodney quando era tão óbvio que a situação envolvia drogas?

— O que é óbvio para você, detetive, nem sempre é óbvio para todo mundo. Minha avó costumava dizer que "somos todos iguais de jeitos diferentes". A verdade é que eu confiava no Rodney. Confiava num mau partido.

Juan Manuel permanece imóvel, feito uma estátua, diante da cozinha.

— Rodney me usou e usou o Juan Manuel para se tornar invisível — digo. — Eu vejo isso agora.

— Bom, sim — responde a detetive Stark. — Mas nós o pegamos. Encontramos grandes quantidades de benzodiazepina e cocaína na suíte. Estava literalmente nas mãos dele.

Penso nos "amigos benzo" de Giselle em um frasco sem rótulo, muito provavelmente fornecido por Rodney.

— Ele foi acusado de diversos crimes relacionados a drogas, de posse ilegal de arma de fogo e por ameaçar um policial.

— Por ameaçar um policial? — pergunto.

— Ele apontou um revólver quando abriram a porta da suíte. Era da mesma marca e modelo daquele que encontramos no seu aspirador, Molly.

É difícil imaginar Rodney, com a camisa branca de mangas arregaçadas, pegando um revólver em vez de uma cerveja atrás do bar.

Juan Manuel percebe aquilo que eu não vejo. Todos os olhos se voltam para ele quando fala:

— Você falou de muitas acusações, mas não disse assassinato.

A detetive Stark assente.

— Também acusamos Rodney de homicídio qualificado pela morte do Sr. Black. Mas, para ser sincera, acho que vamos precisar da sua ajuda pra que isso dê em algo. Ainda tem algumas coisas que não estamos entendendo.

— Como...? — pergunta Charlotte.

— Quando entramos na suíte dos Black pela primeira vez, no dia em que você o encontrou morto, Molly, não havia rastros das impressões digitais de Rodney em lugar nenhum. Na verdade, não havia praticamente nenhuma impressão digital lá dentro. E encontramos rastros do seu produto de limpeza no pescoço do Sr. Black.

— Porque eu verifiquei a pulsação dele. Porque...

— Sim. Nós sabemos, Molly. Sabemos que você não o matou.

Então, algo me ocorre.

— É culpa minha.

Todos olham para mim.

— O que você quer dizer com isso? — indaga o Sr. Preston.

— O fato de não terem encontrado as digitais do Rodney em lugar nenhum. Quando limpo um quarto, eu o deixo em um estado de absoluta perfeição. Se o Rodney entrou no quarto e deixou impressões digitais, eu as limpei sem perceber. Sou uma boa camareira. Talvez boa demais.

— Você pode estar certa — diz a detetive Stark.

Ela sorri, mas não é um sorriso completo; não do tipo que alcança os olhos.

— Estamos nos perguntando se você sabe algo a respeito do paradeiro de Giselle Black. Depois que prendemos Rodney, fomos correndo até o quarto dela no hotel, mas ela já tinha ido embora. Parece que viu nossa emboscada e saiu rapidinho. Deixou um bilhete no bloquinho do Regency Grand.

— O que ela escreveu? — pergunto.

— "Perguntem à camareira Molly. Ela vai contar. Não fui eu. Rodney e Charles = BFFs."

— BFFs? — indago.

— "Best Friends Forever", melhores amigos para sempre — explica Charlotte. — Estava dizendo que Rodney e Charles eram cúmplices.

— Sim — intervém Juan Manuel. — Eles eram cúmplices.

Todos os olhos se voltam para ele.

— Rodney e o Sr. Black se falavam muito no telefone — continua Juan Manuel. — Às vezes discutiam. Sobre dinheiro. Sobre entregas, territórios e negócios. As pessoas acham que eu não ouço nada, mas ouço.

A detetive vira a cadeira na direção de Juan Manuel.

— Teríamos muito interesse em ouvir seu depoimento — declara.

A expressão de Juan Manuel se torna apreensiva.

— Não vão fazer nenhuma acusação contra você — esclarece Charlotte.

— Nem te deportar. Eles sabem que você é vítima de um crime. E precisam da sua ajuda para julgar o criminoso.

— Isso — diz a detetive. — Entendemos que você foi ameaçado e coagido a cooperar com Rodney, e que sofreu… agressões físicas. E sabemos que você tinha um visto de trabalho que expirou.

— Ele não só "expirou" — conta Juan Manuel. — Rodney fez expirar.

A detetive inclina a cabeça para o lado.

— Como assim?

Juan Manuel explica que Rodney o colocou em contato com um advogado de imigração que desapareceu com o dinheiro dele, e os documentos nunca chegaram.

— Você sabe o nome desse "advogado"?

Juan Manuel confirma.

A detetive balança a cabeça.

— Parece que temos outro caso para investigar.

— Juan Manuel — intervém Charlotte —, se você nos ajudar como testemunha-chave no caso contra Rodney, talvez a gente também consiga pegar esse suposto advogado antes que ele faça a mesma coisa com outras pessoas.

— Ninguém mais deveria passar por isso — comenta Juan Manuel.

— Isso mesmo. E, Juan — continua Charlotte —, meu sócio, García, lida com imigração no nosso escritório. Se quiser, posso te apresentar a ele e ver se conseguimos seu visto de trabalho de volta.

— Eu gostaria de falar com ele, sim — declara Juan Manuel. — Mas tenho outras coisas com que me preocupar também. O Sr. Snow, por exemplo. Ele sabe o que eu fiz. Sabe que fiquei quieto quando deveria ter falado. Vai me demitir com certeza.

— Não vai — diz o Sr. Preston. — Ele precisa de você agora mais do que nunca.

— Todos nós precisamos — afirma a detetive Stark. — Precisamos que confirme que Rodney e o Sr. Black administravam um cartel de drogas no hotel, que estavam usando e agredindo você. Com a sua ajuda, pode ser que consigamos entender o que levou Rodney a cometer o assassinato. Ele insiste que é inocente nesse quesito. Admitiu que é culpado em relação às drogas, mas não do assassinato. Ainda não.

Juan Manuel fica em silêncio por um instante.

— Vou ajudar no que puder — concorda, por fim.

— Obrigada — responde a detetive Stark. — E, Molly, você pode nos dizer mais alguma coisa sobre a Giselle? Tem alguma ideia de onde ela pode estar?

— Ela vai aparecer quando estiver pronta — respondo.

— Espero que sim — diz a detetive.

Imagino Giselle em uma praia distante, na areia branca, lendo as notícias no celular e vendo que Rodney foi preso. Vai descobrir que eu não sou mais suspeita. O que vai fazer, então? Procurar a polícia? Ou vai deixar tudo para trás? Vai se meter com a carteira de algum outro homem rico ou vai de fato amadurecer e mudar?

Eu nunca fui muito boa em julgar as pessoas. Vejo a verdade tarde demais. É como Juan Manuel disse: às vezes você tem que fazer algo ruim para poder fazer algo bom. Talvez desta vez Giselle faça uma coisa boa. Talvez não.

— O que acontece agora? — pergunto. — Com o Juan Manuel? Comigo?

— Bem — diz a detetive Stark —, você está livre. Todas as acusações foram retiradas.

— Mas ainda estou demitida? — indago.

Só de pensar naquilo, já sinto que estou caindo de um precipício.

— Não, Molly — responde o Sr. Preston. — Você não vai perder seu emprego. Inclusive, o próprio Sr. Snow vai conversar com você e com o Juan Manuel sobre isso.

— Mesmo? Não vai demitir nenhum de nós? — pergunto.

— Ele disse que vocês dois são funcionários exemplares e que simbolizam o que significa trabalhar no Regency Grand — conta o Sr. Preston.

— Mas e o julgamento? — questiono.

— Ainda vai demorar muito — explica Charlotte. — Vamos nos preparar. E o processo vai levar meses. Mas espero que, trabalhando com a detetive Stark e a equipe dela, a gente consiga colocar o Rodney atrás das grades por muito tempo.

— Parece uma consequência adequada — digo. — Ele é um mentiroso, um agressor e um cafajeste.

— E um assassino — acrescenta o Sr. Preston.

Eu fico calada.

— Detetive — diz Charlotte —, percebo que minha cliente está cansada. Foi um dia cheio para ela, considerando que hoje de manhã ela foi erroneamente acusada de assassinato e agora está bebendo chá na sala da casa dela com a acusadora. Tem mais alguma coisa que queira dizer a ela?

A detetive Stark pigarreia.

— Só que... hum... sinto muito que tenha sido... detida.

— É muito gentil da sua parte, detetive — agradeço. — Espero que tenha aprendido uma lição importante.

A detetive se remexe na cadeira como se estivesse sentada em algo pontiagudo.

— Como? — diz ela.

— Talvez você tenha se precipitado na hora de tirar conclusões sobre mim. Você esperava certas reações que considera normais e, quando não viu essas reações, presumiu que eu era culpada. Presumir as coisas não é o melhor caminho.

— Tem razão.

— Minha avó sempre dizia que viver é aprender. Talvez, de agora em diante, você evite tirar conclusões precipitadas.

— Somos todos iguais de jeitos diferentes — acrescenta Juan Manuel.

— Hum. Suponho que seja verdade — diz ela.

Com isso, a detetive fica de pé, agradece pelo nosso tempo, calça as botas e se vai.

Ao fechar a porta, eu passo o ferrolho e dou um suspiro aliviado.

Então dou meia-volta e, em vez do vazio, na minha sala de estar vejo o rosto dos meus três amigos. Estão sorrindo, o tipo de sorriso que alcança os olhos. Pela primeira vez na vida, acho que entendo o que é um amigo de verdade. Não é só alguém que gosta de você — é alguém disposto a agir em sua defesa.

— Então? — diz o Sr. Preston. — A detetive saiu daqui com tanta humildade nas costas que não sei como ainda conseguia andar ereta. Como está se sentindo, Molly?

Estou absurdamente aliviada, mas é mais do que isso.

— Eu... não sei bem o que eu fiz para merecer isso — respondo.

— Você não mereceu nada do que aconteceu — diz Charlotte. — É inocente.

— Não estou falando dos crimes, mas da gentileza que vocês três vêm demonstrando comigo, sem nenhum motivo.

— Sempre há um motivo pra ser gentil — afirma Juan Manuel.

— Tem razão — concorda o Sr. Preston. — E sabe quem costumava me dizer isso sempre? — pergunta ele.

— Não — digo.

— Sua velha avó.

— Ela nunca me contou de onde vocês se conheciam — comento.

— Imagino que não — responde ele, e respira fundo. — Nós já fomos noivos.

— Vocês *o quê*? — diz Charlotte.

— Sim, eu tive uma vida antes de você, minha querida. Uma vida sobre a qual você não sabe quase nada.

— E não acredito que só estou sabendo disso agora — continua Charlotte.

— Então, o que aconteceu? — pergunta Juan Manuel.

Ele se instala na cadeira vaga da detetive.

— Sua avó, Flora, era uma mulher fantástica, Molly. Era gentil e sensível. Tão diferente das outras moças da idade dela. E eu fiquei completamente apaixonado. Eu a pedi em casamento quando nós dois tínhamos dezesseis anos, e ela disse sim. Mas os pais dela não permitiram. Eram bem de vida, sabe? Ela estava muito acima do meu nível, mas nunca agiu dessa forma.

Fico surpresa com o que estou ouvindo, absolutamente chocada. Mas talvez eu devesse saber que vovó tinha seus segredos. Todos nós temos, todos.

— Ah, como sua avó amava você, Molly... — diz o Sr. Preston. — Mais do que você pode imaginar.

— E você ficou em contato com ela ao longo dos anos? — pergunto.

— Sim. Ela era amiga da minha esposa, Mary. E volta e meia, quando Flora estava com algum problema, ela me ligava. Mas o maior problema que ela teve aconteceu bem antes.

— Como assim? — indago.

— Você já pensou sobre seu avô?

— Sim — respondo. — Vovó dizia que ele também era "escorregadio".

— Ah, é? — diz o Sr. Preston. — Bom, ele tinha muitos defeitos, mas esse não. Nunca teria escorregado se tivesse escolha. Ele foi obrigado. Enfim, eu o conhecia. Era um amigo, podemos dizer. E você sabe como são as coisas quando o amor é novo e a flor da juventude ainda está intocada.

O Sr. Preston faz uma pausa e pigarreia.

— No fim das contas, Flora ficou grávida. Quando ela não conseguiu mais esconder e os pais descobriram, foi aí que viraram realmente as costas para ela, definitivamente. Pobre Flora... Não tinha nem dezessete anos ainda. Era só uma criança, fugindo com outra criança dentro da barriga. Foi por isso que virou faxineira.

É difícil imaginar vovó sozinha assim, perdendo tudo e todos. Sinto um peso nos ombros, uma tristeza que não consigo nomear.

— Ela era inteligente, sua avó. Poderia ter conseguido uma bolsa para qualquer faculdade — diz o Sr. Preston. — Mas, naquela época, uma mãe solteira não tinha acesso à educação.

— Espera um segundo, pai — diz Charlotte. — Alguma coisa não está fazendo sentido. Quem é esse seu amigo? E onde ele está agora?

— Da última vez que tive notícias, soube que ele tem uma família que ama muito. Mas nunca esqueceu a Flora. Nunca.

Charlotte inclina a cabeça para o lado. Olha para o pai de um jeito que eu não consigo entender.

— Pai? — diz ela. — Tem mais alguma coisa que você queira me contar?

— Minha querida — responde ele —, acho que já falei o suficiente.

— Você também conhecia minha mãe? — pergunto.

— Sim. Ela, sim, era escorregadia. Infelizmente. Sua avó me fez conversar com ela quando foi morar com o sujeito errado. Fui até lá, tentei tirá-la do cortiço onde estava morando, mas ela não queria ouvir. Sua pobre avó, a dor daquilo... de perder uma filha do jeito que perdeu...

Os olhos do Sr. Preston se enchem de lágrimas. Charlotte segura a mão dele.

— Sua avó era muito bondosa, de verdade — diz o Sr. Preston. — Quando minha Mary estava sofrendo, no fim da vida, ela apareceu para ajudar.

— Como assim? — pergunto.

— Mary estava sofrendo muito, e eu também. Ficava sentado na cama ao lado dela, segurando sua mão e dizendo: "Por favor, não vá. Ainda não." Flora viu aquilo e me puxou para um canto. Ela falou: "Você não percebe? Ela não vai descansar até você dizer que chegou a hora."

É exatamente o que a vovó diria. Ouço as palavras dela ecoarem na minha mente.

— Então, o que aconteceu? — indago.

— Eu falei para a Mary que a amava e fiz o que a Flora disse. Era disso que minha esposa precisava para poder descansar em paz.

O Sr. Preston não consegue mais conter as lágrimas.

— Você fez a coisa certa, pai — afirma Charlotte. — A mamãe estava sofrendo.

— Eu sempre quis recompensar sua avó por ter me mostrado o caminho.

— E recompensou, Sr. Preston — declaro. — Veio me socorrer, e a vovó ficaria muito grata.

— Ah, não, não fui eu — diz o Sr. Preston. — Foi a Charlotte.

— Não, pai. Você insistiu. Me convenceu de que a gente tinha que ajudar essa jovem camareira que trabalhava com você. Acho que estou começando a entender por que isso era tão importante.

— Amigo de verdade é quem ajuda em tempos difíceis — digo. — Se a vovó estivesse aqui, agradeceria a todos vocês.

Com isso, o Sr. Preston se levanta, assim como Charlotte.

— Bem, não vamos ser sentimentais demais — diz ele, enxugando o rosto. — É melhor irmos para casa.

— Foi um dia cheio — comenta Charlotte. — Juan Manuel, trouxemos sua mala de verdade, pegamos no seu armário do hotel. Está no carro.

— Obrigado — responde ele.

De repente, tenho uma sensação de urgência. Não quero que vão embora. E se saírem da minha vida e não voltarem mais? Não seria a primeira vez que isso aconteceria. Pensar nisso me deixa imediatamente tensa.

— Vou ver vocês outra vez? — pergunto, sem conseguir esconder a ansiedade na voz.

O Sr. Preston dá uma risadinha.

— Mesmo que você não queira, Molly.

— Vai nos ver, e muito — responde Charlotte. — Temos que nos preparar para o julgamento.

— E, mesmo depois do julgamento, você não vai poder se livrar de nós, Molly. Sabe, eu estou velho e sou um viúvo que se acostumou com uma vida pacata. Pode parecer estranho, mas isso tudo me fez bem. Tudo isso, todos vocês. É como se...

— Fôssemos uma família? — sugere Juan Manuel.

— Isso — concorda o Sr. Preston. — É exatamente isso que parece.

— Sabem — diz Juan Manuel —, na minha família, a regra é que nós todos jantamos juntos aos domingos. É o que mais me faz falta.

— Isso é fácil de resolver — digo. — Charlotte, Sr. Preston, vocês gostariam de jantar com a gente no domingo?

— Eu cozinho! — exclama Juan Manuel. — Vocês nunca devem ter provado comida mexicana de verdade, do tipo que a minha mãe faz. Vou preparar o Tour do México. Vocês vão amar.

O Sr. Preston olha para Charlotte. Ela faz que sim.

— Nós trazemos a sobremesa — diz o Sr. Preston.

— E uma garrafa de champanhe para comemorar — completa Charlotte.

Fico parada na porta, aguardando, enquanto Charlotte e o Sr. Preston calçam os sapatos. Não sei bem quais são as regras de etiqueta para me despedir de duas pessoas que me salvaram e impediram que eu passasse o resto da vida na cadeia.

— Bem, o que está esperando? — pergunta o Sr. Preston. — Dê um abraço no seu velho amigo.

Eu obedeço e fico surpresa com a sensação: é como a Cachinhos Dourados abraçando o Papai Urso.

Dou um abraço em Charlotte também, e é agradável, mas totalmente diferente, como acariciar a asa de uma borboleta.

Os dois saem de braços dados, e eu fecho a porta atrás deles. Juan Manuel está parado na entrada, mudando o peso de uma perna para a outra.

— Tem certeza de que não tem problema eu passar a noite aqui, Molly?

— Sim — confirmo. — Só por hoje.

Uma enxurrada de palavras sai da minha boca em seguida.

— Você fica no meu quarto, eu fico no da vovó. Vou trocar os lençóis agora. Eu sempre desinfeto e passo meus lençóis, e deixo dois pares disponíveis. E pode ficar tranquilo, porque o banheiro é higienizado regularmente. E se precisar de qualquer artigo a mais, como escova de dentes ou sabão, tenho certeza de que...

— Molly, está ótimo. Estou bem. Tudo certo.

Minha verborragia é interrompida.

— Não sou muito boa nisso. Sei como tratar os hóspedes no hotel, mas não na minha própria casa.

— Você não precisa me tratar de nenhum jeito especial. Vou tentar não fazer barulho nem bagunçar nada, e ajudar você no que eu puder. Você gosta de café da manhã?

— Sim, gosto de café da manhã.

— Ótimo — diz ele. — Eu também.

Tento trocar os lençóis do meu quarto sozinha, mas Juan Manuel não deixa. Nós tiramos a colcha de estrela da vovó, depois os lençóis, colocando outros limpos no lugar. Fazemos isso juntos enquanto ele me conta histórias sobre o sobrinho de três anos, Teodoro, que sempre pulava na cama enquanto ele tentava arrumar. As histórias tomam vida na minha mente. Posso ver o menininho pulando e brincando. É como se estivesse aqui conosco.

Quando terminamos, Juan Manuel fica calado.

— Certo. Vou me arrumar para dormir agora, Molly.

— Precisa de mais alguma coisa? Talvez um leite com chocolate ou alguns itens de higiene?

— Não. Obrigado.

— Muito bem — digo, saindo do quarto. — Boa noite.

— Boa noite, Srta. Molly — responde ele, fechando a porta silenciosamente.

Vou até o banheiro e visto meu pijama. Escovo os dentes devagar. Canto "Parabéns pra você" três vezes para me assegurar de que escovei cada um dos meus molares direito. Ali estou, no reflexo, brilhando, imaculada. Limpa.

Não adianta postergar mais.

Está na hora.

Percorro o corredor e paro diante da porta do quarto da vovó. Eu me lembro da última vez em que fechei esta porta. Foi depois que o médico-legista e seus ajudantes levaram o corpo da vovó embora, depois que limpei o quarto de cima a baixo, depois que lavei os lençóis e arrumei a cama, depois que afofei os travesseiros e espanei cada pertence dela, depois que tirei o casaco do gancho atrás da porta, a única roupa dela que eu ainda não tinha lavado, e o segurei diante do rosto para sentir o cheiro da vovó antes de colocá-lo no cesto de roupa suja. O estalo nítido da porta se fechando foi tão definitivo quanto a própria morte.

Levo uma das mãos à maçaneta. Giro. Abro. O quarto está exatamente como eu o deixei. As estatuetas de mulheres de porcelana dançam em seus vestidos esvoaçantes, estáticas sobre a escrivaninha. O babado da saia de cama azul-clara continua impecável. Os travesseiros estão fofos e sem nenhum amassado.

— Ah, vovó — falo.

De repente, sinto uma onda de luto tão forte que me empurra para a cama. Eu me deito com a sensação súbita de estar à deriva num bote em alto-mar. Abraço um dos travesseiros dela e levo-o ao rosto, mas eu o lavei bem demais. Não tem o cheiro dela. Vovó se foi.

No seu último dia de vida, fiquei sentada ao lado dela. Vovó estava deitada onde estou agora. Eu tinha trazido a cadeira que fica na frente da porta — a da almofada da serenidade — e colocado ao lado da cama. Uma semana antes, eu havia mudado a televisão de lugar, colocando-a sobre a cômoda para que vovó pudesse ver documentários sobre a natureza e assistir ao National Geographic enquanto eu estava no trabalho. Eu não queria deixá-la sozinha, nem mesmo por poucas horas. Sabia que ela estava sentindo muita dor, por mais que se esforçasse para disfarçar.

— Minha querida, precisam de você no trabalho. É uma parte importante da colmeia. Estou bem aqui. Tenho meu chá e meus comprimidos. E o meu *Columbo*.

À medida que os dias se passavam, a cor dela foi mudando. Ela parou de cantarolar. Mesmo de manhã, ficava calada, cada pensamento um esforço, cada ida ao banheiro uma jornada épica.

Tentei desesperadamente colocar um pouco de juízo na cabeça dela.

— Vovó, precisamos chamar uma ambulância. Temos que te levar ao hospital.

Ela fazia que não lentamente, movendo os penachos de cabelo branco sobre o travesseiro.

— Não precisa. Estou satisfeita. Tenho meus comprimidos para a dor. Estou onde quero estar. Lar, doce lar.

— Mas talvez eles possam fazer alguma coisa. Talvez os médicos possam...

— Shhhh — dizia ela sempre que eu me recusava a ouvir. — Fizemos uma promessa, eu e você. E o que dissemos sobre as promessas?

— Promessas são feitas para serem cumpridas.

— Isso. Essa é a minha garota.

No último dia, a dor estava pior do que nunca. Tentei convencê-la mais uma vez a ir para o hospital, mas não adiantou.

— *Columbo* vai começar — disse ela.

Eu liguei a televisão e nós assistimos ao episódio, ou melhor, eu assisti e ela fechou os olhos, segurando o lençol com força.

— Estou ouvindo — garantiu ela, sua voz um mero sussurro. — Seja meus olhos. Me diga o que eu preciso ver.

Eu observava a tela e narrava a ação. Columbo estava interrogando uma esposa-troféu que não parecia particularmente surpresa ao descobrir que o marido milionário provavelmente era o principal suspeito em um caso de assassinato. Eu descrevi o restaurante onde estavam, a toalha de mesa verde, o jeito como a cabeça dela se movia, o jeito como ficava se remexendo no assento. Disse à vovó que Columbo não estava se deixando enganar, tinha aquela expressão que indicava que sabia a verdade antes de todos.

— Isso. Muito bem. Você está aprendendo a interpretar as expressões.

Na metade do episódio, vovó ficou irrequieta. A dor era tão intensa que ela fazia uma careta, e lágrimas escorriam pelo seu rosto.

— Vovó? Do que você precisa? O que eu posso fazer?

A respiração dela estava arfante. Havia uma interrupção a cada inspiração, um barulho como o de água escorrendo pelo ralo.

— Molly — disse vovó. — Está na hora.

Ao fundo, Columbo continuava sua investigação. Desconfiava daquela esposa. As peças estavam se juntando. Eu abaixei o volume.

— Não, vovó. Não, eu não posso.

— Sim — disse ela. — Você prometeu.

Eu protestei. Tentei fazê-la mudar de ideia. Implorei que, por favor, por favor, me deixasse ligar para o hospital.

Ela esperou a minha tempestade passar. E, quando passou, falou mais uma vez:

— Prepare uma xícara de chá. Está na hora.

Fiquei tão agradecida por ter uma instrução a seguir que levantei de um pulo. Corri até a cozinha e voltei com o chá pronto, na xícara preferida dela — a da paisagem bonita com o chalé —, em tempo recorde.

Levei o chá para ela e coloquei na mesa de cabeceira. Pus mais um travesseiro embaixo da cabeça dela para que ficasse mais aprumada, porém, por mais que eu a tocasse com toda a delicadeza, ela gemia de dor, como um animal preso numa armadilha.

— Meus comprimidos — indicou ela. — O que sobrou deles.

— Não vai funcionar, vovó — disse. — Não tem o suficiente. Semana que vem vamos ter mais.

Implorei mais uma vez. Supliquei.

— Promessas...

Ela já não tinha fôlego para completar a frase.

No fim, eu cedi. Abri o frasco e coloquei na beira do pires. Deixei a xícara de chá nas mãos dela.

— Jogue os comprimidos dentro — pediu. — Todos os que tiverem sobrado.

— Vovó...

— Por favor.

Esvaziei o frasco de analgésicos dentro do chá: quatro comprimidos apenas. Não era o suficiente. Ainda faltavam cinco dias para podermos pegar mais comprimidos, cinco dias agoniantes.

Em meio às minhas lágrimas, encarei a vovó. Ela piscou e olhou para a colher no pires.

Peguei a colher e mexi, até que, um minuto depois, ela piscou outra vez. Parei de mexer.

Com grande esforço, ela se debruçou para a frente para que eu pudesse levar a xícara até seus lábios cinzentos.

— Não beba — implorava eu, ao mesmo tempo em que lhe dava o líquido. — Não...

Mas ela bebeu. Bebeu tudo.

— Maravilhoso — sussurrou ao terminar.

Então se deitou novamente nos travesseiros. Levou as mãos ao peito. Seus lábios se moviam. Ela estava falando. Tive que chegar bem junto de sua boca para ouvir.

— Eu te amo, minha querida — disse ela. — Sabe o que tem que fazer.

— Vovó, não posso!

Mas eu via tudo. O corpo rígido dela, a dor tomando conta outra vez. A respiração ainda mais arfante e o ruído mais audível, como um tambor.

Nós tínhamos conversado. Eu havia prometido. Ela era sempre tão racional, tão lógica, e eu não podia negar a ela aquele último pedido. Eu sabia que era o que ela queria. Ela não merecia sofrer.

Deus, conceda-me serenidade para aceitar as coisas que não posso mudar, coragem para mudar aquelas que posso e sabedoria para discernir entre elas.

Peguei a almofada da serenidade atrás de mim, na cadeira. A coloquei sobre rosto da vovó e segurei firme.

Não conseguia olhar para a almofada. Em vez disso, foquei os olhos nas mãos dela. Mãos de trabalhadora, mãos de faxineira, tão parecidas com as minhas: limpas, unhas curtas, calos nos nós dos dedos, rios azulados que corriem discretos sob a pele fina e seca, seu fluxo diminuindo. Os dedos se abriram uma vez, agarrando o ar, mas era tarde demais. Tínhamos decidido. Antes que pudessem alcançar qualquer coisa, eles relaxaram. As mãos caíram.

Não demorou muito. Quando tudo ficou em silêncio, eu tirei a almofada e a abracei junto ao peito com toda a força.

Lá estava ela, minha avó. Para o resto do mundo, dava a impressão de estar dormindo profundamente, com os olhos fechados, a boca só um pouco aberta, a expressão serena. Descansando.

Agora, acordada na cama dela mais de nove meses depois, com Juan Manuel no outro quarto, eu penso em tudo o que aconteceu desde então, nos últimos dias que viraram minha vida de cabeça para baixo.

— Vovó, sinto tanto a sua falta. Não acredito que nunca mais vou te ver.

Agradeça e pense pelo lado positivo.

— Sim, vovó — digo em voz alta. — Muito melhor do que dormir com a cabeça cheia de preocupações.

Sexta-feira

Capítulo 26

Acordo com o ruído e o cheiro familiar de alguém fazendo comida: o café sendo passado, pantufas se arrastando no chão da cozinha. Ouço até um cantarolar.

Mas não é a vovó.

E não estou na minha cama. Estou na dela.

Tudo volta à minha memória.

Bom dia, flor do dia! Hora de pular da cama!

Eu me levanto, calço minhas pantufas e visto o robe da vovó por cima do pijama. Vou ao banheiro na ponta dos pés para fazer minha higiene matinal, depois entro na cozinha.

Lá está Juan Manuel. Ele tomou banho, e o cabelo ainda está molhado. Ele cantarola, mexendo em pratos e preparando ovos mexidos no fogão.

— Bom dia! — diz ele, erguendo o rosto. — Espero que não se incomode. Eu fui ao mercado e voltei bem quietinho. Você não tinha ovo. E esse pão? — Ele aponta para os *crumpets* na bancada. — Meio estranho. Não sei preparar. Tem muitos buracos.

— É um tipo de bolinho inglês — explico. — É uma delícia. Você torra, depois passa manteiga e geleia.

Eu tiro dois *crumpets* do saco e coloco na torradeira.

— Espero que não se incomode de eu ter feito o café da manhã.

— Nem um pouco — digo. — É muito gentil da sua parte.

— Comprei café. Gosto de beber café de manhã. Com leite. E ovos. E tortilhas, mas hoje experimento uma coisa nova: vou provar seus *crumpets*.

Juntos, nos movemos pela cozinha preparando o café da manhã. É incrivelmente estranho preparar uma refeição com alguém que não é a vovó, mas terminamos muito rápido. Nós nos sentamos, e eu passo manteiga e geleia nos *crumpets*.

— Você se incomoda? Eu lavei as mãos.

— Se conheço alguém que está sempre limpa, é você — diz Juan Manuel.

Eu sorrio com o elogio.

— Muito obrigada.

Os ovos estão particularmente deliciosos. Ele os preparou com algum molho levemente apimentado. O gosto é picante e divino. Combina muito bem com os *crumpets* e a geleia. Consigo saborear cada mordida em silêncio, porque Juan Manuel fala sem parar, feito um pardal cantando de manhã. Ele segura o garfo enquanto fala, e eu não consigo conter meu deleite com o fato de que os cotovelos deles estão educadamente longe da mesa.

— Fiz uma chamada de vídeo com a minha família hoje mais cedo. Eles não sabem do resto todo, e não vou contar, mas sabem que eu passei a noite com uma amiga. Mostrei seu quarto, sua cozinha e sua sala pra eles. Sua foto também.

Ele bebe um gole de café.

— Espero que não se importe.

Não posso responder porque estou de boca cheia e é falta de educação falar de boca cheia. Mas não me importo. Não me importo nem um pouco.

— Ah, sabe meu primo, Fernando? A filha dele vai fazer quinze anos mês que vem. Nem consigo acreditar! No meu país, quando as meninas fazem quinze anos, tem uma festa enorme com a família. Contratamos mariachis e preparamos um banquete bem grande. Dançamos a noite inteira. Minha mãe estava resfriada, mas já melhorou. Esse domingo eles vão tirar uma foto de família no jantar e nos mandar. Você vai ver todo mundo. E o meu sobrinho, Teodoro, foi para a fazenda e montou num burro. Agora só quer saber de fingir que é um burro. É muito engraçado... Ai, sinto tanta falta deles...

Engulo o último pedaço de *crumpet* e bebo um gole de café.

— Deve ser muito difícil ver sua família só por vídeo — digo.

— Eles estão longe — responde ele. — Mas também estão aqui.

Penso no pai dele e na vovó.

— É. Tem razão.

Antes que possamos conversar mais, meu celular toca na sala.

— Com licença — peço. — Eu não costumo atender ligações durante as refeições, mas...

— Eu sei, eu sei — responde ele.

Vou até a sala e pego meu telefone.

— Alô? — digo. — Aqui é a Molly. Como posso ajudar?

— Molly, é o Sr. Snow.

— Sim, olá.

— Como vai? — pergunta ele.

— Vou bem, obrigada por perguntar. E o senhor?

— Têm sido tempos difíceis. E devo desculpas a você. A polícia me fez acreditar em coisas a seu respeito que simplesmente não eram verdade. Eu deveria ter percebido, Molly. Nossos quartos estão precisando do seu cuidado, e espero que você possa voltar a trabalhar num futuro próximo.

Fico satisfeita de ouvir aquilo, extremamente satisfeita.

— Infelizmente, não consigo arrumar esses quartos agora. Estou no meio do café da manhã.

— Ah, não, eu não esperava que você viesse imediatamente. Quis dizer quando você estiver pronta. Tire o tempo que precisar, é claro.

— Que tal amanhã? — pergunto.

O Sr. Snow dá um suspiro aliviado.

— Seria excelente, Molly. Cheryl infelizmente disse que não está se sentindo bem, e as outras camareiras estão trabalhando em dobro. Sentem muito a sua falta e estão preocupadas com você. Vão ficar muito felizes de saber que você vai voltar.

— Mande meus cumprimentos a elas.

Algo está me incomodando, e eu decido colocar para fora.

— Sr. Snow, me informaram que alguns dos meus colegas de trabalho me acham... estranha. Acho que a palavra que usaram foi "aberração". Gostaria de saber se o senhor pode me dar sua opinião sobre isso.

O Sr. Snow fica em silêncio por um instante.

— A minha opinião — diz ele, por fim — é que alguns dos seus colegas precisam amadurecer. Estamos administrando um hotel, não uma creche. Minha opinião é que você é uma pessoa única, no bom sentido da palavra. E é a melhor camareira que o Regency Grand já teve.

Aquilo me enche de orgulho. É possível até que eu tenha crescido alguns centímetros depois dessas palavras.

— Sr. Snow? — digo.

— Sim, Molly.

— E quanto ao Juan Manuel?

— Vou ligar para ele também, para avisar que ele tem um trabalho garantido aqui pelo tempo que quiser. Parece que a situação com o visto de trabalho dele é resolvível. Nada do que aconteceu foi culpa dele.

— Sei disso — concordo. — Ele está bem aqui. Gostaria de falar com ele?

— Ele... O quê? Ah. Sim, pode ser.

Vou até a cozinha e passo meu celular para Juan Manuel.

— Alô? — diz ele. — Sim, sim... me desculpe, Sr. Snow, eu... não, eu...

No começo da conversa, Juan Manuel mal consegue dizer qualquer coisa.

— Sim, senhor... eu sei. O senhor não sabia. Mas obrigado por dizer isso...

À medida que a ligação continua, voltam a falar de trabalho.

— É claro, senhor. Vou falar com um advogado hoje mesmo... agradeço por isso. E estou muito feliz de ter meu emprego garantido.

Eles trocam mais algumas palavras. Então, finalmente, Juan Manuel diz:
— Vou voltar ao trabalho assim que possível. Tchau, Sr. Snow.
Juan Manuel desliga e põe o celular na mesa.
— Não acredito. Ainda tenho meu emprego.
— Eu também — declaro.
Sinto um calor percorrer meu corpo, um entusiasmo que não sentia há muito tempo.
Ele junta as mãos.
— Então, parece que duas pessoas nesta cozinha têm o dia de folga. Me pergunto o que elas vão fazer...
— Me diga uma coisa, Juan Manuel: você gosta de sorvete, por acaso?

Vários meses depois

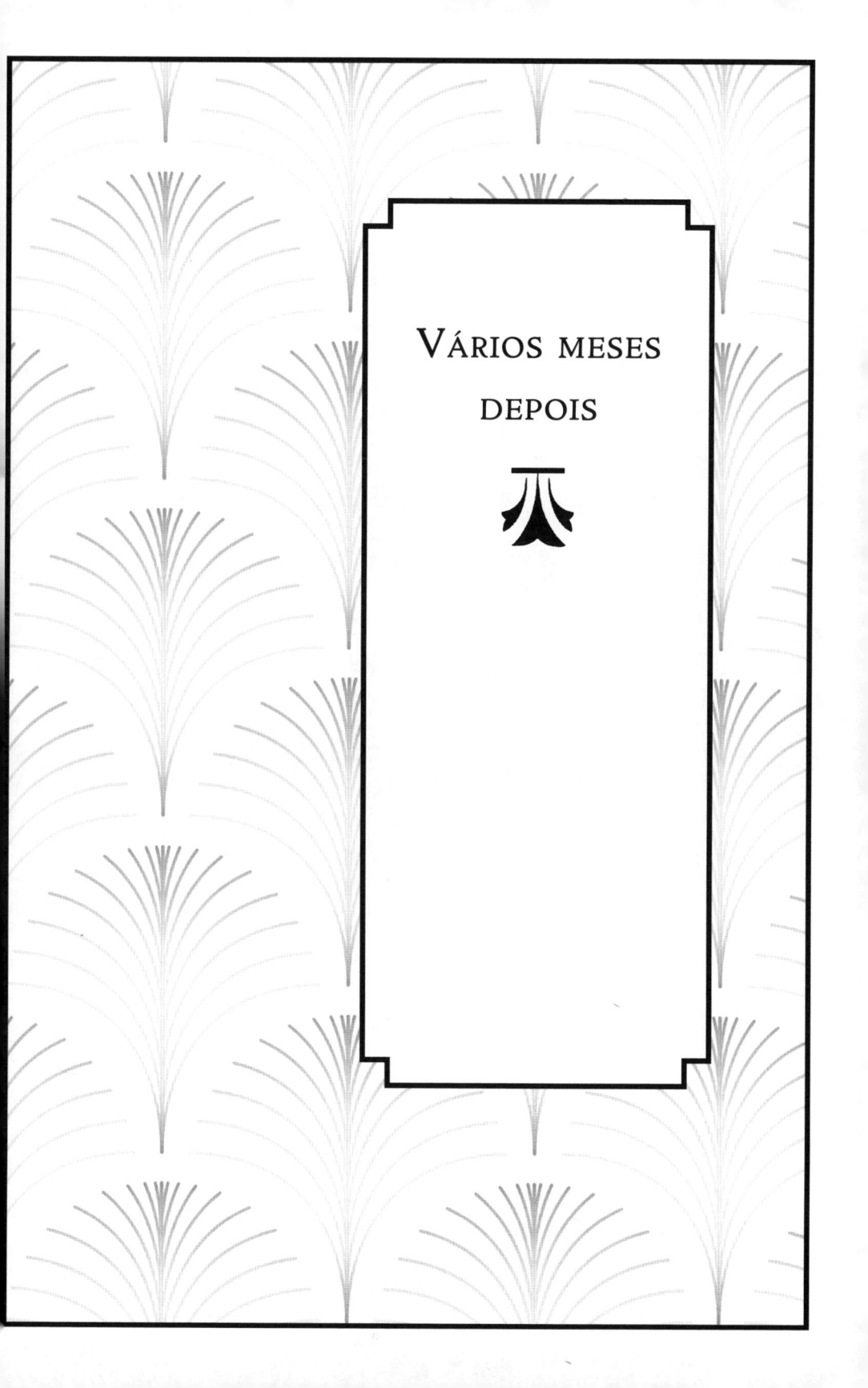

Capítulo 27

Hoje é um dia lindo por vários motivos. Ontem à noite, fui deitar e comecei a pensar em todos os pontos positivos da minha vida: eram tantos que passei de cem rapidinho. Devo ter caído no sono no meio, mas poderia ter continuado a noite toda, sem nunca terminar.

E hoje há ainda mais coisas boas, muito mais do que eu seria capaz de contar.

O sol está brilhando. Está calor, sem nuvens no céu. Acabo de chegar ao Regency Grand e estou subindo os degraus vermelhos em direção ao Sr. Preston, que acaba de liberar novos hóspedes de suas bagagens.

— Molly! — exclama ele, com um sorriso que ocupa todo o seu rosto. — Que bom ver você no trabalho e não num tribunal lotado.

— Que dia lindo, não é, Sr. Preston?

— É mesmo. Estamos no trabalho, e Rodney, atrás das grades. Um belo mundo.

Eu me pergunto se algum dia a menção do nome de Rodney não fará meu estômago se revirar e minha mandíbula se tensionar.

— Cadê o Juan Manuel? — indaga o Sr. Preston.

— Vai vir daqui a pouco. O turno dele começa em uma hora.

— E está tudo de pé para este domingo? Estou ansioso para comer as *enchiladas* dele. Sabe, não sou o mais aventureiro em matéria de comida e, desde que a minha esposa se foi, não faço grande coisa na cozinha. Mas esse seu homem? Ele expandiu meu paladar. Talvez um pouco demais — diz ele, dando uma risadinha e tapinhas na barriga.

— Ele vai gostar de saber disso, Sr. Preston. E, sim, vemos você e Charlotte no domingo no horário de sempre. Preciso ir. Tenho muita coisa para fazer hoje! Um casamento e uma conferência. O Sr. Snow disse que completamos uma semana inteira com todos os quartos reservados. Diga a Charlotte que eu mandei um "oi".

— Pode deixar, minha querida. Se cuide.

O Sr. Preston se vira para ajudar alguns hóspedes. Eu passo pela porta giratória e varro o saguão com os olhos. É tão grandioso quanto na primeira vez em que o avistei: a escadaria de mármore imponente, a balaustrada dourada com serpentes, as namoradeiras verde-esmeralda felpudas, o burburinho dos hóspedes, manobristas e carregadores indo e vindo. Respiro fundo, então sigo para o porão. Mas, quando estou prestes a começar a descer a escada, percebo os elegantes pinguins atrás do balcão da recepção. Pararam de trabalhar. Estão todos me olhando. Vários sussurram entre si de um jeito que não me agrada nem um pouco.

O Sr. Snow sai por uma porta atrás da recepção e me vê.

— Molly! — exclama, e vem correndo. — Você foi genial. Absolutamente genial.

Tenho dificuldade de prestar atenção nas palavras dele. Ainda observo os pinguins, tentando entender por que estão tão focados em mim hoje.

— Só contei a minha verdade — digo ao Sr. Snow.

— Sim, mas foi a sua verdade, o seu testemunho, que arrematou tudo. Você foi tão calma e firme na tribuna. E tem um dom para as palavras, sabe, e para lembrar detalhes. A juíza viu isso e soube que você era uma testemunha confiável.

— Por que eles estão me encarando? — pergunto.

— Como? — diz o Sr. Snow.

Ele segue meu olhar até a recepção.

— Ah, sim. Se eu tivesse que adivinhar, diria que estão impressionados. Estão olhando com respeito para você.

Respeito. É tão raro eu ser objeto de tal sentimento que nem sequer consigo reconhecê-lo.

— Obrigada, Sr. Snow — digo. — Tenho que ir. Tenho muitos quartos que precisam ser devolvidos a um estado de absoluta perfeição, e, como sabe, quartos não se limpam sozinhos.

— É certo que não. Tenha um bom dia, Molly.

Desço até a sala da equipe de limpeza. Abafada e estreita como sempre, mas eu nunca me importei, nem um pouco. Paro diante do meu armário, onde está meu uniforme, recém-lavado a seco e devidamente passado, envolto em um plástico fino. Meu uniforme é mais um lado positivo. É de uma beleza ímpar.

Vou com ele até um vestiário e o coloco. Então volto ao meu armário e abro a porta.

A detetive Stark me devolveu a ampulheta de Giselle há algum tempo, e eu a mantenho na prateleira de cima para me lembrar dela, de nós, da nossa estranha amizade que era e não era.

Está na hora.

Tenho um novo adereço que também deixo guardado no meu armário e completa meu uniforme. É um broche oblongo e dourado que coloco bem acima do meu coração. Nele está escrito: MOLLY GRAY, CAMAREIRA-CHEFE.

O Sr. Snow me promoveu há cerca de um mês, numa decisão ousada e inesperada. Não gosto de fofocas, mas parece que a ética profissional de Cheryl não estava de acordo com os altos padrões do Sr. Snow, pois ela foi tirada do papel de supervisora, que em seguida foi passado a mim.

Desde então, instaurei novas práticas de trabalho para melhorar o desempenho e o moral da colmeia. Primeiro, antes de cada turno, me certifico de que o carrinho de cada camareira esteja total e corretamente reabastecido. Adoro essa parte do meu trabalho: arrumar os sabonetes e os frasquinhos de xampu nas bandejas, reabastecer os panos e produtos de limpeza e empilhar perfeitamente as toalhas brancas. Nas ocasiões especiais — como no Dia das Mães —, deixo presentinhos para as camareiras nos carrinhos delas, como caixas de bombons com um bilhetinho: *Da camareira Molly. Saiba que seu trabalho é doce.*

Outra boa prática nova é a forma como começamos o expediente. A equipe toda de limpeza se reúne, cada um com seu carrinho, e fazemos uma divisão justa e equitativa, tanto em quantidade de quartos quanto no potencial de gorjetas a ganhar. Deixei bem claro para Cheryl que ela não deve dar uma "checada" em quartos atribuídos a outras camareiras e que, se pegar um centavo do travesseiro de outra pessoa, vou expulsá-la sem cerimônia da colmeia, além de atropelá-la com o próprio carrinho dela.

Temos um novo camareiro na equipe. O nome dele é Ricky e é filho da Sunitha. Cheryl fez questão de ressaltar que ele tem a língua presa e usa delineador nos olhos. Dois fatos que, para ser sincera, são tão irrelevantes que eu nem percebi durante todo o mês de treinamento dele. O que percebi, no entanto, é que ele aprende rápido, tem prazer em arrumar uma cama perfeitamente, sabe polir vidro até brilhar e cumprimenta os hóspedes com os modos de um ótimo cortesão. Como dizem os gerentes, esse vale ouro.

Recebi um aumento quando fui promovida e, somando isso ao fato de que agora divido o custo do aluguel, consegui começar meu próprio pé-de-meia. Ainda não é grande coisa, só algumas centenas de dólares, mas tenho um plano. Vou continuar a encher a meia até ter o suficiente para me inscrever de novo no curso de hotelaria e hospitalidade da faculdade aqui perto. Com a permissão do Sr. Snow, vou trabalhar em função dos horários das aulas, e, em um ou dois anos, me formarei com grande louvor e voltarei a trabalhar em tempo integral no Regency Grand com habilidades ainda mais afiadas, além de um conhecimento mais completo da gestão de um hotel.

Talvez a maior mudança na minha vida seja o fato de que agora é oficial: tenho um pretendente. Já me disseram que está em voga chamá-lo de meu parceiro, e estou tentando me acostumar com essa palavra, mas toda vez que a pronuncio penso em "parceiro no crime", o que, de certa forma, nós fomos, embora eu não soubesse disso na época.

Quando Juan Manuel finalmente recebeu um visto de trabalho e voltou à cozinha, o Sr. Snow ofereceu um quarto só para ele no hotel pelo tempo que fosse necessário, até a situação dele se estabilizar. Mas à noite e aos finais de semana, quando não estávamos trabalhando, Juan Manuel e eu passávamos muito tempo juntos. Demorei um tempo para confiar totalmente que ele é de fato quem parece ser. Ou seja, um bom partido. E acho que ele também levou um tempo até confiar que eu também sou.

Aprendi a julgar os amigos pelas atitudes, e as atitudes de Juan Manuel dizem muito. Tem as grandes, como me defender no tribunal e dizer que eu não sabia nada sobre as atividades ilegais que estavam ocorrendo no hotel, mas tem também as pequenas atitudes, como o almoço que ele prepara todos os dias e coloca num saco de papel pardo para que eu busque na cozinha do hotel exatamente ao meio-dia. Dentro do saco há sempre um sanduíche delicioso e algum docinho que ele sabe que vou gostar: biscoitos amanteigados, um chocolate e, de vez em quando, um bolinho de uva-passa.

Ainda há dias em que eu me sinto muito triste com a ausência da vovó, e quando mando uma mensagem para Juan Manuel, dizendo que estou triste, ele responde imediatamente: JV! NSD! Ele traz um quebra-cabeça para montarmos juntos ou me ajuda com a minha rotina de limpeza do dia. Se há uma coisa que pode animar mais do que uma boa faxina, é uma boa faxina em boa companhia. E, quanto a mim, quando sei que Juan Manuel está triste e com saudade da família, não ofereço lenços. Ofereço abraços e beijos.

Dois meses atrás, perguntei a Juan Manuel se ele queria sair do hotel e ir morar comigo.

— Para fins econômicos — esclareci. — Entre outros.

— Só vou aceitar se eu puder lavar *toda* a louça.

Aceitei, com relutância.

Estamos morando juntos de forma bem harmoniosa desde então: dividindo o aluguel, preparando comida juntos, ligando para a família dele juntos, fazendo compras juntos, indo ao Olive Garden juntos... e mais. Juan Manuel compartilha do meu amor pelo Tour da Itália. Costumamos brincar de escolher uma única parte do Tour da Itália para comer se um dia ficarmos presos em uma ilha deserta.

— Você só pode escolher um: frango à parmegiana, lasanha ou fettuccine alfredo.

— Não, não posso escolher. É impossível, Molly.

— Mas você precisa. Tem que escolher.

— Não posso escolher. Prefiro morrer.

— Eu prefiro que você fique são e salvo, por favor!

Da última vez em que brincamos disso, estávamos no Olive Garden. Ele se debruçou para a frente e me beijou por cima da mesa, bem debaixo do lustre, sem, em nenhum momento, colocar os cotovelos na mesa, porque ele é esse tipo de homem.

Hoje à noite vamos de novo, só nós dois. Afinal, temos motivos para comemorar. Ontem foi um dia importante para nós: ambos falamos no julgamento de Rodney. Charlotte passou semanas nos preparando para o interrogatório, para cada pergunta difícil que a defesa poderia nos fazer. No fim das contas, Juan Manuel falou antes de mim e contou para o tribunal sua verdade horrível e triste. Contou a todos como os documentos de imigração foram tirados dele, como Rodney o ameaçava de morte, assim como à família dele, que foi forçado a trabalhar para Rodney e que o queimaram várias vezes.

No fim, não foi Juan Manuel que foi atacado durante o interrogatório. Fui eu.

Espera mesmo que todos aqui presentes acreditem que você não sabia de nada enquanto literalmente limpava cocaína das mesas todas as manhãs?

Seria correto dizer que você era cúmplice do Sr. Black?

Giselle é sua amiga? É por isso que a está protegendo?

Eu queria dizer a eles que Giselle não precisa da minha proteção, não mais, não desde que o abusador dela, o Sr. Black, morreu. Mas aprendi com Charlotte que, no tribunal, quando uma pergunta faz suposições, você não tem que responder. E, como não quero fazer papel de boba, deixei que Charlotte interferisse. E fiquei calada.

A detetive Stark tentou fazer com que Giselle aparecesse no tribunal várias vezes, mas sem sucesso. Uma vez, conseguiu falar com ela pelo telefone. Localizou Giselle em um hotel em Saint-Tropez. A detetive implorou que ela voltasse ao país e falasse no tribunal. Giselle perguntou quem estava sendo acusado, e ao saber que era Rodney, não eu, disse:

— De jeito nenhum. Não vou voltar.

— Ela disse por quê? — perguntei.

— Disse que já desperdiçou muito da própria vida com criminosos. Disse que a vida dela está diferente agora, se sente livre pela primeira vez. E que, a menos que eu consiga ir atrás dela com uma intimação, não volta para cá por nada. Também falou que a detetive sou eu, não ela, e que é meu trabalho colocar o vilão atrás das grades.

Parecia mesmo algo que Giselle diria. Eu quase conseguia ouvir sua voz falando.

Então, quando dei meu testemunho, só tive Juan Manuel para corroborar o meu lado da história.

Aparentemente, me saí bem. Demonstrei tranquilidade na tribuna, e a juíza percebeu. Charlotte diz que a maioria das testemunhas se sente atacada lá em cima, que sai do sério ou cai no choro.

Estou acostumada com xingamentos e insinuações sobre o meu caráter. Estou acostumada com agressões verbais. Eu as recebo todos os dias e, muitas vezes, sequer percebo. Estou acostumada a ter minhas palavras como única defesa.

No geral, falar lá não foi difícil. Tudo que tive que fazer foi ouvir as perguntas e responder com a verdade, a minha verdade.

A parte mais difícil foi quando Charlotte me pediu para descrever no tribunal tudo o que eu lembrava a respeito do dia em que encontrei o Sr. Black morto na cama. Contei a eles que o Sr. Black quase me atropelou no corredor, do lado de fora da suíte. Contei que fui no quarto mais tarde naquele mesmo dia e Giselle não estava, que entrei e vi o Sr. Black deitado lá. Contei cada detalhe que consegui recordar: as bebidas na mesa da sala, o cofre aberto, o frasco de comprimidos caído, os sapatos do Sr. Black tortos no chão, três travesseiros na cama em vez de quatro.

— Três travesseiros — disse Charlotte. — Quantos costumam ficar numa cama do Regency Grand?

— Quatro é o padrão da casa. Dois firmes, dois macios. E posso garantir que eu sempre deixava quatro travesseiros limpos naquela cama. Sou uma pessoa muito atenta aos detalhes.

Uma risada abafada percorreu o tribunal, à minha custa. A juíza pediu ordem, e Charlotte me orientou a continuar.

— Conte para todos, Molly. Você viu alguém na suíte ou no corredor, alguém que possa ter levado o travesseiro que faltava?

Aquela era a parte complicada, a parte sobre a qual eu nunca havia falado com ninguém, nem mesmo Charlotte. Mas eu tinha me preparado para aquele momento. Eu havia treinado, toda noite, entre pensar nos lados positivos e nas preocupações.

Mantive meu olhar e minha voz firmes. Concentrei minha mente no som agradável do meu próprio sangue bombeando. De dentro das orelhas, ouvia o fluxo veloz, entrando e saindo, ondas indo e vindo numa praia distante. *O que é certo é certo. O que está feito está feito.*

— Eu não estava sozinha. No quarto — disse. — No começo, achei que estava, mas não estava.

Charlotte se virou nos calcanhares e se voltou para mim.

— Molly? Do que está falando?

Eu engoli em seco.

— Depois que liguei na recepção para pedir ajuda pela primeira vez, larguei o aparelho. Então me voltei para a porta do quarto. E foi aí que vi.

— Molly, quero que pense bem antes de falar — aconselhou Charlotte calmamente, embora seus olhos estivessem arregalados de preocupação.

— Vou fazer uma pergunta, e você tem que dizer a verdade absoluta. O que você viu?

Ela inclinou a cabeça para o lado como se nada fizesse sentido.

— Tinha um espelho na parede à minha frente.

Eu fiz uma pausa e esperei que Charlotte seguisse a deixa. Ela não demorou.

— Um espelho — repetiu. — E o que estava no reflexo?

— Primeiro, eu, meu rosto apavorado me encarando de volta. Então, atrás de mim, à minha esquerda, no canto escuro perto da cômoda da Giselle havia... uma pessoa.

Meus olhos encontraram os de Charlotte. Era como se a mente dela fosse uma máquina complexa, me interpretando, deliberando como prosseguir.

— E... a pessoa tinha alguma coisa nas mãos? — indagou ela.

— Um travesseiro.

Sussurros percorreram o tribunal cheio. A juíza pediu ordem.

— Molly, a pessoa que você viu naquele canto escuro está presente neste tribunal hoje?

— Infelizmente, eu não ficaria à vontade em afirmar ou negar — respondo.

— Você não sabe quem era?

— Naquele exato instante, quando virei o rosto para olhar diretamente para o vulto no canto escuro, eu desmaiei. E quando acordei, a pessoa não estava mais lá.

Charlotte assentiu, lentamente, sem pressa.

— É claro — disse. — Você desmaia frequentemente, não é, Molly? A detetive Stark contou no testemunho dela que você desmaiou na entrada do seu apartamento quando foi detida, e de novo na delegacia, correto?

— Sim. Eu desmaio sob grande pressão. E com certeza estava sob pressão ao ser presa sem motivo. Também quando olhei no espelho e percebi que não estava sozinha naquele quarto de hotel.

Charlotte começou a andar de lá para cá diante da tribuna. Parou bem na minha frente.

— O que aconteceu quando você acordou? — perguntou.

— Quando recobrei a consciência, liguei para a recepção uma segunda vez. Mas não tinha mais ninguém no quarto naquela altura. Só eu. Bem, eu e o cadáver do Sr. Black — respondi.

— É possível, Molly, e não estou dizendo que *era*, mas é possível que a pessoa naquele canto escuro fosse Rodney Stiles?

O advogado de Rodney ficou de pé com um pulo.

— Protesto. Está influenciando a testemunha — declarou.

— Deferido — disse a juíza. — Srta. Preston, quer reformular sua pergunta?

Charlotte fez uma pausa por um instante, mas duvido que fosse porque estava ponderando a resposta. Usei esse tempo para examinar Rodney. O advogado estava debruçado, sussurrando algo no ouvido dele. Eu me perguntei do que estavam me chamando dessa vez, não que importasse. Rodney vestia um terno que parecia caríssimo. Eu costumava achá-lo tão lindo, mas, ao olhar para ele naquele momento, não conseguia entender o que tinha visto nele.

Depois de um longo intervalo, Charlotte finalmente concluiu:

— Sem mais perguntas, Excelência. — Então se voltou para mim. — Obrigada, Molly.

Por um instante, achei que tinha terminado, mas então lembrei que aquilo era só a metade. O advogado de Rodney avançou em minha direção, parando bem na minha frente e me encarando. Aquilo não me incomodou. Estou acostumada com esse tipo de olhar. O mundo me preparou bem.

Não me lembro de tudo que ele disse, mas lembro de cobrir o mesmo assunto, de contar a mesma história do mesmo jeito sempre que pediam. Não errei nenhuma vez, porque é fácil dizer a verdade quando você sabe o que ela engloba e o que não engloba, e quando você mesma estabeleceu o limite entre as duas coisas. Houve só um momento durante o interrogatório da defesa em que o advogado de Rodney me pressionou de forma particularmente vigorosa.

— Molly, tem uma coisa na sua história que eu ainda não entendi. Você foi levada até a delegacia várias vezes. Teve muitas oportunidades de contar para a detetive Stark sobre o vulto no canto da suíte naquele dia. Isso poderia até ter absolvido você. No entanto, em todas essas vezes, você deixou de mencionar que tinha visto alguém naquele quarto. Nunca falou nada sobre isso. E, a julgar pelo comportamento da sua advogada, parece que ela também só descobriu hoje. Por que isso, Molly? Seria porque não havia ninguém lá, na verdade? Seria porque está protegendo outra pessoa ou porque, quando olhou naquele espelho, só viu o reflexo do seu próprio rosto cheio de culpa?

— Protesto. Importunação. Do pior tipo — declarou Charlotte.

— Mantido, exceto a última observação — disse a juíza.

Sussurros percorreram o tribunal.

— Vou reformular minha pergunta — continuou o advogado de Rodney. — Você *mentiu* para a detetive Stark quando contou a ela o que tinha visto naquele quarto de hotel?

— Eu não menti — afirmei. — Pelo contrário. Vocês todos leram as transcrições. Talvez tenham até assistido aos vídeos do meu testemunho na primeira vez em que fui interrogada naquela delegacia imunda. Uma das primeiras coisas que eu disse à detetive Stark, com toda a clareza, foi que, quando anunciei minha chegada na suíte, achei que tinha alguém lá dentro comigo. Pedi a ela especificamente que anotasse esse detalhe.

— Mas a detetive obviamente presumiu que você estava falando do Sr. Black.

— E é por isso que é perigoso presumir as coisas — rebati.

— Hum — replicou ele, andando de lá para cá diante da tribuna. — Então você omitiu a verdade completa. Se recusou a esclarecer. Isso também é uma mentira, Molly.

Ele olhou a juíza, que inclinou seu queixo para baixo, bem de leve. Achei que talvez Charlotte fosse intervir, mas não o fez. Estava imóvel e calada no assento dela.

— E pode explicar, por favor, Molly, por que deixou, inúmeras vezes, de esclarecer aos investigadores a sua alegação de que "havia mais alguém no quarto" e que essa pessoa tinha um travesseiro nas mãos?

— Porque eu estava...

— Estava o quê, Molly? Você me parece alguém que raramente fica sem palavras, então vamos lá. Esta é a sua chance.

— Eu não tinha 100% de certeza do que tinha visto. Aprendi a duvidar de mim mesma e das minhas percepções do mundo. Sei que sou diferente, sabe? Diferente da maioria das pessoas. O que eu percebo não é o que você percebe. Além disso, as pessoas nem sempre me ouvem. Muitas vezes tenho medo de não acreditarem em mim, de descartarem meus pensamentos e opiniões como se fossem lixo. Sou só uma camareira, não sou ninguém. E o que eu vi naquele momento pareceu um sonho, mas agora eu sei que era real. Alguém com motivos profundos matou o Sr. Black. E não fui eu.

Olhei para Rodney nesse momento, e ele me encarou de volta. Tinha uma expressão totalmente nova no rosto. Como se me visse de verdade pela primeira vez.

Todos no tribunal começaram a falar ao mesmo tempo, e a juíza pediu ordem novamente. Me fizeram várias outras perguntas, que respondi com clareza e educação. Mas eu sabia que nada mais do que eu dissesse importaria. Sabia disso porque estava vendo Charlotte sorrindo. Um sorriso que era novo para mim, que eu teria que acrescentar ao meu catálogo mental, na pasta da letra A de "admiração". Eu a surpreendi. Ela estava chocada, mas não porque eu tinha estragado tudo. Tudo estava correndo do jeito que esperávamos. Era isso que o sorriso dela dizia.

E tinha razão. As coisas correram como esperado.

Quando penso nisso agora, em tudo o que aconteceu no tribunal ontem, eu mesma não consigo me impedir de sorrir.

Saio dos meus devaneios quando vejo Sunitha e Sunshine vindo na minha direção. Acabam de chegar para começarmos nosso turno. Estão impecáveis, de uniforme e com o cabelo preso com esmero. Param diante de mim em silêncio, o que é bem comum para Sunitha e muito raro para Sunshine.

— Bom dia, moças — digo. — Espero que estejam animadas para mais um dia devolvendo quartos a um estado de absoluta perfeição.

Elas continuam em silêncio. Finalmente, Sunshine diz:

— Anda logo. Fala pra ela!

Sunitha dá um passo à frente.

— Eu queria dizer: você pegou a cobra. A grama está limpa agora, obrigada.

Não sei exatamente o que ela está tentando falar, mas percebo que é um elogio.

— Todas nós queremos um hotel limpo, não é?

— Ah, sim — concorda ela. — Limpeza agrega valor!

Aquilo me deixa bem alegre, porque ela citou algo que eu falei em uma sessão de treinamento recente para as camareiras: *Se trabalharmos para deixar as coisas limpas, vamos agregar valor*. Com valor, eu quis dizer financeiro mesmo: gorjetas, dinheiro. Achei aquilo bem sagaz, e fico feliz que ela se lembre.

— Grandes gorjetas hoje e grandes gorjetas no futuro! — exclama ela.

— O que é bom para todos nós — digo. — Vamos lá?

E, sem mais delongas, pegamos nossos carrinhos e começamos a avançar.

Mas, quando estamos chegando aos elevadores, meu celular vibra no bolso.

As portas do elevador se abrem.

— Podem ir na frente. Eu pego o próximo — digo.

As duas entram juntas, o que me dá a liberdade para olhar o celular. Deve ser Juan Manuel. Ele costuma me enviar mensagens ao longo do dia, coisinhas para me fazer sorrir: uma foto de nós dois tomando sorvete no parque ou uma notícia sobre a família dele.

Mas não é Juan Manuel. É um e-mail do meu banco. Imediatamente sinto um aperto no peito. Não suporto a ideia de receber uma má notícia financeira. Quando abro o e-mail, leio:

Você recebeu uma transferência: U$10.000 de SALIH CAYMAN.

Embaixo, depois do título "Observação", três palavras: Dívida de Gratidão.

Primeiro, penso que deve ter havido um engano. Mas então me dou conta. Salih Cayman. Ilhas Cayman.

Giselle.

Giselle me mandou um presente. E é lá que ela está: nas suas ilhas favoritas, no casarão que tanto queria, que pediu ao Sr. Black que colocasse no nome dela antes de morrer. O Sr. Black cedeu. Ele concordou. Isso foi revelado no tribunal pela equipe de defesa de Rodney. Quando o Sr. Black deixou a suíte no último dia de vida, depois de jogar a aliança de casamento em Giselle, ele mudou de ideia. Pegou a escritura da casa nas Ilhas Cayman no cofre. A mesma que eu por acaso vi no bolso do paletó dele quando esbarrou em mim no corredor. Apesar da discussão com Giselle, ele foi diretamente até os advogados e fez com que colocassem a casa no nome dela. Foi a última reunião de negócios que teve antes de voltar ao hotel. Aquilo explicava muita coisa...

Imaginei Giselle em uma espreguiçadeira, tomando sol, finalmente tendo o que sempre quis, só não da maneira que esperava. De alguma forma, ela tinha dinheiro agora também, mesmo que não fosse o dinheiro do Sr. Black. Mas tinha — dinheiro para agradecer.

Ela havia me enviado um presente. Um presente imenso, de encher um pé-de-meia.

Um presente que eu não saberia retribuir mesmo que quisesse.

Um presente que eu pretendia usar muito bem.

Epílogo

Vovó sempre disse que a verdade é subjetiva, algo que só fui entender quando as minhas próprias experiências de vida comprovaram sua sabedoria. Agora eu entendo. A minha verdade não é a mesma que a sua, porque nós não experimentamos a vida da mesma forma.

Somos todos iguais de formas diferentes.

Essa noção mais flexível da verdade é algo com que posso conviver. Mais que isso: é algo que me traz grande consolo ultimamente.

Estou aprendendo a ser menos literal, menos absoluta na maioria das coisas. O mundo é um lugar melhor quando visto através de um prisma de cores, não em preto e branco. Nesse novo mundo, há espaço para versões e variações, para nuances.

A versão da verdade que eu contei no tribunal é exatamente isso: uma versão das minhas experiências e memórias do dia em que encontrei o Sr. Black morto na cama. A minha verdade realça e prioriza o meu filtro do mundo; ela destaca o que eu vejo melhor e obscurece o que eu não consigo compreender, ou o que escolho não examinar com atenção.

A justiça é como a verdade. Ela também é subjetiva. Tantas pessoas que merecem ser punidas nunca são e, enquanto isso, pessoas boas, decentes, são acusadas dos crimes errados. É um sistema imperfeito, a justiça. Um sistema sujo e bagunçado. Mas, se as pessoas boas tomassem para si a responsabilidade de fazer justiça, não teríamos uma chance maior de limpar o mundo inteiro? De fazer os mentirosos, os traidores, os manipuladores e abusadores pagarem?

Não compartilho minhas opiniões sobre esse tema abertamente. Quem ligaria? Afinal, sou só uma camareira.

Quando depus no tribunal, contei aos presentes sobre o dia em que encontrei o Sr. Black morto na sua cama. Contei como vi, como vivi aquilo, só interrompi a história antes do fim. Sim, verifiquei o pescoço do Sr. Black e não senti o pulso dele. Telefonei de fato para a recepção pedindo ajuda. Realmente me virei para a porta do quarto e me avistei no espelho. Só então percebi que eu não estava sozinha no quarto. Havia de fato alguém no canto. Uma sombra escura cobria o rosto da pessoa, mas eu pude ver suas mãos nitidamente, e o travesseiro que segurava contra o peito. Aquele vulto me lembrou de mim mesma, e da vovó também. Era como se eu estivesse me vendo refletida duas vezes no espelho. Foi então que desmaiei.

A história continua depois disso. Feito um episódio de *Columbo*, há sempre algo mais que não foi visto antes.

Não era um homem, o vulto no canto.

Quando acordei, vi que estava no chão, ao lado da cama. Alguém abanava meu rosto com um panfleto do hotel. Depois de respirar fundo algumas vezes, minha vista retomou o foco. Era uma mulher de meia-idade, com cabelo grisalho preso para trás pelos óculos escuros erguidos que serviam de tiara. Tinha um corte Chanel, curto e liso, bem parecido com o meu. Vestia uma blusa branca larga e calças escuras. Estava agachada perto de mim com uma expressão preocupada no rosto. A princípio, não reconheci seu rosto.

— Você está bem? — perguntou ela ao parar de me abanar.

Meu instinto foi pegar o telefone outra vez.

— Por favor — disse ela. — Você não precisa fazer isso.

Eu me sentei, apoiando as costas na mesa de cabeceira. Ela deu dois passos para trás, me dando espaço, mas manteve os olhos fixos em mim.

— Sinto muito — falei. — Não sabia que tinha outra pessoa no quarto. Mas tenho que...

— Não tem que fazer nada. Por favor. Ouça o que eu tenho a dizer antes de pegar o telefone.

Ela não parecia irritada ou tensa. Estava apenas dando uma sugestão. Eu obedeci.

— Quer um copo de água? — perguntou. — E talvez mais alguma coisa doce?

Eu não estava pronta para ficar de pé. Não podia confiar nas minhas pernas.

— Sim — respondi. — Seria muito gentil.

Ela assentiu e saiu do quarto. Pude ouvi-la vasculhando a sala de estar. Então o ruído da água na pia do banheiro.

Um instante depois, ela voltou para o quarto e se agachou diante de mim. Me passou um copo d'água, que peguei com as mãos trêmulas e bebi com avidez.

— Tome — disse ela, quando terminei a água. — Achei isso no seu carrinho de limpeza.

Era um chocolate, dos que coloco nos travesseiros. Tecnicamente, não era meu, mas aquilo era uma circunstância extraordinária, e ela já tinha tirado o papel.

— Vai se sentir melhor — afirmou.

Então me passou o quadradinho de chocolate, deixando bem na palma da minha mão. Eu agradeci e o coloquei na língua, onde ele derreteu imediatamente, e o açúcar fez sua mágica.

Ela aguardou um instante, então perguntou:

— Quer ajuda? — E estendeu a mão.

Eu aceitei e coloquei minha mão na dela para me levantar. O quarto inteiro entrou em foco. O chão ficou sólido sob os meus pés.

Ficamos paradas ao lado da cama, nos entreolhando por um momento, nenhuma das duas ousando desviar os olhos.

— Não temos muito tempo — disse ela. — Sabe quem eu sou?

Eu a examinei com mais atenção. Ela me parecia vagamente familiar, mas também lembrava todas as mulheres de meia-idade que frequentavam o hotel.

— Peço desculpas, acho que...

E foi aí que me dei conta: lembrei das fotos nos jornais. Do nosso breve encontro no elevador. Era a Sra. Black. Não a segunda Sra. Black, Giselle, mas a primeira Sra. Black, a esposa original.

— Ah — disse ela, enfiando o papel do chocolate cuidadosamente no bolso da calça. — Agora me reconheceu.

— Sra. Black, sinto muito pela invasão, mas acredito que seu ex-marido... acho que o Sr. Black está morto.

Ela concordou lentamente.

— Meu ex-marido era um cafajeste, um ladrão, um abusador e um criminoso.

Comecei a juntar as peças ali. Só ali.

— A senhora... a senhora matou o Sr. Black? — perguntei.

— Diria que isso depende do ponto de vista — respondeu ela. — Acredito que ele próprio se matou, lentamente, ao longo do tempo. Quando ficou intoxicado com a própria ganância, quando privou os filhos e a mim de uma vida normal, quando virou a epítome da corrupção e da maldade de praticamente todos as formas possíveis. Meus dois filhos são clones dele, e agora são dois drogados que vão de uma festa a outra, gastando o dinheiro do pai. E a minha filha, Victoria, tudo o que ela quer é dar um jeito nos negócios da família, administrar as coisas com um mínimo de decência, mas o pai dela quer deserdá-la. Ele não iria parar até que eu e Victoria ficássemos desamparadas. E estava tentando fazer isso, mesmo que ela seja dona de 49% das ações. Bem, *fosse* dona de 49% das ações. Agora, é mais que isso...

Ela olhou para o Sr. Black, morto na cama, depois para mim.

— Eu só vim conversar com ele, pedir que desse uma chance a Victoria. Mas quando abriu a porta, ele estava bêbado, tomando comprimidos, com a fala arrastada, murmurando que Giselle era uma vaca interesseira, que nem eu, que nós duas não servíamos para nada, que éramos duas esposas decorativas, que éramos os dois maiores erros da vida dele. Foi detestável e humilhante. Em outras palavras, se comportou como sempre.

Ela fez uma pausa.

— Ele me segurou pelos pulsos. Vou ficar com hematomas.

— Que nem a Giselle — comentei.

— É. Que nem a nova e melhorada Sra. Black. Tentei avisar a Giselle. Mas ela não me ouviu. É nova demais para ter bom senso.

— Ele bate nela também — disse eu.

— Não mais — respondeu ela. — Teria feito coisa pior comigo, mas começou a arfar e ficou ofegante. Largou meus pulsos. Então tropeçou até a cama, tirou os sapatos e deitou, do nada.

Os olhos dela se voltaram para o travesseiro no chão, depois para longe.

— Me diga, você já teve a impressão de que o mundo está do avesso? Que os vilões se dão bem enquanto as pessoas boas sofrem?

Foi como se ela estivesse lendo meus pensamentos mais profundos. Minha mente percorreu a pequena lista de pessoas que já haviam me atacado injustamente e me feito sofrer: Cheryl, Wilbur... e um homem que eu nunca conheci, meu próprio pai.

— Sim — respondi. — Sinto isso o tempo todo.

— Eu também — contou ela. — Na minha experiência, há vezes em que uma pessoa boa tem que fazer algo que não é exatamente certo, mas é a coisa certa a se fazer.

É, ela tinha razão.

— E se fosse diferente desta vez? — perguntou. — E se resolvêssemos as coisas por nós mesmas e equilibrássemos a balança? E se você não tivesse me visto? E se eu tivesse simplesmente saído do hotel sem olhar para trás?

— Você seria reconhecida, não?

— Se as pessoas realmente lessem os jornais que recebem em suas portas, talvez, mas duvido que façam isso. Sou praticamente invisível. Só mais uma mulher grisalha de meia-idade com roupas largas e óculos escuros saindo pela porta dos fundos do Regency Grand. Só mais uma ninguém.

Invisível sem nem precisar se esconder, assim como eu.

— No que você encostou? — perguntei.

— Como?

— Quando entrou na suíte, no que encostou?

— Ah... encostei na maçaneta e provavelmente na própria porta. Acho que coloquei uma mão na escrivaninha perto da porta. Não sentei. Não consegui. Ele me perseguiu pela sala, gritando e cuspindo na minha cara. Agarrou meus pulsos, então acho que não cheguei a encostar nele. Peguei o travesseiro na cama e... é só, eu acho.

Nós duas ficamos em silêncio por um instante, olhando o travesseiro no chão. Pensei na vovó outra vez. Naquele momento, de repente vi com clareza algo que ela costumava dizer e que na época eu não entendia: como a piedade assume formas inesperadas.

Olhei para a Sra. Black, aquela mulher praticamente desconhecida, mas tão parecida comigo.

— Eles não estão vindo — disse ela. — Quem quer que fosse no telefone agora pouco.

— Não, não estão. Não prestam atenção. Não no que eu digo. Vou ter que ligar de novo.

— Agora?

— Não, ainda não.

Eu não sabia mais o que dizer. Meus pés estavam petrificados, como acontece quando fico nervosa.

— É melhor você ir embora — declarei, finalmente. — Por favor, não demore por minha conta.

Fiz uma discreta saudação.

— E você vai fazer o quê? Quando eu for embora?

— Vou fazer o que sempre faço. Limpar. Guardar meu copo d'água. Limpar a maçaneta e a escrivaninha. Passar um pano na torneira do banheiro. Vou colocar o travesseiro que está no chão no meu cesto de roupa suja. Vai ser lavado no porão e colocado em outro quarto em um estado de absoluta perfeição. Ninguém vai saber que ele esteve aqui.

— Assim como eu?

— É. E depois que eu tiver devolvido essas poucas áreas da suíte a um estado de absoluta perfeição, vou ligar para a recepção de novo e reiterar meu pedido de ajuda urgente.

— Você não me viu — disse ela.

— E você não me viu — respondi.

Depois, ela foi embora. Simplesmente saiu da suíte. E eu não me mexi até ouvir a porta se fechar atrás dela.

Foi a última vez que vi a Sra. Black, a primeira Sra. Black. Ou que não a vi. Muita coisa depende do ponto de vista.

Depois que ela se foi, eu limpei as coisas como disse que faria. Coloquei o travesseiro que ela deixou para trás no cesto de roupa suja do meu carrinho. Liguei para a recepção pela segunda vez, depois de acordar totalmente do meu desmaio, como falei no tribunal. E, finalmente, alguns minutos depois, a ajuda chegou.

Eu durmo bem à noite agora, talvez até melhor do que nunca, porque me deito ao lado de Juan Manuel, meu amigo mais querido no mundo todo. Ele tem sono pesado, como a vovó, dorme antes mesmo de deitar a cabeça no travesseiro. Dormimos juntos sob a colcha de estrela da vovó, porque algumas coisas não precisam de mudança, enquanto é bom que outras mudem um pouco. Tirei as pinturas de paisagens da vovó das paredes à nossa volta e coloquei fotos emolduradas de Juan Manuel e eu no lugar.

Ouço a respiração dele, como ondas que vão e vêm, vão e vêm. E penso em todos os pontos positivos da minha vida. São tantos que chega a ser até difícil. Sei que tenho a consciência limpa porque, a cada noite que passa, consigo pensar menos antes de dormir e tenho sonhos agradáveis. Acordo me sentindo descansada e alegre, pronta para encarar o dia.

Se tudo isso me ensinou alguma coisa é o seguinte: há um poder em mim que eu não sabia que existia. Sempre soube que havia um poder nas minhas mãos: de limpar, de tirar a sujeira, esfregar e desinfetar. De arrumar as coisas. Mas agora sei que há poder em outro lugar: na minha mente. E no meu coração também.

Vovó tinha razão, no fim das contas. Em tudo. Sobre todas as coisas.

Vivendo e aprendendo.

As pessoas são um mistério que não tem solução.

A vida dá um jeito de resolver as coisas.

Tudo vai ficar bem no final. Se não está tudo bem, é porque ainda não chegou o fim.

Agradecimentos

Publicar um livro requer toda uma comunidade. Agradeço às seguintes pessoas extraordinárias da minha:

Madeleine Milburn, minha agente visionária e instigadora de sonhos, e sua equipe na Madeleine Milburn Literary TV & Film Agency, sobretudo Liane-Louise Smith, Liv Maidment, Giles Milburn, Georgina Simmonds, Georgia McVeigh, Rachel Yeoh, Hannah Ladds, Sophie Péllisier, Emma Dawson e Anna Hogarty.

Minhas sábias, infinitamente solidárias e inspiradoras editoras: Hilary Teeman, da Penguin Random House nos Estados Unidos, Nicole Winstanley, da Penguin Random House no Canadá, e Charlotte Brabbin, da HarperFiction no Reino Unido. Vocês deixam tudo melhor.

Os muitos profissionais do mercado editorial do mundo todo, que estão levando este livro aos leitores.

No Canadá, um agradecimento especial a Kristin Cochrane, Tonia Addison, Bonnie Maitland, Beth Cockeram, Scott Sellers e Marion Garner.

Nos Estados Unidos, agradeço a Caroline Weishuhn, Jennifer Hershey, Kim Hovey, Kara Welsh, Cindy Berman, Erin Korenko, Elena Giavaldi, Paolo Pepe, Jennifer Garza, Susan Corcoran, Quinne Rogers, Taylor Noel, Michelle Jasmine, Virginia Norey e Debbie Aroff.

No Reino Unido, a Kimberley Young, Kate Elton, Lynne Drew, Isabel Coburn, Sarah Munro, Alice Gomer, Hannah O'Brien, Sarah Shea, Rachel

Quinn, Maddy Marshall, Jennifer Harlow, Ben Hurd, Andrew Davis, Claire Ward e Grace Dent.

Os magos do cinema com quem tenho a sorte de estar trabalhando: Josie Freedman e Alyssa Weinberger, da ICM Partners, Chris Goldberg, da Winterlight Pictures, Jeyun Munford e Christine Sun, da Universal Pictures, e Josh McLaughlin, da Wink Pictures.

Kevin Hanson e toda a equipe, antiga e atual, da Simon & Schuster, sobretudo Sarah St. Pierre, Brendan May, Jessica Scott, Phyllis Bruce, Laurie Grassi, Janie Yoon, Justin Stoller, Jasmine Elliott, Karen Silva, Felicia Quon, Shara Alexa, Sherry Lee, Lorraine Kelly, David Millar, Adria Iwasutiak, Alison Callahan, Jen Bergstrom e Suzanne Baboneau. Vocês são meu tipo de pessoa: pessoas dos livros. Que sempre sintamos uma alegria infantil ao abrir caixas com as primeiras tiragens e empolgação ao avistar nossos livros em estantes pelo mundo.

Os profissionais e conselheiros da indústria Adrienne Kerr, Marianne Gunn O'Connor, Keith Shier e Samantha Haywood.

Carolyn Reidy, de quem sinto muita falta. Eu teria gostado de conversar com você sobre esse livro porque os seus comentários teriam sido como você: francos e brilhantes. Onde quer que esteja, sei que ainda está lendo.

Meus autores, por terem me ensinado tudo o que sei sobre a escrita e pelo grande privilégio de trabalhar nos seus livros.

Agradeço especialmente a Ashley Audrain, Samantha M. Bailey e Karma Brown pelo apoio inicial quando eu mais precisei.

Adria Iwasutiak, assessora de imprensa extraordinária e amiga fiel dentro e fora do mundo da edição.

Jorge Gidi Delgadillo e Sarah Fulton, com amor e gratidão por caminharem comigo numa jornada primorosa e por compartilharem comigo um amor por histórias desde o começo.

Pat e Feriel Pagni, leitores vorazes e nova parte da família, muito queridos.

Meus amigos, sobretudo Zoe Maslow, Roberto Verdecchia, Ed Innocenzi, Aileen Umali Rist e Eric Rist, Ryan Wilson e Sandy Gabriele, Jimena Ortuzar, Martin Ortuzar e Ingrid Nasager: eu agradeço aos céus por cada um de vocês.

Tia Suzanne, a melhor faxineira e a tia mais amorosa que uma sobrinha poderia desejar.

Tony Hanyk, meu primeiro e mais gentil leitor, e meu parceiro amoroso em muitas aventuras gloriosas (sim, gloriosas).

E finalmente, devo um agradecimento especial à minha família, os Pronovost, por terem me feito quem eu sou: Jackie e Paul, minha mãe e meu pai; Dan e Patty, meus cunhados; Devin e Joane, meus sobrinhos. Que contemos nossas histórias por muito tempo e que possamos vivê-las por muito tempo.

intrinseca.com.br

@intrinseca

editoraintrinseca

@intrinseca

1ª EDIÇÃO
Abril de 2022

REIMPRESSÃO
Maio de 2022

PAPEL DE MIOLO
Pólen 70g

TIPOGRAFIA
Albertina MT Std

IMPRESSÃO
GEOGRÁFICA